Der Würger

SALIM GÜLER

Der Würger

BE
Belle Époque Verlag

Salim Güler

www.salim-gueler.de
https://www.facebook.com/salim.gueler.autor

Lizenzausgabe des Belle Époque Verlags, Dettenhausen, mit freundlicher Genehmigung des Autors.

Alle in diesem Buch geschilderten Handlungen und Personen sind frei erfunden. Ähnlichkeiten mit lebenden oder verstorbenen Personen wären zufällig und nicht beabsichtigt.

Lektorat: Christiane Saathoff, www.lektorat-saathoff.de
Covergestaltung: Dennis Eid
Innenlayout und Schriftsatz: Hans-Jürgen Maurer

Herstellung: Sowa Sp. z o.o., Piaseczno, Polen

ISBN: 978-3-96357-130-5

1

Für sie bin ich sicher wieder Luft, dachte er, als er die Küche betrat, um sich einen Kaffee zu holen. Sie war auch gerade dort und griff nach einem Becher, ohne ihn zu fragen, ob er auch einen wolle, dabei hatte sie ihn sicher bemerkt.

Leichte Verärgerung keimte in ihm auf. Ohne etwas zu sagen, nahm er sich ebenfalls einen Becher und schaute verlegen zu, wie sie sich Kaffee einschenkte.

»Du kannst«, sagte sie dann und verließ den kleinen Raum. Sein Herz raste, seine Hände wurden feucht und seine Kehle trocken, während er seinen Becher mit Kaffee füllte. Sie hatte mit ihm gesprochen!

Sie ist freundlich, weil ihr Kollegen seid, ermahnte er sich sofort, nicht zu viel in diesen kurzen Satz hineinzuinterpretieren.

»Hast du den Kaffee gemacht?«, wurde er da ruppig aus seinen Gedanken gerissen.

»Nein«, antwortete er gereizt und warf seinem Kollegen einen Blick zu.

»Gut, dann kann man ihn ja trinken. Diese Plörre letztens ging gar nicht. Das war kein Kaffee, das war purer Matsch.« Jochen schüttelte den Kopf und drängte ihn wie nebenbei zur Seite, während er sich einen Becher nahm, um ihn zu füllen.

»Pass doch auf«, blaffte er diesen überheblichen Schönling an.

»Leicht gereizt, der Kollege? Achte auf deine Wortwahl, du Freak.« Jochen machte einen Schritt auf ihn zu und sah ihn drohend an, dann verließ er die Küche. »So ein Trottel«, hörte er ihn noch sagen.

Er schnaufte und nahm einen großen Schluck Kaffee. Am liebsten wäre er rausgerannt und hätte diesem eingebildeten Idioten die Faust zwischen die Zähne geschoben. Doch stattdessen schluckte er seine Wut herunter, auch wenn es ihm unendlich schwerfiel. Mit seinem Becher in der Hand trottete er zu seinem Arbeitsplatz und ließ sich auf seinen Stuhl sinken, dann setzte er die Kopfhörer auf und startete das Programm.

Sogleich klingelte es. Er nahm das Gespräch an. »Hallo, hier ist der Kundenservice von GoMobile. Wie kann ich dir helfen?«, fragte er so freundlich wie möglich, dabei kostete es ihn unendliche Mühe, seine schlechte Laune nicht herauszubrüllen. Er hasste seine Arbeit, aber er brauchte diesen Callcenter-Job.

»Endlich habe ich jemanden dran. Zwanzig Minuten, das kann doch nicht euer Ernst sein, ganz zu schweigen von dieser automatischen Ansage, durch die man sich durchkämpfen muss, bis man bei euch gelandet ist«, machte der Kunde seinem Ärger Luft. Seiner Stimme nach zu urteilen, konnte er höchstens zwanzig sein. Ein Blick auf den Bildschirm verriet ihm, dass er recht hatte. Der Anrufer hieß Max. Da er über die im System hinterlegte Mobilfunknummer anrief, konnte er sämtliche registrierten persönlichen Daten des Kunden einsehen.

»Hallo, Max, wie können wir dir behilflich sein?«, fragte er, noch immer bemüht, freundlich zu bleiben.

»Wie wohl, du Scherzkeks. Warum rufe ich wohl an? Mein blödes Handy geht nicht. Euer Netz taugt nichts.«

»Das ist sehr schade, dass du Empfangsschwierigkeiten hast, aber sicherlich weißt du, dass es nicht unser Netz ist. Wir sind nur ein Provider, der auf die Netze der großen

Anbieter setzt. Ich sehe in deinen Vertragsunterlagen, dass dein Vertrag über das O2-Netz läuft. Bist du vielleicht gerade in einer ländlichen Region unterwegs?«

»Ja, bei meinen Eltern in Kraichtal. Trotzdem kann es doch nicht sein, dass ich kein Netz habe. Wir sind doch kein Dritte-Welt-Land. In der Bahn telefonieren geht auch nicht. Das ist doch reine Kundenverarsche.«

»Jedes Dritte-Welt-Land hat ein besseres Netz als O2«, rutschte es ihm heraus.

»Na super! Wollen Sie mir jetzt helfen oder nicht? Ich muss ein paar Sachen runterladen, aber so langsam, wie das Internet hier ist, klappt das nie.«

»Versuchst du, über dein Mobilfunkgerät eine Datei runterzuladen?«

»Ja, du Schlauberger. Warum rufe ich sonst wohl an?«

»Ich dachte, du hättest beim Telefonieren Probleme wegen der Funklöcher«, versuchte er zu erklären, schließlich hatte Max von Schwierigkeiten mit dem Netz gesprochen.

»Wenn ich schlechten Empfang habe, dann habe ich wohl auch eine schlechte Internetverbindung. Ganz ehrlich, die hellste Leuchte scheinst du nicht gerade zu sein«, machte sich Max über ihn lustig. Immer wieder wechselte er vom Sie zum Du.

Der Callcenter-Agent schluckte die Wut herunter. Der Job brachte es leider mit sich, dass er sich so einiges gefallen lassen musste, aber sicherlich nicht, sich von einem Dreikäsehoch beleidigen zu lassen.

»Max, ich bin hier, um dir zu helfen, aber dafür möchte ich dich bitten, sachlich zu bleiben.« Allein, dass sie die Kunden duzen mussten, missfiel ihm, er fand das unprofessionell, aber es war nun mal die Vorgabe der Geschäftsleitung und er war nur ein kleiner unbedeutender Telefonagent.

»Verdammt. Euer Drecksnetz geht nicht und ich soll sachlich bleiben?«, platzte Max der Kragen.

Du hirnloser, kleiner Vollidiot, warum nutzt du nicht den Internetzugang deiner Eltern?, wäre ihm fast herausgerutscht, doch stattdessen sagte er: »Ich möchte dich bitten, deinen Ton zu mäßigen, sonst muss ich die Verbindung unterbrechen.«

»Sie wollen einfach auflegen, nachdem ich zwanzig Minuten in der Warteschleife war? Das ist doch nicht Ihr Ernst! Helfen Sie mir lieber, mein Problem zu lösen. Dafür bezahle ich Sie doch«, brüllte Max.

»Dir kann man nicht helfen«, schäumte er und beendete das Gespräch. »So ein Idiot«, rief er lauter als beabsichtigt. Einige Kollegen schauten ihn erschrocken an. »Was guckt ihr? Müsst ihr nicht arbeiten?«

Die anderen drehten sich schnell um und sagten nichts. Nur Jochen und ein anderer Schönling schauten zu ihm rüber. »Der Freak hat einfach seine Nerven nicht im Griff«, hörte er Jochen zu seinem Freund sagen.

Der hat gut lachen. Für ihn ist das nur ein Studentenjob, aber ich mache das hier jeden Tag, weil es mein Beruf ist. Soll ich mich deshalb von jedem Idioten beleidigen lassen? Er spürte, dass nicht viel fehlte und er vor Wut platzen würde. Noch so ein Anruf und er würde explodieren.

Also stand er auf, nahm seinen Becher und eilte zur Toilette. Dort schloss er sich in eine Kabine ein und schlug mit der Hand gegen die Wand.

Diese Wut, die in ihm schlummerte, wollte einfach nicht verfliegen. Er brauchte dringend einen Kaffee, aber einen starken, nicht dieses weichgespülte Zeug, das es hier gab. Seine Chefin hatte ihm leider untersagt, Kaffee zu machen, da sich angeblich zu viele Kollegen beschwert hätten, er sei viel zu stark, weil er viel zu viel Kaffeepulver benutzte.

Bestimmt war Jochen diese Petze, der hatte auch ein super Verhältnis zur Chefin und überhaupt mochte ihn jeder, nur er hasste ihn, weil er wusste, was für eine falsche Schlange dieser Lackaffe war.

Bestimmt mochten die anderen Jochen, eben weil er so attraktiv war. Er selbst hingegen wurde wegen seines Äußeren kaum wahrgenommen, deswegen mieden ihn die meisten.

»Ich hasse euch alle«, machte er seinem Ärger Luft. Dann hörte er, wie die Tür zur Toilette geöffnet wurde.

»Wo ist denn dieser Freak?«, hörte er Jochen fragen. Es war offensichtlich, dass er nicht alleine war.

»Keine Ahnung. So wie der vom Stuhl aufgesprungen ist, könnte man meinen, den hat was gestochen«, lachte die andere Stimme. Das konnte nur Markus sein. Jochens Kumpel. Dass beide gemeinsam zur Toilette gingen, um Zeit zu schinden, war mehr als offensichtlich.

»Der tickt doch nicht ganz sauber. Kein Wunder, dass die Mädels Angst vor ihm haben.«

»Na ja, manchmal hab ich auch eine Gänsehaut, wenn er dich so anstarrt, als würde er dir am liebsten das Herz rausreißen.«

»Du Depp, der ist doch der größte Schisser auf der Welt. So ein Loser, ein echtes Opfer«, lachte Jochen seinen Freund aus.

Das anschließende Wassergeräusch ließ darauf schließen, dass beide die Toilette benutzt hatten.

»Egal, was geht am Wochenende?«

»Ich treffe mich mit Linda.«

»Hast du sie endlich so weit?«

»Klar, war doch nur eine Frage der Zeit. Welche Frau kann meinem Charme schon widerstehen?« Jochen lachte überheblich.

Er hörte, wie sie sich die Hände wuschen, danach klappte die Tür, offensichtlich hatten beide die Toilette verlassen. Er atmete erleichtert aus, aber sein Magen krampfte sich zusammen. Die Information, dass seine heimliche Flamme mit diesem ekligen, eingebildeten Jochen ausgehen würde, war ein Tiefschlag für ihn.

Was hat er, was ich nicht habe?, dachte er und knirschte mit den Zähnen.

Konnten Frauen wirklich so oberflächlich sein, dass sie auf jemanden wie Jochen hereinfielen, nur weil er groß und durchtrainiert war?

Wie es schien, war es so. Das machte ihn einfach rasend und ein gehässiges Lachen stieg in ihm auf. »Linda, Linda, er wird dich verarschen, wie all die Frauen vor dir. Aber selbst schuld, wenn du auf Arschlöcher stehst.«

Nachdem er sich etwas beruhigt hatte, verließ er die Kabine und wusch sich das Gesicht, dann schaute er sein Spiegelbild an. Wassertropfen lagen auf seiner blassen Haut. Sein Blick wirkte ernst und seltsam verloren, desillusioniert. Ein Gedanke machte sich in ihm breit, den er lieber schnell verdrängte.

Er trocknete sich die Hände ab und verließ die Toilette.

»Du sollst zur Chefin kommen«, sprach ihn sein Kollege Manuel auf dem Flur an.

»Jetzt?«

»Ja.«

»Was will sie denn? Das kann ich grade echt nicht gebrauchen.«

»Keine Ahnung, aber du solltest sie nicht warten lassen.«

Er presste die Luft zwischen den Zähnen heraus und ging zum Büro seiner Chefin.

Keine fünf Minuten später verließ er es wieder mit knallrotem Kopf.

»Diese verdammte Schnepfe«, rief er, als er zu seinem Platz eilte. Rabiat packte er seine Sachen zusammen und stürmte wutentbrannt aus dem Großraumbüro.

»Ich und nicht teamfähig! Was für ein Unsinn. Sieht sie nicht, dass mich die Leute mobben?«, schimpfte er, nachdem er das Gebäude bereits verlassen hatte und auf dem Weg Richtung Bushaltestelle war. Da er Abendschicht gehabt hatte, war es schon recht dunkel, nur die Straßenlaternen erhellten den Weg. Es waren kaum Fußgänger unterwegs.

Als er die Haltestelle erreichte, kam auch schon sein Bus. Er stieg ein und suchte sich einen freien Platz.

»Ich brauche diesen Drecksjob nicht«, sagte er zu sich und schaute aus dem Fenster. »Das Gehalt reicht ja nicht mal für ein eigenes Auto. Eine Ausbeuterfirma ist das.« Dennoch wusste er, dass das so nicht stimmte. Er brauchte die Arbeit, weil er notorisch pleite war. Und noch etwas anderes machte ihm Sorgen: seine Mutter!

Sie würde sicherlich sehr erbost sein und ihm ihre ewige Standpredigt halten, dass er zu faul sei, nicht teamfähig und mit Druck nicht klarkomme. Dass es am Ende seine Schuld sei, dass er den Job verloren habe.

Dabei war er sich keiner Schuld bewusst, seine Chefin mochte ihn einfach nicht. Dass er die Kunden angegangen habe, war eine genauso billige Ausrede wie die, dass er zu oft den Arbeitsplatz verlasse.

»Alles Lügen. Sie konnte mich von Anfang an nicht leiden.«

In seiner Wut hätte er fast seine Haltestelle verpasst, doch er konnte noch schnell aus dem Bus springen. Dabei stolperte er, konnte den Sturz aber noch abfangen.

»Das hätte mir noch zu meinem Glück gefehlt«, sagte er erleichtert.

Der ganze Tag war einfach zum Vergessen. Erst die Kollegen, die ihn ständig mobbten, diese dämlichen Kunden, die nur anriefen, um ihren Frust an ihm auszulassen, und dann noch seine behinderte Chefin, die ihm falsche Dinge unterstellte.

Die Kolleginnen hätten angeblich Angst, mit ihm in der Abendschicht zu arbeiten, weil er sie so anstarren würde, hatte sie ihm außerdem noch offenbart.

Er schüttelte den Kopf. »Alles Lügen. Sie wollte mich von Anfang an nicht in ihrem Team haben und hat nur nach einer faulen Ausrede gesucht, um mir zu kündigen. Diese falsche Schlange.«

Er knirschte mit den Zähnen, eine dumme Angewohnheit, wenn er wütend wurde.

»Ich war eh überqualifiziert für diesen Rotz«, versuchte er sich den Jobverlust schönzureden. »Ich habe Informatik studiert, was soll ich da in so einem dämlichen Callcenter?«

Vor dem kleinen Einfamilienhaus angekommen, trat er nicht sofort ein, sondern überlegte kurz, was er seiner Mutter sagen sollte. Sie anzulügen, war keine Option.

»Die alte Hexe findet alles heraus«, murmelte er. »Die Wahrheit ist noch immer die beste Verteidigung, schließlich bin ich hier das Opfer.«

Er atmete tief ein und aus und öffnete die Haustür.

»Hallo, mein Sohn«, begrüßte ihn seine Mutter. Ihr Blick ging zu ihrer Armbanduhr.

»Hallo, Mutter.«

»Hast du Hunger? In der Küche ist noch Suppe von gestern, ich kann sie dir aufwärmen.«

»Wäre nicht schlecht.«

»Wie war dein Tag?«

»Geht so.«

»Was heißt, geht so?« Seine Mutter schaute zu ihm auf, sie war über einen Kopf kleiner als er und korpulent, ihr Blick wirkte streng, ja geradezu prüfend. Eine Augenbraue hob sich.

Sie riecht den Braten, dachte er ängstlich. Auch wenn er ihr mit seinen ein Meter neunzig körperlich überlegen war, war sie immer noch seine Mutter. Und auf Streit mit ihr hatte er keine Lust, also würde er es lieber schnell hinter sich zu bringen.

»Meine Chefin hat mich heute gemobbt«, antwortete er, hängte seine Jacke an die Garderobe, stellte seinen Rucksack ab und ging an ihr vorbei in die Küche. Die Straßenschuhe behielt er an.

»Deine Chefin hat dich gemobbt? Was soll das heißen?« Sie folgte ihm. »Warum sollte dich deine Chefin mobben? Hast du wieder Ärger gemacht?«

»Nein, Mutter. Diesmal bin ich wirklich unschuldig. Sie mag mich nicht, genau wie die anderen auch. Nur weil ich schlauer bin als sie.«

»Red nicht so einen Blödsinn! Was ist passiert?« Ihr Blick war bohrend, als würde sie mit einer Nadel in sein Gehirn stechen, um seine Lüge zu enttarnen.

»Machst du mir die Suppe warm?« Er nahm am Küchentisch Platz.

Seine Mutter trat an den Kühlschrank, holte den Topf heraus und stellte ihn auf den Herd. »Möchtest du was trinken?«

»Ja, Cola.«

Sie holte die Colaflasche und ein Glas und reichte ihm das Getränk. »Hast du den Job verloren?«

»Wie kommst du darauf?«

»Weil du mein Sohn bist, du Trottel.« Sie schüttelte den

Kopf und nahm einen Kochlöffel, um die Suppe umzurühren.

»Der Job war scheiße. Als Informatiker bin ich eh dafür überqualifiziert.«

»Informatiker? Du?« Seine Mutter lachte. »Dafür muss man sein Studium schon beenden. So kann das wirklich nicht weitergehen.«

»Wie?«

»Wie? Na so. Der wievielte Job ist das jetzt, den du verloren hast? Und immer sind die anderen schuld. Ich habe wirklich einen Versager zum Sohn. Du bist ein elender Nichtsnutz! Aber was wundere ich mich, dein Vater war auch so ein Versager. Tu mir und dir nur einen Gefallen und komm nie auf die dumme Idee, einmal selbst Vater zu werden.«

»Warum sagst du so etwas Gemeines? Ich war wirklich unschuldig. Diese Schlampe von Chefin hatte mich schon immer auf dem Kieker.«

»Ich kann diese Ausreden nicht mehr hören. Willst du wieder von Hartz IV leben?«

»Na ja, erst mal gibt es Arbeitslosengeld. So schlecht ist das gar nicht. Nach dem anstrengenden Job kann ich eine kurze Auszeit gut gebrauchen«, antwortete er und lachte. Im selben Moment erhob seine Mutter den Kochlöffel und schlug ihm damit auf den Kopf.

»Spinnst du?«, brüllte er.

Sie schlug ihn noch mal und noch mal. Schützend hielt er die Hände vor seinen Kopf, trotzdem wurde er immer wieder getroffen.

»Du jämmerlicher Versager. Du bist wie dein Vater!«, schrie sie. Ihre Augen waren weit aufgerissen, ihre Stimme hatte einen bedrohlichen Tonfall angenommen.

»Hör auf!«, brüllte er zurück, aber seine Mutter dachte gar nicht daran. Sie schlug weiter auf ihn ein.

Er wusste sich nicht mehr anders zu helfen, er schubste sie weg, sprang auf und floh aus der Küche.

Im Flur schnappte er sich seine Jacke und verließ die Wohnung. Sein Kopf tat weh und als er mit der rechten Hand an sein Haar fasste, erschrak er. Seine Hand war rot.

»Ich blute, verdammt.« Angst überkam ihn, doch dann erkannte er, dass es nur von der Suppe kam, die wohl an dem Kochlöffel geklebt hatte.

Dass seine Mutter wieder so ausgerastet war, machte ihm zu schaffen. Diese Anfälle ertrug er immer weniger und er wusste, dass er irgendwann zurückschlagen würde. Darüber dürfte sie sich dann allerdings nicht wundern. Als er noch ein Kind war und sie ihn geschlagen hatte, hatte er sich nicht wehren können, doch jetzt sah die Situation anders aus.

Trotzdem hast du Angst vor ihr!

Er glaubte zu wissen, dass die Wut seiner Mutter in Wahrheit nicht ihm, sondern seinem Vater galt, der sie hatte sitzen lassen, als sie noch schwanger war. So lange er sich zurückerinnern konnte, hatte sie nie ein gutes Wort über ihn verloren. Gerade wenn sie betrunken war, war es für ihn als Kind am schlimmsten gewesen. Sie hatte immer einen Vorwand gesucht, um ihn wie aus dem Nichts zu schlagen und zu quälen. Aber seine Geduld würde ein Ende haben, schon sehr bald, das ahnte er in diesem Augenblick.

Mit fünfunddreißig Jahren war er kein Kind mehr, das sich von seiner Mutter schlagen oder herumschubsen lassen musste. Er war ein Mann, der mitten im Leben stand und vielleicht gerade etwas Pech mit seinem Job hatte, dennoch änderte das nichts daran, dass er ein erwachsener Mann war.

Sein Magen knurrte, aber nach Hause zu gehen, war keine Option. Nicht solange seine Mutter diese Wut in sich trug.

Was war denn so schlimm daran, eine Zeit lang von Arbeitslosengeld oder Hartz IV zu leben? Damit gab der Staat einem doch die Gelegenheit, sein Leben neu zu ordnen. Schließlich hatte er lange genug in die Kassen eingezahlt, da war es an der Zeit, dass er auch einmal etwas zurückbekam. Dass er in Wahrheit bislang öfter arbeitslos als beschäftigt gewesen war, verdrängte er schnell.

Der Hunger trieb ihn weiter, er musste etwas essen, das stand außer Frage. In seiner Jackentasche fand er zehn Euro, das sollte reichen. Nur, wo sollte er um diese Uhrzeit noch etwas zu essen finden? Immerhin war es kurz vor 22 Uhr und in seiner Ecke hatten die Imbissbuden längst geschlossen.

Die einzige Möglichkeit war, mit dem Bus zum Bahnhof zu fahren, um dort etwas zu holen. Da er eine Monatsfahrkarte besaß, musste er sich wegen der Kosten vorerst keine Sorgen machen.

Also ging er Richtung Haltestelle, sein Kopf schmerzte noch immer. Hätte es keine Straßenbeleuchtung gegeben, hätte er schon nichts mehr gesehen, denn um diese Zeit verkehrte so gut wie kein Auto auf der Straße.

An der Haltestelle stand eine Person, eine junge schlanke Frau, die mehr als einen Kopf kleiner war als er. Er warf ihr einen kurzen Blick zu. Sie war hübsch, schien ihn allerdings wie gewohnt nicht wahrzunehmen. Kein Wunder, für solche Frauen war er einfach Luft. Da bemerkte er, wie sie ein paar Schritte zurücktrat, auf die Laterne zu.

Damit, dass ich für solche Frauen Luft bin, habe ich gelernt, zu leben, aber ich bin doch kein Monster!, dachte er verärgert.

Er musste ihr auf irgendeine Weise Angst eingejagt haben, warum sonst sollte sie sich von ihm entfernen und sich direkt unter die Laterne stellen? Glaubte sie, da wäre sie sicherer?

»Du musst keine Angst vor mir haben«, versuchte er der jungen Frau klarzumachen. Doch sie antwortete nicht, stattdessen griff sie nach ihrem Handy. Er machte einen Schritt auf sie zu. »Ich sagte doch, du musst keine Angst vor mir haben.«

Wieder sagte sie nichts, sondern trat einen weiteren Schritt zurück, was ihn noch mehr verärgerte. Sie hielt inzwischen das Handy ans Ohr.

»Hat man dir nicht beigebracht, zu antworten, wenn man mit dir spricht? Das ist sehr unhöflich«, wurde er ärgerlich. Sie schien jetzt mit jemandem zu telefonieren.

»Lassen Sie mich in Ruhe oder ich rufe die Polizei«, sagte sie laut.

Da setzte etwas in ihm aus. Er verstand selbst nicht, was mit ihm geschah, aber plötzlich packte er sie und hielt sie fest. Sicher hatte sie die Nummer des Notrufs längst eingetippt, um tatsächlich die Polizei anzurufen, und eine Anzeige war das Letzte, was er jetzt gebrauchen konnte. Nach dem Jobverlust wollte er seiner Mutter nicht eine weitere Vorlage geben, um wütend auf ihn zu sein.

»Lassen Sie mich los«, schrie die junge Frau.

Instinktiv hielt er ihr den Mund zu und drückte sie an sich. Aufgrund ihrer Körpergröße und ihrer schlanken Statur fiel ihm das nicht besonders schwer. »Bist du endlich still! Ich will dir nichts tun.«

Aber statt Ruhe zu geben, damit er das Missverständnis aus der Welt schaffen könnte, schlug sie wie verrückt um sich, daher wurde sein Griff fester. Jetzt hatte er sie im Schwitzkasten und noch immer hielt er ihr den Mund zu, aus Sorge, dass sie schreien könnte.

Wie eine Wilde versuchte sie sich zu befreien, weshalb

ihm nichts anderes übrig blieb, als ihren Hals noch enger zuzudrücken und weiterhin die Hand auf ihren Mund zu pressen. Ihre Füße hatten schon keinen Bodenkontakt mehr, weil er so viel größer war und sie im Schwitzkasten hochgehoben hatte.

Die junge Frau röchelte, aber er ließ nicht locker.

Dann wurden das Röcheln und der Widerstand weniger, bis sie sich nicht mehr wehrte.

»Endlich hast du verstanden«, sagte er. »Aber wehe, du fängst wieder an zu schreien. Dann werde ich richtig ungemütlich.« Er atmete heftig aus. Das Adrenalin, das ihm in dem Moment durch die Adern schoss, gab ihm ein Gefühl, das er nicht einordnen konnte.

»Es ist deine Schuld. Ich wollte nur mit dem Bus fahren. Warum musstest du so eine Szene machen? Wenn ich schlank und sportlich gewesen wäre, hättest du das bestimmt nicht gemacht. Das hier ist allein deine Schuld.«

Er löste den Griff vollständig und die junge Frau schlug unsanft auf den Asphalt auf.

2

»Wir werden dich vermissen«, sagte Nele.

»Ich euch auch. Macht mir den Abschied doch nicht so schwer.« Anjas Augen glänzten feucht, Nele sah ihr an, dass sie gegen die Tränen ankämpfte. »Hamburg ist ja nicht aus der Welt. Ihr seid immer alle herzlich eingeladen, mich zu besuchen.«

»Das werden wir, darauf kannst du wetten. Schneller als dir lieb ist«, bemerkte ihr Kollege Frederik.

»Ich würde mich sehr freuen.«

»Du weißt schon, dass es in Hamburg immer regnet«, machte Lorenz einen Scherz.

»So oft nun auch nicht«, entgegnete Anja und lachte.

»Wo die Liebe hinfällt«, sagte nun Beate.

»So ist es. Wo die Liebe hinfällt.« Anja presste die Lippen zusammen.

»Vielen lieben Dank noch mal für das Abschiedsgeschenk. Das wäre echt nicht nötig gewesen.«

»Haben wir gerne gemacht«, erscholl es fast im Chor.

Die Kollegen verabschiedeten sich einzeln mit einer Umarmung von ihr, dann verließen sie das Büro. Zum Schluss blieben nur Anja und Nele übrig.

»Es wird komisch sein ohne dich«, sagte Nele.

»Du bekommst doch bestimmt bald einen neuen Partner«, entgegnete Anja.

»Das wird aber nicht dasselbe sein. Wir waren ein supereingespieltes Team.«

Anja nickte nur, dann sagte sie: »Tu mir einen Gefallen und gib deinem neuen Kollegen wenigstens eine Chance.«

»Kollege? Weißt du schon, wer es wird?«

»Nein, ich weiß es nicht. Vielleicht ist es eine Frau. Am Ende ist es doch egal, du solltest bloß nicht sofort deine Krallen ausfahren.«

»Jetzt tust du mir aber unrecht. Ich bin nur ehrlich, was ist falsch daran?«

»Eigentlich nichts, nur kommt nicht jeder damit klar.«

»Das ist dann nicht mein Problem, aber genug spekuliert. Den neuen Kollegen werde ich so fair behandeln, wie ich es bei dir auch getan habe. Jetzt geht es erst mal um dich. Ich wünsche dir alles, alles Gute! Und wenn Jochen dir dumm kommt, kriegt er die hier von mir.« Sie erhob lächelnd ihre Faust.

»Danke, das wird sicher nicht nötig sein. Jochen ist einfach wunderbar. Ich freue mich schon so auf unsere gemeinsame Zukunft in Hamburg.«

Nele wiegte unmerklich den Kopf, sie hoffte, dass Anja recht behielte. Sie sah das Ganze etwas kritischer, aber das war eher ihren persönlichen Erfahrungen mit der Liebe geschuldet.

»Du solltest auch langsam jemanden für dein Herz finden. Die Zeit rennt.«

»Wenn es passt, dann passt es. Außerdem bin ich ein glücklicher Single. Eine Beziehung bedeutet auch immer, Kompromisse einzugehen, das muss ich mir gerade nicht geben.«

»Aber wie stellst du dir das vor? Dass dein Partner sich nur nach deinem Gusto richtet? Wie kann so eine Beziehung funktionieren?«

»Genau deswegen bin ich ja Single. Wenn sich meine Einstellung ändert, sehen wir weiter.«

»Das ist ganz schön egoistisch.«

»Nein, nur ehrlich.«

»Ich bin ja nach wie vor davon überzeugt, dass du einfach Bindungsangst hast.«

»Quatsch. Aber das steht doch gerade eh nicht zur Debatte. Jetzt geht es um deinen Abschied. Ich habe noch was für dich.« Sie ging zum Schrank und holte eine Weinflasche heraus. »Das ist ein Sauvignon Blanc aus der Region. Die Hamburger sind ja Biertrinker. Nicht, dass du deine Wurzeln vergisst.«

Anja zwinkerte nun doch eine Träne aus dem Augenwinkel. »Wie könnte ich als Winzertochter das je vergessen. Vielen lieben Dank.« Sie nahm die Flasche entgegen. »Ich muss los. Jochen wartet unten.« Sie drückte Nele an sich, dann verließ sie das Büro und ließ Nele alleine zurück.

Schon jetzt fühlte es sich komisch an. Immerhin war Anja sieben Jahre lang ihre Partnerin bei der Kriminalpolizei Mannheim gewesen und damit am Ende die Person, mit der sie die meiste Zeit verbracht hatte, da sie alleinstehend war.

Wenn sie es hätte entscheiden dürfen, hätte sie keinen neuen Partner bekommen. Alleine kam sie am besten zurecht, aber sie kannte ihren Chef, schon bald würde er ihr eine neue Person ins Büro setzen. Dass sie dabei ein Wörtchen mitreden dürfte, glaubte sie nicht und das fand sie überhaupt nicht fair.

In Gedanken ging sie durch, wer der neue Partner sein könnte. Es gab da ein, zwei Personen, mit denen sie gut konnte und denen eine Versetzung sicherlich nicht ungelegen käme, um die polizeiinterne Karriere zu fördern.

»Vielleicht sollte ich bei Cheffe mal auf subtile Weise den einen oder anderen Namen fallen lassen«, dachte sie laut.

Als das Telefon klingelte, schrak sie zusammen, so sehr war sie in Gedanken versunken. Sie nahm den Hörer ab.

»Ich fahr sofort los«, sagte sie, nachdem sie dem Anrufer eine Weile zugehört hatte.

Keine dreißig Minuten später war sie am Tatort, einem Waldstück beim Mannheimer Stadtteil Schönau. Unzählige Polizeifahrzeuge sowie das rot-weiße Absperrband waren zu sehen, die Kollegen waren also schon bei der Arbeit.

»Was ist passiert?«, fragte sie, als sie beim Team der Spurensicherung ankam. Auf dem Boden lag die Leiche einer jungen Frau.

»Wie wäre es erst mal mit einem Hallo?«, ätzte Christian Schneider, der Leiter der Spurensicherung.

»Hallo. Was ist passiert?«, wiederholte sie ihre Frage.

»Das wissen wir noch nicht. Aber die Würgemale am Hals deuten darauf hin, dass sie erwürgt wurde.«

Nele bückte sich, um die Leiche genauer zu betrachten. An ihrem Hals sah sie deutlich die Druckstellen, von denen Christian gesprochen hatte. Sie war zwar keine Rechtsmedizinerin, aber ihre Erfahrung sagte ihr, dass die junge Frau noch nicht lange tot war.

»Wer hat die Leiche entdeckt?«

»Ein Jogger. Er wird von Sanitätern betreut. Scheint ziemlich neben der Spur zu sein.«

»Verstehe.«

»Sicher?« Christian schaute sie prüfend an. »Sei nett.«

»Bin ich doch immer.« Sie ging zu dem Zeugen.

»Guten Tag. Sie haben die Leiche gefunden?«

Der Mann, den sie auf Anfang zwanzig schätzte, nickte nur. Er war ziemlich blass im Gesicht. Ob das am Schock lag oder seine natürliche Hautfarbe war, konnte sie schwer einschätzen.

»Wann haben Sie sie entdeckt?«

»Vielleicht vor zwei Stunden. So genau weiß ich das nicht.« Sein Blick wanderte zu seiner Uhr.

»Also gegen zehn?«

»Ja, so um den Dreh müsste das gewesen sein.« Der

Zeuge wirkte seltsam nervös. Er blickte überall hin, nur nicht zu ihr.

»Joggen Sie hier regelmäßig?«

»Seit einem Monat versuche ich, jeden Tag zu joggen.«

»Verstehe.« Nele konnte ihm das kaum abnehmen, denn der Zeuge wirkte alles andere als sportlich. Er war sehr kräftig und wog bestimmt über hundert Kilo bei einer Körpergröße von vermutlich etwas mehr als einem Meter fünfundachtzig und überragte sie damit deutlich.

»Wie heißen Sie?«

»Luis.«

»Und weiter?«

»Stehr«, nuschelte der Mann, der augenscheinlich mit der robusten Art von Nele seine Schwierigkeiten hatte. Er wirkte eingeschüchtert. In Neles Augen war das einfach nur lächerlich, es gab schließlich überhaupt keinen Grund dafür.

»Ist das nicht mühsam, mit so einem Gewicht zu joggen?«

»Wie meinen Sie das?«

»Na ja, Sie sehen nicht gerade wie der typische Jogger aus.«

»Darf ich deswegen nicht joggen? Ich habe über die Zeit mehr als siebzig Kilo abgenommen.«

»Verstehe. Können Sie das auch beweisen?«

»Warum? Worauf wollen Sie hinaus?« Luis wirkte noch irritierter als zuvor. Seine Blicke wanderten zu dem Sanitäter, der einige Schritte zur Seite getreten war, als sie die Befragung aufgenommen hatte. Der Sanitäter reagierte nicht auf seinen Blick.

»Ich würde gerne ein Foto von Ihnen sehen, mit Ihrem alten Gewicht.«

»Warum? Das geht jetzt gar nicht und ich weiß nicht,

was das mit dem hier zu tun haben sollte.« Der Kopf des Mannes lief rot an. Sie konnte nicht einschätzen, ob es an der Nervosität lag oder ob er wütend wurde.

»Es geht darum, wie weit Ihre Aussage vertrauenswürdig ist. Wollen Sie mir bitte jetzt ein Foto mit Ihrem alten Gewicht zeigen?«, erklärte sie. Vielleicht war er nie derart übergewichtig gewesen, dann würde sie auch seine anderen Aussagen in Zweifel ziehen müssen. Vielleicht war er selbst in die Tat verwickelt, ein Freak, der glaubte, die Polizei an der Nase herumführen zu können. Die Abschürfungen auf dem rechten Handrücken des Mannes waren ihr nämlich nicht entgangen.

»Ich weiß nicht, warum ich Ihnen das Foto zeigen sollte. Mein Gewicht hat rein gar nichts mit dem Mord zu tun. Ich bin nur zufällig auf die Leiche gestoßen. Sie sollten froh sein, dass ich die Polizei gerufen habe. Ich hätte auch einfach weiterlaufen können, wie der Mann vor mir.«

»Noch wissen wir gar nicht, ob es ein Mord ist. Wie kommen Sie darauf?«, bohrte Nele nach. Irgendetwas stimmte hier ganz und gar nicht. Wer sollte dieser ominöse andere Mann sein?

»Zeigen Sie mir jetzt das Foto? Sonst müssen wir unser Gespräch auf dem Präsidium fortführen«, drohte sie.

Doch statt zu antworten, lief der Zeuge einfach weg.

3

»Hast du noch Cola?«, fragte Holger.

»Ja, im Kühlschrank. Bring gleich zwei Gläser mit«, antwortete er und bearbeitete weiter konzentriert den Gamecontroller.

»Wird gemacht.« Holger stand auf und ging zum Kühlschrank.

Kurz darauf kam er zurück, setzte sich zu ihm aufs Sofa und reichte ihm ein Glas. Er nahm es entgegen und gönnte sich einen Schluck, danach spielten sie weiter Fortnite. Wie gewohnt sprachen sie kaum ein Wort miteinander und wenn doch, ging es ausschließlich um den Spielverlauf. Er mochte es nicht, während des Spiels abgelenkt zu werden.

»Ja«, brüllte er und gab einen Zischlaut von sich, nachdem er zwei weitere Gegner erschossen hatte.

»Entspann dich. Ist nur ein Spiel«, reagierte Holger deutlich genervt.

»Die haben es nicht anders verdient«, verteidigte er seinen kleinen Freudenschrei.

»Mag sein, aber du übertreibst. Du musst lernen, entspannter zu sein. Das Spiel hat ja regelrecht Besitz von dir ergriffen.«

»Hat es nicht.«

»Gut, dann lass uns rausgehen. Ich habe Hunger.«

»Jetzt?« Sein Blick wanderte zum Bildschirm zurück. Das konnte Holger unmöglich von ihm verlangen, wo es doch gerade so gut lief.

»Siehst du, du bist süchtig. Du lebst im falschen Film.«

»Tue ich nicht«, zischte er und erschoss eine weitere Figur in dem Spiel. Dass Holger ihm diesen Vorwurf machte, passte ihm gar nicht. Aber wenn er jetzt nicht aufhörte, würde sich Holger auch noch im Recht fühlen und das durfte unter keinen Umständen passieren, so schwer es ihm fiel, aufzuhören.

»Du bist ganz eindeutig süchtig. Mensch, das ist nur ein Spiel. Du musst lernen, zwischen Realität und Fiktion zu unterscheiden. Kein Wunder, dass du keine Freundin hast.«

»Was soll das? Wieso beleidigst du mich?«, rutschte es ihm heraus. Seine Augen wurden schmal vor Wut.

»Wieso? Ist doch wahr. Wann hattest du denn zuletzt eine Freundin?«

»Das hat doch nichts mit dem Spiel zu tun.«

»Natürlich. Du zockst doch, seit du zwölf bist.«

Er schnaubte, sagte aber nichts, dabei hätte er Holger zu gerne gepackt und ihm eine verpasst, aber er hielt sich zurück. Zu groß war der Respekt vor ihm.

»Entweder du kommst jetzt mit oder ich gehe alleine.« Holger legte den Controller ab und stand auf.

»Du hast doch nur keine Lust mehr, weil es bei dir schlecht läuft«, wagte er dennoch einen Vorstoß.

»Ganz bestimmt nicht. Ich habe halt andere Prioritäten im Leben. Ich lasse mich nicht durch eine fiktive Welt bestimmen, ich lebe im Hier und Jetzt. Das solltest du auch mal tun, wenn du am Ende nicht als kompletter Versager dastehen willst.«

»Ich bin kein Versager«, wurde er laut.

»Hey, entspann dich. Ich bin dein Kumpel. Wie lange kennen wir uns?« Holger gab sich unbeeindruckt.

Die dominante Art seines Freundes schüchterte ihn sofort ein. Er legte den Controller ebenfalls auf den Tisch. »Du hast recht. Die Onlinewelt bestimmt nicht über mich. Es ist nur ein Spiel.« Sein verkniffener Gesichtsausdruck verriet allerdings, dass er doch angesäuert war, das Spiel jetzt beenden zu müssen.

Holger warf ihm einen prüfenden Blick zu, sagte aber nichts. Stattdessen nahm er seine Jacke und trat an die Tür. Er folgte ihm, nahm ebenfalls seine Jacke, seinen Rucksack und seine Bauchtasche und setzte sich sein Bluetooth-Headset ins Ohr.

»Brauchst du das wirklich alles?«, fragte Holger und beäugte ihn skeptisch.

»Klar, man kann nie wissen«, antwortete er, da er gerne für alle Eventualitäten vorbereitet war.

Sie verließen die Wohnung und gingen zu Holgers Wagen.

»Wohin fahren wir?«

»Ich würde sagen, in die Stadt einen Kaffee trinken.«

»Okay.« Ob Holger ihn wieder nach Hause fahren würde, fragte er erst gar nicht, er kannte die Antwort. Wie immer würde er für den Heimweg die öffentlichen Verkehrsmittel nehmen, aber damit hatte er kein Problem.

»Wie läuft es auf der Arbeit?«

»Habe gekündigt.«

»Gekündigt? Warst du nicht erst ein paar Monate dort?«

»Ja, war nix für mich. Die haben mich alle gemobbt, einschließlich meiner Chefin.«

»Dein wievielter Job ist das eigentlich?«

»Weiß nicht, ich zähl das nicht. Immerhin gehe ich arbeiten.«

»Momentan augenscheinlich nicht. Du musst echt dein Leben in den Griff kriegen, so schlimm es auch die letzte Zeit für dich gelaufen ist. Es muss weitergehen. Sich hängen lassen ist keine Alternative.«

»Ich habe mein Leben im Griff.«

»Ganz offensichtlich nicht, sonst ...«

»STOPP!«, wurde er laut. Das musste er sich nun wirklich nicht bieten lassen.

»Wieso stopp? Findest du im Ernst …«

»Sorry, wenn ich dich unterbreche, aber das kannst du doch gar nicht beurteilen, du warst nie auf meiner Arbeitsstelle. Die haben mich da wie einen Psycho behandelt.«

Holger lachte und schüttelte den Kopf. »Einfach bist du nicht gerade. Wahrscheinlich hast du aus einer Mücke einen Elefanten gemacht.«

»Was willst du damit sagen?«

»Dass du null kritikfähig bist. Du fühlst dich immer gleich angegriffen, wenn man dich sachlich kritisiert.«

»Moment! Zwischen Kritik und Beleidigung liegt schon ein großer Unterschied.«

»Du verwechselst das. Erinnerst du dich an letzte Woche?«

»Was war da?«

»In der Drogerie.«

»Musst du das jetzt ansprechen?« Er starrte angestrengt aus dem Beifahrerfenster und spürte Wut in sich aufsteigen, dieser Jähzorn war einfach schwer zu kontrollieren, auch wenn es ihm häufig gelang, ihn herunterzuschlucken. Aber wie lange noch?

Warum sollte ich mir eigentlich Gedanken darüber machen? Lass ihn raus! Er ist ein Teil von dir.

»Ja, anders kapierst du's doch nicht. Wenn ich nicht gewesen wäre, hättest du unnötig Geld ausgegeben. Die Vorteilspackung hat fünf Euro weniger gekostet als die zwei einzelnen Packungen. Aber du wolltest unbedingt zwei Packungen. Das war total unlogisch, und als ich dich darauf hingewiesen habe, hast du mich noch angemault und bist einfach weggelaufen. Das sagt viel über deine Kritikfähigkeit aus.«

»Ich habe mich aber entschuldigt und am Ende die Vorteilspackung gekauft.«

»Aber nur, weil ich nicht lockergelassen habe. Du bist mein Kumpel, seit mehr als zwanzig Jahren. Glaubst du im Ernst, ich will dir was Böses? Trotzdem ziehst du dich sofort in deinen Kokon zurück, wenn ich Kritik an dir übe.«

»Müssen wir jetzt darüber sprechen? Ich habe mich doch entschuldigt.«

»Siehst du? Du tust es wieder. Weil es dir an Selbstbewusstsein mangelt und weil du dir nicht anders zu helfen weißt, wirst du pampig und launisch. Menschen, die dich nicht kennen, könnte das abschrecken.«

»Das ist dann doch ihr Problem. Soll ich mich jetzt für andere ändern?«

»Nicht ändern, aber du musst an dir arbeiten.«

»Das tue ich. Ich habe mir schon Bücher über Verhaltenspsychologie und Körpersprache besorgt.«

»Vergiss es. Das meine ich nicht. Theoretisches Wissen bringt dir nichts. Du musst unter Menschen. Wenn ich nicht wäre, würdest du dein Zimmer nie verlassen.« Holger parkte den Wagen.

»Das stimmt nicht.«

Kopfschüttelnd stieg Holger aus und sagte: »Du weißt, dass ich recht habe. Du bist fünfunddreißig. Wenn du dein Leben nicht änderst, werden die Menschen glauben, du bist ein Freak.«

»Ich bin kein Freak! Das muss ich mir nicht bieten lassen!« Wütend schlug er die Autotür zu, seine Augen waren weit aufgerissen und am liebsten hätte er Holger gepackt und zu Boden geworfen, doch er zügelte sich.

Holger lachte nur und klopfte ihm auf die Schulter. »Komm, entspann dich. Wir sind Freunde. Wann kapierst du endlich, dass du dich nicht bei jedem Spruch angegriffen fühlen musst? Wann reißt du diesen verdammten Schutzschild ein? Er macht dir dein ganzes Leben kaputt.«

»Du musst mich aber auch nicht immer provozieren.«

Das laute Ausatmen von Holger sprach Bände. »Du bist ein hoffnungsloser Fall. Ich suche uns Plätze und du bringst die Getränke.« Sie betraten das Selbstbedienungscafé, das sehr gut besucht war.

»Okay. Was willst du?«

»Einen Latte.« Holger entfernte sich und er stellte sich ans Ende der Schlange.

Dass Holger ihm immer Vorwürfe machen musste, nervte ungemein. Konnte er ihn nicht einfach mal so akzeptieren, wie er war? Warum fiel das den anderen so schwer? Er selbst mäkelte doch auch nicht ständig an seinen Mitmenschen herum.

Und was bitteschön war daran verwerflich, wenn er sich verteidigte, wenn andere ihn angriffen? Er konnte die ganze Aufregung nicht verstehen. Er war das Opfer, nicht der Täter. Aber Holger stellte es immer so dar, als wäre er der Auslöser. Dabei verstellte er sich nur einfach nicht. Vermutlich musste man das aber tun, um geliebt zu werden.

Er gab seine Bestellung auf und ging mit den beiden Getränken zu Holger, der gerade telefonierte.

»Ich melde mich, Babe«, beendete Holger das Gespräch.

»Wer ist das gewesen?« Er reichte Holger seinen Latte.

»Sandy. Habe ich am Wochenende im Club kennengelernt. Heiße Schnitte.«

»Bei deinen ganzen Liebschaften kommt man ja gar nicht mehr hinterher.«

»Kannst du mir bitte noch Zucker bringen?«

»Klar.« Er stand auf und holte ihn.

»Danke. Ja, sie ist nett. Aber ich denke nicht, dass es was Ernstes wird. Sie ist mir doch zu einfach gestrickt.«

»Verstehe. Dumm fickt aber gut.«

Holger lachte, ihm schien ein Spruch auf den Lippen zu liegen, aber er schwieg.

»Du solltest mal abends mit feiern kommen.«

»Du weißt doch, das ist nicht so mein Ding. Ich gehe lieber ins Kino oder so.«

»Na ja, aber wie willst du dann eine Frau kennenlernen?«

»Ich bin auch ohne Frau glücklich.«

»Das kann ich mir schwer vorstellen. Eine Frau würde dir guttun, die könnte dich bestimmt umkrempeln.«

»Ich bin mit mir selbst glücklich genug«, versuchte er unbeeindruckt zu wirken. Dass ihn diese Worte in Wahrheit heftig trafen, konnte er unmöglich zugeben. Natürlich gab es Tage, an denen er sich einsam fühlte, Holger das auf die Nase zu binden, wäre allerdings nicht klug. Daraufhin würde er den Druck nur erhöhen, mit ihm auf eine Party zu gehen. Er war nun mal kein Partygänger, nur Holger schien das nicht kapieren zu wollen.

»So ein Quatsch. Der Mensch ist nicht zum Alleinsein gemacht«, entgegnete Holger.

Er nahm einen kräftigen Schluck von seinem Frappé. Die Kälte schoss sofort in seinen Kopf und löste einen schrecklichen Kälteschock aus. Es zog fürchterlich und er presste sich sofort die Hand auf die Stirn.

»Du lernst das nie, oder?«, lachte Holger. »Wie oft hattest du das schon? Wenn du was Kaltes bestellst, solltest du etwas langsamer trinken.«

Er kniff ärgerlich die Lippen zusammen. Damit hatte er Holger eine weitere Steilvorlage serviert, um sich über ihn lustig zu machen.

»Wusstest du, dass die Stanford Universität einen Algorithmus entwickelt hat?«

»Nein, was kann der?«

»Er soll Homosexualität erkennen können. Vielleicht solltest du dir das Programm mal besorgen?«

»Warum? Willst du damit andeuten, ich wäre schwul?« Er richtete sich auf. Was Holger da von sich gab, fand er überhaupt nicht komisch. Er hasste Schwule, sie waren in seinen Augen abartig.

»Du hattest doch noch nie eine Freundin. Vielleicht bist du ja wirklich schwul und stehst nur nicht dazu.«

»STOPP! Jetzt gehst du eindeutig zu weit, das muss ich mir von dir nicht bieten lassen. Ich weiß ja wohl selbst, ob ich schwul bin oder nicht. Nur weil ich nicht wild durch die Gegend vögele, heißt das nicht, dass ich schwul bin.«

»Beruhig dich. Ich will dir doch nur helfen. Warum regst du dich so auf? Wir leben im 21. Jahrhundert. Homosexualität ist heute glücklicherweise etwas völlig Normales. Und ganz ehrlich, ich hätte kein Problem damit, schwul zu sein. Schwule sind untereinander viel ehrlicher als Heteros. Du gehst in einen Club, findest den Kerl geil und ihr habt Sex. Bei einer Frau musst du sie erst überreden, sie einladen und was weiß ich nicht alles.«

»Mir doch egal, was du denkst. Ich bin nicht schwul. Können wir endlich das Thema wechseln?«

»Klar, war nicht böse gemeint. Du stellst dich nur ziemlich an. Wie schaut es mit Kino aus? Haben wir schon lange nicht mehr gemacht.«

»Captain Marvel läuft noch im Cineplex.«

»Der soll nicht schlecht sein.«

»Die Kritiken sind sehr gut. Hast du die Vorschau gesehen?«

»Welche ...«

»Na die Szene, in der Captain Marvel die alte Frau im Bus schlägt und alle sich denken, ob sie noch alle Tassen im Schrank hat«, unterbrach er Holger. Er wollte den Film schon seit Wochen sehen, hatte aber bisher keine Gelegenheit dazu gehabt.

»Habe ich nicht gesehen. Aber können wir gerne machen. Wann?«

»Heute?«

»Heute wird das leider nichts, aber nächstes Wochenende vielleicht.«

»Ja, gut. Läuft uns ja nicht weg«, antwortete er, dabei fühlte er, wie seine Enttäuschung wuchs. Warum hatte Holger ihn überhaupt gefragt, ob er mit ihm ins Kino gehen wolle, wenn er gar keine Zeit hatte? Er fühlte sich verarscht, sagte es aber nicht aus Angst, dass er sich wieder einen Spruch würde anhören müssen.

»Avengers wird bestimmt auch ganz gut«, sagte Holger.

»Auf jeden Fall. Nach dem offenen Ende will die Welt doch wissen, wie es weitergeht. Ich habe mir einige Fantheorien angeschaut. Wenn du mich fragst, halte ich die von ...«

»Ich muss mal aufs Klo«, unterbrach Holger ihn und stand auf.

Während Holger weg war, nippte er weiter an seinem Frappé, dann nahm er sein Handy und schaute, ob ihn jemand angerufen hatte, was aber nicht der Fall war. Also hörte er sich ein paar Klingeltöne an.

»Warum du überhaupt ein Handy hast, ist mir echt ein Rätsel«, machte sich Holger wieder mit einem Spruch bemerkbar. »Egal wann ich dir über WhatsApp schreibe, du reagierst nicht.«

»Ich habe es halt auf lautlos.«

»Ich glaube, es liegt eher daran, dass du es in der Tasche hast und zu Hause den ganzen Tag mit deinem dämlichen Headset auf dem Kopf irgendwelche Ballerspiele spielst. Egal. Ich muss los.«

»Okay, ich trinke schnell aus.« Er trank den Rest und folgte Holger nach draußen.

»Ich melde mich.«

»Mach das. Hat mich gefreut.«

»Mich auch. Und wenn du eine ruhige Minute hast, denk mal über meine Worte nach. Ich bin dein Kumpel, ich will, dass es dir gut geht. Aber das kriegen wir nur hin, wenn du es auch willst und an dir arbeitest.«

Statt etwas zu erwidern, reichte er Holger die Hand zum Abschied. Danach blieb er alleine zurück. Nach Hause wollte er nicht, also schlenderte er durch die Fußgängerzone, die wie so oft sehr gut besucht war.

Holgers Worte ließen ihm keine Ruhe, so sehr er auch versuchte, sie nicht an sich heranzulassen. Konnte es sein, dass er wirklich schwul war?

»Niemals«, rutschte es ihm lauter heraus als beabsichtigt. Eine junge Frau schaute ihn erschrocken an. »Guck nicht so«, brüllte er die Frau an und ging kopfschüttelnd weiter.

Seine Laune war dahin, fast hatte er das Gefühl, dass alle Menschen ihn anstarrten. An einem Schaufenster blieb er stehen, um sich zu betrachten. Hatte er etwas an sich, weswegen sie so schauten? Vielleicht war sein T-Shirt dreckig oder klebte ihm etwas im Gesicht? Er konnte nichts erkennen.

Bin ich wirklich so hässlich?

Nein, das konnte es nicht sein. Sein Bild im Schaufenster gefiel ihm. Er war nicht der Schlankste, aber bei seiner Größe verteilte sich das Gewicht ganz gut. Im Gegensatz zu Holger trug er keine teure Kleidung, aber das war ihm auch nicht wichtig. Er war immer sauber angezogen und gepflegt, das war ja wohl das Entscheidende. Im Großen und Ganzen war er mit sich im Reinen, nur die anderen schienen mit ihm nicht im Reinen zu sein. Aber dafür konnte er doch nichts. Musste man ihm denn deswegen das Gefühl geben, dass er nicht erwünscht war?

Am liebsten wäre er ausgewandert, nach New York oder Washington. Die USA gefielen ihm. In so einer amerikanischen Großstadt würde er in der großen Masse untertauchen können. Keiner würde sich an ihm stören und er könnte einfach ein glückliches Leben führen.

Und du könntest eine Waffe besitzen, dachte er zufrieden.

»So sehen Kinderschänder aus«, hörte er jemanden in einer Gruppe von vier Jugendlichen tuscheln, die ein paar Meter vor ihm stand. Er hatte ein sehr gutes Gehör, daher glaubte er nicht, dass er sich verhört hatte. Sein Blick wanderte zu den Jugendlichen, die sicher keine fünfzehn waren.

»Guck nicht so, du Freak«, lachte einer von ihnen.

Schnell wechselte er die Straßenseite. Er wollte keinen Streit mit diesen Halbstarken, auch wenn sie kleiner waren als er. Wer konnte schon sagen, ob sie nicht Messer bei sich trugen.

Du hast auch ein Messer bei dir. Wieso lässt du dir das gefallen? Schneid ihnen die Kehle durch, ermahnte ihn eine Stimme in seinem Inneren.

Doch er blieb lieber bei der Flucht.

Irgendwann erreichte er einen Teeladen und trat ein, um sich grünen Tee zu kaufen. Er liebte japanischen grünen Tee. Im Anschluss daran ging er zurück zur Haltestelle, um nach Hause zu fahren. Er hatte genug von der Stadt, außerdem hatte er Hunger. Seine Mutter würde ihm sicher etwas zu essen machen.

Egal wie sehr sie auch mit ihm schimpfte oder ihn schlug, am Ende gab sie ihm ein Dach über dem Kopf und hatte immer eine Mahlzeit für ihn.

Es könnte mich schlechter treffen, sinnierte er, während er an der Haltestelle auf den Bus wartete.

Der Bus kam mit zweiminütiger Verspätung. Er stieg ein, nahm Platz und hörte Musik. Mit jeder Haltestelle wurde der Bus voller, bis nur noch ein Sitzplatz frei war. Der neben ihm.

Drei Haltestellen vor seinem Ziel fragte ihn eine junge Frau, ob der Platz noch frei sei. Er nickte und sie setzte sich hin.

Er wusste nicht, woran es lag, aber in der Gegenwart von Frauen fing er immer an zu schwitzen, vor allem, wenn sie ihm gefielen. Wie alt seine Sitznachbarin war, konnte er schwer einschätzen, aber er vermutete, dass sie um die achtzehn Jahre alt sein musste.

Wie kann ich schwul sein?, dachte er verärgert.

»Darf ich raus? Das ist meine Haltestelle«, sagte er, als der Bus kurz vor seinem Ziel war.

»Meine auch«, antwortete die junge Frau freundlich.

»Okay«, sagte er und blieb sitzen. Da hatte er plötzlich eine Idee, sie wurde übermächtig und ergriff vollständig Besitz von ihm.

Als der Bus stoppte, wartete er, bis sie ausgestiegen war, danach stieg auch er aus. Draußen tat er so, als würde er in seinem Handy irgendwelche Nachrichten lesen, dabei wollte er nur sehen, wohin die junge Frau ging.

Als er sah, dass ihr niemand folgte, steckte er das Handy weg und ging ihr nach. Es gab keine andere Möglichkeit, er musste es tun. Der Drang, dieses Gefühl zu haben, war plötzlich übermächtig.

4

»Musstest du den Zeugen gleich verhaften?«, fragte Ernst Sutter.

»Hallo! Vielleicht ist es dir entgangen, aber der Zeuge ist einfach weggelaufen. Was hätte ich denn tun sollen?«

»Ich habe nicht gesagt, dass du ihm nicht hättest nachlaufen und ihn stellen sollen, aber ihn gleich zu verhaften, ist doch etwas unverhältnismäßig.«

»Er hat gelogen.«

»Weil du ihm Angst gemacht hast.«

»Ich? Der Typ ist einen Kopf größer als ich. Wie kann der vor mir Angst haben?«

Ernst gab einen Laut von sich, der mehr sagte, als Worte es in diesem Moment vermocht hätten. Es war offensichtlich, dass ihr Chef mächtig angefressen war. Dabei hatte sie nur ihre Arbeit gemacht. Der Zeuge hatte ihr keine andere Wahl gelassen, nur wollte ihr Chef das nicht verstehen.

»Hat er seinen Anwalt auf dich gehetzt?«

»Wenn es mal nur der Anwalt gewesen wäre. Er hat mächtig Dampf in den sozialen Medien abgelassen. Unser Facebookprofil hat schon lange nicht mehr so viele negative Einträge zu verzeichnen gehabt. Du weißt doch, seit die Presse in diesem Missbrauchsfall in Lügde die Sache mit den verschwundenen Datenträgern ausgeschlachtet hat, ist das Präsidium sehr vorsichtig aus Sorge, dass uns Ähnliches passieren könnte. Wir können uns derzeit keine Fehler erlauben.«

»Die Herren Schlipsträger in den oberen Etagen sollen

sich mal nicht ins Hemd machen. Wo gehobelt wird, da fallen Späne.«

»Dass du immer so uneinsichtig sein musst.«

»Bin ich gar nicht. Du tust mir unrecht, ich habe nur meinen Job erledigt.«

»Ist ja gut.« Ihr Chef winkte genervt ab. Nele sah die Geste als kleines Zeichen ihres Sieges, da sie hartnäckig ihre Position verteidigt hatte. »Wo stehen wir in dem Fall?«

»Noch ziemlich am Anfang.«

Ernst hob seinen Kopf. Es war offensichtlich, dass er ihre Antwort nicht guthieß.

»Zumindest haben wir die Identität der Toten feststellen können. Christian geht davon aus, dass die Frau erwürgt wurde. Außerdem fanden sich Spermaspuren. Die Spurensicherung vermutet, dass sie vergewaltigt wurde. Ob das post mortem stattfand, können sie noch nicht sagen. Sie warten die Ergebnisse der Rechtsmedizin ab.«

»Du scheinst nicht überzeugt?«

»Na ja, es ist doch gut möglich, dass sie vorher einvernehmlichen Sex mit ihrem Freund hatte«, gab Nele zu bedenken. Sie wollte sich, im Gegensatz zu Christians Team, nicht sofort auf eine Vergewaltigung festlegen, obwohl die Wahrscheinlichkeit, dass es sich so verhalten hatte, recht groß war. Warum sonst sollte jemand eine junge Frau im Wald erwürgen? Doch auch darauf könnte es unzählige andere Antworten geben, die es noch zu finden galt.

»Und wer ist die Tote?«, fragte Ernst. Auf ihren Einwand mit der Vergewaltigung ging er nicht ein. Sein Blick verriet auch nicht, ob er ihrer Überlegung zustimmte. Obwohl Nele schon acht Jahre für ihn arbeitete, konnte sie ihren Chef und seine Gedankengänge nicht immer einschätzen.

»Natalie Pick, zweiundzwanzig Jahre alt. Ihre Eltern haben sie gestern Abend als vermisst gemeldet, weil sie nicht nach Hause gekommen ist, und bei ihrem Freund war sie auch nicht.« Christian hatte ihr das erst vor fünfzehn Minuten telefonisch durchgegeben.

»Hat die Handyortung etwas ergeben?« Der Blick ihres Vorgesetzten wanderte zum Bildschirm.

»Ja, das Handy wurde ganz in der Nähe des Tatorts gefunden, heute Morgen. Unsere Experten sind gerade dabei, es auf Spuren zu untersuchen und die Anrufe auszuwerten.«

»Gut, wir sehen uns um 18 Uhr zur Teambesprechung«, antwortete er, sein Blick verharrte auf dem Bildschirm, für Nele ein Zeichen, dass sie gehen konnte.

Auf dem Weg in ihr Büro wurde sie von Martin gestoppt, er arbeitete wie sie im Team von Ernst. »Und, vermisst du Anja schon?«, fragte er.

»Nein«, blieb sie kurz angebunden.

»Ist das nicht trotzdem komisch? Ihr habt so lange zusammengearbeitet.«

»Stimmt, aber wir waren nicht verheiratet. Das ist so mit Kollegen.«

»Sag mal, hast du tatsächlich diesen Zeugen verhaftet und mit aufs Präsidium genommen?«

»Ja, wieso lachst du?«

»Die Sache scheint nicht ganz so gut angekommen zu sein.«

»Ist das der eigentliche Grund für dieses Gespräch?« Nele wurde ungehalten. Wenn ihr Chef ihr Vorwürfe wegen ihres Übereifers machte, war das eine Sache. Aber wenn ein Kollege in dieselbe Kerbe schlug, nervte sie das gewaltig.

»Nein, nein.« Martin hob abwehrend die Hände. »Mit Anja wäre das vermutlich nicht passiert.«

»Das hat rein gar nichts mit Anja zu tun. Noch mal für dich und für alle anderen Lästerschwestern: Der Zeuge ist meinen Fragen ausgewichen und dann weggelaufen. Mir blieb gar keine andere Wahl, als ihn zu verhaften. Ein ordentliches Gespräch war nur auf dem Präsidium möglich. Lass Anja da aus dem Spiel«, wurde sie nun laut. Diese Vorwürfe musste sie sich nicht gefallen lassen, schon gar nicht von Martin, dessen Akte über Verfehlungen während des Dienstes sicherlich nicht die dünnste war.

»Komm mal runter«, blieb Martin gelassen. »Weißt du denn schon, wer dein neuer Kollege sein wird?«

»Nein, weiß ich nicht. Und wenn es nach mir ginge, brauchte ich auch keinen. Ich komme ganz gut alleine zurecht. Hast du denn was gehört?« Dass Martin sie ausgerechnet auf den potenziellen neuen Kollegen ansprach, hatte sicherlich einen Grund, denn er war bestimmt nicht auf Small Talk aus, dafür kannte sie ihren überehrgeizigen Kollegen nur zu gut. Zum Glück hatte er bereits einen Partner, der ihm zugeordnet war. Sie und Martin hätten als Team niemals funktioniert.

»Nichts Konkretes. Nur, dass er wohl nicht aus der Ecke kommen soll.«

»Aus der Ecke? Du meinst, nicht von der Mannheimer Polizei oder aus Baden-Württemberg?«

»Aus Norddeutschland, munkelt man.«

»Und wer soll das sein?«

»Das weiß ich nicht. Aber ich denke, Ernst wird uns das bald mitteilen.«

»Verstehe. Gibt es sonst noch was?«

»Nein, warum fragst du?«

»Gut, dann kann ich ja weiter.« Ohne eine letzte Bemerkung von Martin abzuwarten, entfernte sie sich.

Wer wohl dieser neue Kollege war? Wenn der Flurfunk bereits meldete, dass es ein auswärtiger Kollege sein könnte, musste da was dran sein.

Es war nur komisch, dass Ernst noch kein Wort über ihn verloren hatte, schließlich hatte sie ein Recht darauf zu erfahren, mit wem sie zusammenarbeiten würde. Man konnte ihr doch nicht irgendeine beliebige Person vor die Nase setzen.

Ernst schon, dachte sie leicht gereizt. Sie würde sich den Tag aber nicht mit Vermutungen über den neuen Kollegen vermiesen lassen, also holte sie ihre Sachen aus dem Büro, zog ihre Jacke an und verließ das Präsidium, um den Freund der Toten aufzusuchen.

»Kommen Sie doch bitte rein«, sagte Paul Biller und hielt der Kommissarin die Tür seiner Wohnung auf. Seine Augen waren gerötet, ein deutliches Anzeichen dafür, dass er geweint hatte.

Nele folgte ihm ins Wohnzimmer. Die Wohnung hatte eine überschaubare Größe, jedenfalls nach dem Flur und dem Wohnzimmer zu urteilen. Sie wirkte aufgeräumt, an der Wand hing ein großes Bild von ihm und Natalie. Beide lachten und wirkten sehr glücklich. Allerdings war so ein Bild nur eine Momentaufnahme, von solchen Dingen ließ sich Nele nicht täuschen.

»Der Verlust Ihrer Freundin tut mir leid«, versuchte sie, ihm ihr Beileid kundzutun. In solchen Dingen war sie noch nie besonders gut gewesen. Es war schon immer Anjas Stärke gewesen. Für Nele hatten Beileidsbekundungen während des Dienstes immer etwas Scheinheiliges, denn der Tod war nun mal ein Teil ihres Berufes und sie selbst stand in keiner persönlichen Beziehung zu den Toten, geschweige denn zu den Hinterbliebenen. Außerdem kam es nicht selten vor, dass einer der Angehörigen sich als Mörder entpuppte. Einem Täter dann sein Beileid für den Verlust einer Person auszusprechen, hatte schon etwas Zynisches, fand Nele.

»Danke. Ich kann es noch immer nicht verstehen. Warum ausgerechnet Natalie?« Er legte sich die rechte Hand vor die Augen. Es war offensichtlich, dass er wieder anfing zu weinen.

»Genau das will ich herausfinden. Wann haben Sie sich zuletzt gesehen?«

»Das war gestern Abend. Kurz nach 22 Uhr ging ihr Bus, ich glaube 22:15 Uhr oder so.«

»Hat sie kein Auto?«

»Nein. Sie macht eine Ausbildung und wohnt noch bei ihren Eltern.«

»Haben Sie ein Auto?«

»Ja, warum?«

»Warum haben Sie Ihre Freundin nicht nach Hause gefahren?«

Paul schaute sie entgeistert an. Dann brach er endgültig in Tränen aus. Er setzte sich auf die Couch.

Dass er etwas mit dem Mord zu tun haben könnte, schien in diesem Augenblick fern jeder Vernunft. So niedergeschlagen wie der Freund wirkte, müsste er schon ein sehr guter Schauspieler sein, um ihr das vorspielen zu können.

»Möchten Sie mir nun sagen, warum Sie Ihre Freundin nicht nach Hause gefahren haben?«, wiederholte sie ihre Frage, nachdem sie ihm etwas Zeit gegeben hatte, sich zu sammeln.

»Sie fährt immer mit dem Bus. Ihr Arbeitgeber hat ihr eine Dauerfahrkarte bezahlt. Ihre Eltern wohnen in Ludwigshafen, da macht es keinen Sinn, wenn ich sie jedes Mal nach Hause fahre.«

»Verstehe. Also spielen wirtschaftliche Gründe eine Rolle.«

»Meine Freundin wurde ermordet und Sie ...« Paul sprach den Gedanken nicht aus, stattdessen schluchzte er.

»Ich wünschte, ich hätte sie heimgefahren, dann wäre das alles nicht passiert.«

»Vermutlich nicht«, bestätigte sie.

Dass ihre ehrliche Antwort in diesem Moment unpassend war, erkannte sie sofort. Pauls Schluchzen wurde immer lauter, er schlug die Hände vors Gesicht.

»Brauchen Sie einen Arzt?«

Paul antwortete nicht.

Nele gab ihm etwas Zeit, um sich zu beruhigen, schließlich hatte sie noch ein paar Fragen und einen erneuten Besuch wollte sie sich und ihm, wenn möglich, ersparen.

»Hatte Natalie in letzter Zeit Ärger mit jemandem?«

»Ärger? Wie meinen Sie das?«, fragte Paul und wischte sich mit dem Ärmel seines Pullovers die Tränen vom Gesicht.

»Gab es jemanden, der ihr nachstellte, weil sie ihn abblitzen ließ? Verschmähte Liebe ist ein starkes Mordmotiv.«

»Nein, da war niemand. Natalie war keines dieser Mädchen, die mit anderen Männern flirten. Sie ging ja nicht mal feiern.«

»Hat sie ein Profil in den sozialen Netzwerken?«

»Sie meinen Facebook oder Instagram?«

»Ja.«

»Nein. Ich sagte ja, sie war anders. Sie war ruhig und schüchtern. Sie mochte Instagram nicht. Das war für sie alles verlogen.«

»Das ist für eine junge Frau sehr ungewöhnlich.«

»Sie war auch außergewöhnlich.« Zum ersten Mal schaute Paul sie an. Seine Augen strahlten.

»Hatten Sie Streit mit ihr?«

»Nein.« Seine Antwort wirkte nicht aufrichtig, sie kam zu schnell und Pauls Blick war dabei wieder zum Boden gewandert und dann zur Seite, aber nicht zu ihr.

»Sicher? Sie wissen, dass Sie nicht lügen dürfen. Das könnte sich während der Ermittlungen negativ für Sie auswirken.«

Paul schluckte. »Ich habe sie geliebt. Ich hätte ihr niemals etwas angetan. Sie ist das Beste, was mir je passiert ist. Das müssen Sie mir glauben.«

»Hatten Sie Streit?«, blieb Nele unbeeindruckt.

Wieder schluckte Paul, diesmal ließ er sich mit seiner Antwort Zeit. »Ja, aber es war nichts Dramatisches.«

»Was war der Grund?«

»Sie wollte eigentlich nach ihrer Ausbildung ab dem Sommer studieren, aber sie schien ihre Meinung geändert zu haben.«

»Inwiefern?«

»Plötzlich wollte sie sich vor dem Studium ein Jahr freinehmen, um nach Asien zu reisen.«

»Und was ist so schlimm daran?«

»Was wäre dann aus mir geworden? Ich kann meinen Job nicht ein Jahr ruhen lassen, dann verliere ich ihn. Das war sehr egoistisch von ihr.«

»Und, hat sie sich umstimmen lassen?«

Paul lachte auf, es war ein verkrampftes Lachen. »Da kennen Sie Natalie schlecht. So lieb sie war, so dickköpfig konnte sie sein. Ich weiß nicht, wer ihr diesen Floh ins Ohr gesetzt hat. Man konnte nicht mit ihr darüber diskutieren. Ein Jahr würde unsere Liebe locker aushalten, behauptete sie immer, und wenn sie es jetzt nicht machen würde, würde sie es ihr Leben lang bereuen.« Paul schüttelte den Kopf. »Nun ist es eh egal, jetzt ist sie tot.«

»Hier ist meine Karte, falls Ihnen doch noch etwas einfallen sollte, was uns weiterhelfen könnte«, sagte Nele. Paul nahm die Karte und ließ sie in seiner Hosentasche verschwinden. »Wo ist die Haltestelle?«

»Wie bitte?«

»Na, die Haltestelle, die Natalie genutzt hat.«

»Ach so. Sie können sie gar nicht verfehlen. Aus der Haustür rechts, knapp dreihundert Meter.«

»Danke.«

»Ich begleite Sie zur Tür«, sagte er. Er wirkte inzwischen deutlich gefasster.

»Ich finde schon alleine raus«, entgegnete sie und wollte gerade gehen, als ihr noch etwas einfiel. »Das hätte ich fast vergessen. Eine Frage habe ich noch.«

»Ja, bitte?«

»Hatten Sie und Natalie Pick Sex, bevor sie Ihre Wohnung verlassen hat?«

Paul wirkte überrumpelt, es dauerte ein wenig, bis er sich gefasst hatte. »Nein, hatten wir nicht. Warum interessiert Sie das? Was hat das mit ihrem Tod zu tun?«

»Vermutlich nichts«, blieb sie vage und verließ die Wohnung.

Entweder hatte Paul Biller aus irgendeinem Grund gelogen oder Christian hatte mit seiner Annahme, dass Natalie vergewaltigt worden war, recht.

Sie ging zur Haltestelle, die etwas abseits lag. In der Nähe gab es keine Häuser, aus denen man einen direkten Blick auf die Haltestelle hatte, somit war es eher unwahrscheinlich, dass einer der Anwohner etwas gesehen haben könnte, dennoch würde sie Ernst bitten, Kollegen für die Befragung herzuschicken. Man konnte nie wissen.

Hat dich der Mistkerl hier überrascht und dich ins Auto gezerrt, um dich zu entführen?, fragte sie sich, während sie die Haltestelle genauer unter die Lupe nahm. *Oder vielleicht doch an der Haltestelle deiner Eltern?*

Sie musste sich unbedingt auch dort umschauen. Dass Natalie woanders hingefahren sein könnte, wollte sie nicht glauben, dennoch würde sie auch die Busfahrer befragen, die zur möglichen Tatzeit die Strecke gefahren waren. Möglicherweise erinnerte sich einer an Natalie und wenn es richtig gut liefe, gäbe es sogar eine Kameraaufzeichnung aus dem Bus.

Ihr Bauchgefühl sagte ihr allerdings, dass Natalie den Bus nie betreten hatte und auch nicht in Ludwigshafen entführt worden war. Der Käfertaler Wald, wo man die Leiche gefunden hatte, war direkt nebenan. Warum sollte der Täter sie also in der Nähe der Eltern entführen, um die Leiche später in der Nähe des Wohnorts ihres Freundes im Wald zu verstecken?

Nele schüttelte den Kopf. Da blieb ihr Blick plötzlich an einer Stelle auf dem Asphalt hängen.

»Blut!«

5

Termine auf dem Amt hatte er schon immer gehasst, doch diesmal war ihm der Gang noch schwerer gefallen als sonst. Aber fürs Erste hatte er es geschafft, das Amt würde das Arbeitslosengeld zahlen, er hatte somit gewissermaßen einen neuen Arbeitgeber – mit dem großen Vorteil, dass er nichts dafür würde machen müssen. Auch wenn sie ihn von Zeit zu Zeit nerven würden.

Davon abgesehen hatte er eh nicht vor, diesen Zustand zu lange aufrechtzuerhalten. Allein aus Angst vor seiner Mutter. Am vergangenen Abend hatte sie wieder einen ihrer berüchtigten Ausraster bekommen, wegen einer Lappalie.

»Mama ich hab Hunger, mach mir was zu essen«, hatte er zu ihr gesagt.

»Ich soll dir was zu essen machen? Bist du etwa noch ein Kind, du Bastard?«

»Du weißt, dass du dich damit selbst beleidigst«, hatte er nüchtern erwidert. Schließlich bezeichnete das Wort »Bastard« ein uneheliches Kind von einer nicht standesgemäßen Frau.

Seine Mutter hatte das jedoch in den falschen Hals bekommen und ihm ohne Vorwarnung mit der Faust auf den Kopf geschlagen. Nur knapp hatte er sich in sein Zimmer flüchten und die Tür abschließen können, bevor es zu Schlimmerem gekommen wäre.

Zum Glück hatte er jede Menge Süßigkeiten bei sich gebunkert, sodass er sich mit einer Packung Chips und zwei Tafeln Schokolade begnügt hatte.

Jetzt befand er sich auf dem Heimweg aus der Stadt und hoffte, dass sich seine Mutter endlich beruhigt haben würde, er hatte sie heute noch nicht gesehen und gefrühstückt hatte er auch noch nicht.

Vor dem Hauseingang blieb er stehen und überlegte, ob er das Frühstück besser ausfallen lassen und seiner Mutter aus dem Weg gehen sollte, doch dann öffnete er die Tür und betrat die Wohnung.

»Hallo, Mutter«, machte er sich bemerkbar, während er Jacke und Schuhe auszog und seinen Rucksack abstellte. Dann schlüpfte er in die Hausschuhe und ging Richtung Küche.

»Bist du schon zurück?«, fragte seine Mutter, die am Küchentisch saß. Ihre Miene wirkte wie versteinert. Das konnte alles Mögliche bei ihr bedeuten, sie gehörte ohnehin zu den Menschen, die selten lachten. Wann er sie das letzte Mal hatte lachen sehen, wusste er gar nicht mehr.

»Ja, ging erstaunlicherweise schnell. Das mit der Online-Terminreservierung klappt ganz gut. Machst du mir was zu essen?«

Seine Mutter schaute zu ihm auf, dann erhob sie sich und trat an den Kühlschrank.

»Möchtest du Eier mit Speck?«

»Das wäre super«, antwortete er und nahm Platz. »Kannst du mir auch die Cola aus dem Kühlschrank reichen?«

»Wieso holst du sie dir nicht selbst?« Sie schüttelte verständnislos den Kopf und öffnete den Kühlschrank, um die Packung mit Eiern herauszuholen.

»Na, weil du gerade am Kühlschrank bist«, erklärte er. *Wie hohl kann man eigentlich sein,* vollendete er den Satz in Gedanken, doch sie dachte gar nicht daran, ihm die Cola zu reichen. Stattdessen schloss sie den Kühlschrank wortlos.

Er presste die Lippen zusammen, wagte aber nichts zu sagen. Immerhin schien sie sich wieder beruhigt zu haben und machte ihm ein Frühstück, das wollte er wegen der Cola nicht aufs Spiel setzen. Also stand er auf, öffnete den Kühlschrank und nahm die Flasche heraus.

»Möchtest du auch?«

Seine Mutter nickte, während sie die Eier in die Pfanne schlug.

»Ich habe echt Hunger. Kannst noch fünf, sechs Eier nehmen und sehr viel Speck.«

Er holte die Packung Speck aus dem Kühlschrank und reichte sie ihr. Danach nahm er zwei Gläser und füllte sie mit Cola. Ein Glas ließ er für seine Mutter auf der Arbeitsplatte stehen, das andere nahm er mit der Flasche zurück an den Tisch und setzte sich.

»Was haben die beim Arbeitsamt gesagt?« Auf seine Bitte mit den Eiern ging sie nicht ein, aber er sah, dass sie bereits die halbe Packung Eier in die Pfanne geschlagen hatte. Jetzt öffnete sie die Verpackung mit dem Speck.

»Sie melden sich in den nächsten Tagen. Vielleicht bekomme ich eine Umschulung oder ein Praktikum. Ich glaube, ich habe diesmal einen echt fähigen Berater erwischt.«

»Fähig?«

»Na ja, er hat mein Talent erkannt. Er denkt, ich sollte mich als Systemadministrator spezialisieren.«

»Was ist das?«

»Das sind Leute, die sich im Unternehmen um die Computer und so kümmern. Informatiker halt.«

»Informatiker? Du hast doch nicht mal zu Ende studiert. Sicher, dass der Mann was taugt, oder lügst du mich wieder an?« Ihre Stimme bekam etwas Bedrohliches.

»Nein, warum sollte ich? Du kannst ihn gerne anrufen,

wenn du mir nicht glaubst. Ich habe doch mein Vordiplom, das reicht vollkommen.«

»Du und Vordiplom? Wieso habe ich nie eine Urkunde gesehen?«

»Weil es da keine Urkunde gibt.« Er schüttelte den Kopf. Dass sie recht hatte, wollte er ihr nicht auf die Nase binden, denn in Wahrheit war es noch schlimmer: Er hatte in den vier Jahren, in denen er Informatik studiert hatte, höchstens zehn Prozent der Vorlesungen besucht. Allerdings nicht, weil ihn der Stoff nicht interessierte, sondern weil er sich gemobbt gefühlt und die Kommilitonen ihn gemieden hatten. Sie hatten ihn angeschaut, als wäre er psychisch gestört. Dabei waren sie es, die gestört waren, weil sie ihn schlecht behandelten. Schließlich hatte er ihnen nichts getan.

Er hätte noch heute studiert, wenn seine Mutter nicht irgendwann den Druck erhöht und schriftliche Noten hätte sehen wollen. Das war so weit gegangen, dass sie an der Uni vorstellig geworden war und dort erfahren hatte, dass er noch keinen einzigen Schein gemacht hatte. Er war damals wirklich wütend gewesen, denn er glaubte, dass die Uni mit dieser Aussage gegen die Datenschutzbestimmungen verstoßen hatte.

Seine Mutter jedenfalls hatte ihn daraufhin verdonnert, schnell eine Arbeit zu finden, und das Erste, was er gefunden hatte, war ein Job in einem Callcenter gewesen. Seitdem war er in der Branche hängen geblieben, dabei fühlte er sich eigentlich zu Höherem berufen.

»Und schling nicht so!«, ermahnte ihn seine Mutter, als sie ihm den Teller mit den Eiern und dem Speck reichte, dazu eine Gabel.

»Danke«, antwortete er und fing an zu essen. »Kann ich nicht einen Löffel haben?«

»Warum? Damit du es schneller in dich reinschaufeln

kannst? Du bist schon fett genug. Wie dein Vater.« Ihre Augen weiteten sich und kurz konnte er das gefährliche Schwarz in ihren Pupillen erkennen. Sofort ärgerte er sich, dass er sie um einen Löffel gebeten hatte, er riskierte damit, dass sie gleich wieder austicken würde und er nicht in Ruhe sein Essen genießen könnte.

»Ist schon gut, die Gabel reicht«, versuchte er seinen Fehler auszubügeln. »Wie war dein Tag bisher?«

»Seit wann interessiert dich, wie mein Tag war?« Sie warf ihm einen skeptischen Blick zu, sie wirkte überrumpelt, ja geradezu irritiert.

»Du bist meine Mutter, natürlich interessiert es mich.«

»Kümmere dich lieber um einen Job. Ich will nicht, dass du die ganze Zeit im Haus rumlungerst und irgendwelche Ballerspiele spielst.«

»Ich könnte ja bei den Meisterschaften mitmachen.«

»Du? Jetzt machst du dich komplett lächerlich. In welcher Sportart denn? Schon als Kind warst du zu faul zum Gehen.«

»Kein körperlicher Sport. Ich rede von Computerspielturnieren. Die Topspieler sind richtige Stars. Bei den Fortnite-Turnieren kann man eine Menge Geld gewinnen.«

Seine Mutter schnaubte. »Diese Ballerspiele machen dich dumm und asozial. Kein Wunder, dass niemand mit dir befreundet sein will.«

»Das stimmt nicht. Ich bin mit Holger befreundet. Ich suche mir meine Freunde halt sehr genau aus.«

»Holger? Mit dem stimmt doch auch was nicht. Ist der vielleicht schwul?«

Er musste kurz schmunzeln, dann antwortete er: »Der bestimmt nicht. Der hat jede Woche eine andere.«

So schnell konnte es gehen. Da fragte Holger gerade erst ihn, ob er schwul wäre, aber wie es schien, kam Holger selbst schwul rüber.

»Da bin ich ja beruhigt, ich hatte schon Sorge, du wärst schwul. Ehrlich gesagt wünsche ich mir das aber manchmal, dann würdest du wenigstens nicht wie dein Vater irgendeine Frau schwängern und sie sitzen lassen. Nur, wenn du tatsächlich schwul wärest, könntest du nicht mehr hier wohnen. Ich will keine Männerficker unter meinem Dach, das ist abartig, gegen die Natur. Gott ...«

»Seit wann bist du denn gläubig?«, konterte er und aß weiter.

Ob ich den Hass auf Schwule von meiner Mutter habe?, überlegte er. Schließlich war es erwiesen, dass Eltern die Kinder beeinflussten, auch wenn er inständig hoffte, dass er niemals so werden würde wie seine Mutter. Sie war wie eine leblose Hülle, die nur noch funktionierte, aber nicht im eigentlichen Sinne lebte. Es gab nichts, woran sie glaubte oder was ihr Freude zu machen schien. Keine Ziele, auf die sie hinarbeitete, so jedenfalls empfand er es. Ob sie lebte oder nicht, war am Ende egal, ihr Wert für die Gesellschaft war gleich null. Was für ein langweiliges und sinnloses Leben!

Natürlich hätte er das nie laut gesagt, doch je älter er wurde, desto überzeugter war er von diesem Gedanken.

Immerhin lebe ich bei ihr, also hat ihr Dasein doch einen Wert ..., ermahnte er sich, nicht so schlecht über seine Mutter zu denken.

Trotzdem hasse ich sie.

»Etwas mehr Demut würde dir guttun. Wie deinem Vater, der hat auch an nichts geglaubt. Wäre er gläubig gewesen, hätte er eine hochschwangere Frau nicht einfach sitzen lassen, dann hätte er seinen Mann gestanden.«

»Ich bin aber nicht mein Vater. Ich würde meine Freundin niemals im Stich lassen.«

»Wer will dich Verlierer denn zum Freund? Einen Mann,

der noch bei seiner Mutter lebt und nicht mal für sich selbst sorgen kann? Du wirst immer alleine bleiben. Kannst dich glücklich schätzen, dass ich da bin. Aber irgendwann werde ich nicht mehr da sein, was machst du dann?«

Er atmete aus, weil er ahnte, worauf das hinauslaufen würde. Diese Diskussion hatte er schon bis zum Abwinken mit ihr geführt. Sie wollte einfach nicht kapieren, dass er es nicht eilig hatte, sich zu binden.

Statt ihr zu antworten, tat er das einzig Richtige in seinen Augen: Er nahm die Colaflasche und stand auf.

»Wo gehst du hin?«

»In mein Zimmer. Bin müde.«

»Müde? Es ist nicht mal Mittag. Wie kann man da müde sein? Willst du wieder zocken?«

»Nein, bin echt müde. Diese Kündigung macht mir zu schaffen.«

»Und wer wäscht ab?«

»Du.«

»Du bist echt zu nichts zu gebrauchen. Aus dir wird nie was werden. Wie auch? Du bist schließlich der Sohn dieses Hurensohnes.«

Wieder sah er kurz das gefährliche Schwarz in ihren Pupillen, sodass er mit der Colaflasche in der Hand schleunigst die Küche verließ und in sein Zimmer eilte.

Dort angekommen, schloss er die Tür hinter sich ab, damit seine Mutter nicht plötzlich bei ihm im Zimmer aufschlug. Er holte eine Tüte Chips aus seinem Schrank, setzte sich auf die Couch und schaltete den Fernseher an.

Da nichts Interessantes lief, startete er seine Spielkonsole, um ein Ballerspiel zu spielen. Das war noch immer die beste Ablenkung.

Obwohl er gut ins Spiel fand, waren seine Gedanken woanders.

»Macht«, sagte er dann plötzlich laut, weil diese Idee immer mehr Besitz von ihm ergriff.

Beide Male hatte er dieses besondere Gefühl verspürt, das er bisher so nicht gekannt hatte. Bislang hatte er immer einstecken müssen, doch diese beiden Male nicht. Da war er plötzlich überlegen gewesen, was für ihn keineswegs selbstverständlich war.

»Wie auch? Die waren hübsch und alle beide hätten dich normalerweise nicht mit dem Arsch angeschaut.« Er nickte lachend. »Und doch haben sie dich angehimmelt.«

Das mit der ersten Frau war so schnell und so unkontrolliert vonstattengegangen, dass er es gar nicht richtig hatte genießen können. Erst als er zu Hause im Bett gelegen hatte und das Ganze vor seinem geistigen Auge Revue passieren ließ, hatte er wieder dieses geile Gefühl gehabt wie zu dem Zeitpunkt, als er ihren Hals immer fester zugedrückt hatte.

Das Gefühl hatte ihn nicht mehr losgelassen und als dann diese andere junge Frau an der gleichen Haltestelle wie er ausgestiegen und denselben Weg wie er gegangen war, hatte er nicht anders gekonnt. Das Verlangen nach diesem Gefühl war zu groß gewesen.

Es war so, wie wenn man etwas unglaublich Leckeres aß und wusste, dass man mehr davon haben musste, weil man sonst nicht glücklich wäre.

Also war er der Frau gefolgt, hatte sich immer wieder umgeschaut und als er sicher war, dass niemand in der Nähe war, hatte er das Tempo erhöht und sie von hinten gepackt. Das Adrenalin schoss durch seinen Körper, die Angst, erwischt zu werden, war riesig, aber der Wunsch, es zu tun, dieses Machtgefühl zu spüren, war noch viel stärker. Er presste ihr sofort die Hand auf den Mund und drückte ihren Hals zu. Sie wehrte sich, aber da holte er das

Messer hervor und stach zu. Mehrmals. Bis sie sich nicht mehr wehrte und zu Boden fiel. Er selbst war einfach weitergegangen, als wäre nichts geschehen.

Aber er ging nicht alleine, dieses unwiderstehliche, wunderbare Gefühl der Macht begleitete ihn, das Wissen, dass er endlich wichtig war.

»Ich entscheide über Leben und Tod«, sagte er und grinste, weil er wusste, dass er schon bald wieder zuschlagen würde. Es musste es tun, weil er dieses Gefühl brauchte. Das Gefühl, das ihm sagte, dass er jemand war und nicht, wie seine Mutter behauptete, ein Niemand.

»Ich bin Jemand.«

Er legte den Gamecontroller beiseite, denn er hatte eine Idee.

6

»Noch eine Leiche?«, platzte Nele heraus.

»Sonst hätte ich dich nicht in mein Büro gebeten«, antwortete ihr Chef. Obwohl seine Stimme etwas fordernder war als sonst, strahlte er die gewohnte innere Ruhe aus. Es gab Tage, da bewunderte sie ihn dafür. So schnell brachte ihn nichts aus der Fassung, was bei der Verantwortung, die er trug, sicherlich nicht einfach war. Sie jedenfalls hätte seinen Job nicht machen können.

»Und wo ist der Tatort?«

»Nicht weit entfernt von der letzten Leiche, in der Nähe der Haltestelle *Am Wald*«, sagte Ernst.

»Dann haben wir es wohl mit demselben Täter zu tun.«

»Vermutlich.«

»Wirklich clever scheint er nicht zu sein. Aber gut für uns. Wahrscheinlich hält er sich in der näheren Umgebung auf.«

»Das werden die weiteren Ermittlungen zeigen. Du solltest dich auf den Weg machen.«

»Mach ich«, antwortete sie und war schon an der Tür, als sie sich noch einmal umdrehte.

»Ist noch was?«

»Ja, es gibt Gerüchte.«

»Gerüchte? Was für Gerüchte?«

»Wer mein Partner wird.«

»Und was sagen diese Gerüchte?«

»Na ja, dass er nicht von hier sei. Stimmt das?«

»Du solltest dich an dieser Gerüchteküche nicht beteiligen. Wenn ich jemanden gefunden habe, der zu dir passt, wirst du es erfahren.«

»Der zu mir passt?« Ihr Blick war skeptisch.

»Du hast sieben Jahre mit Anja sehr gut funktioniert, das muss ich in meinen Überlegungen berücksichtigen. Aber jetzt solltest du zum Tatort fahren. Das mit deinem neuen Kollegen besprechen wir, wenn es so weit ist.«

»Wenn du meinst«, sie verzog das Gesicht und verließ das Büro. Ihr Bauchgefühl sagte ihr, dass Ernst mehr wusste, als er preisgab. Warum auch immer wollte er sie in dieses wichtige Thema nicht einweihen, dabei hatte sie doch wohl ein Anrecht darauf, es zu erfahren. Schließlich musste sie mit dem neuen Kollegen zurechtkommen und nicht er.

Wenig später war sie am neuen Tatort angekommen, ein Kollege von der Streife kam ihr entgegen. »Wo liegt die Tote?«, fragte sie.

»Da hinten. Guten Tag heißt das übrigens.« Der Kollege schaute sie tadelnd an, aber für solche Höflichkeiten hatte sie jetzt keine Zeit. Eilig setzte sie ihren Weg fort. Ein ganzes Polizeiteam war bereits mit der Sicherung des Tatortes beschäftigt.

»Lass mich raten. Sie wurde erwürgt?«, sprach sie Christian an, der sich gerade mit Kollegen von der Spurensicherung unterhielt.

»Sieht so aus. Aber etwas ist diesmal anders.«

»Was?«

»Der Täter hat ein Messer benutzt, um sie zu ermorden. Es sind zwar Würgemale am Hals zu sehen, aber der Tod ist mit größter Wahrscheinlichkeit durch die Wunden, die das Messer verursacht hat, herbeigeführt worden. Meiner ersten Einschätzung nach dürfte sie gestern Nachmittag ermordet worden sein.«

»Dann war er vielleicht in Eile«, suchte sie nach einer

Erklärung. »Immerhin war es helllichter Tag. Die Gefahr, erwischt zu werden, war ihm wohl zu groß. Und du hast gesagt, dass Natalie Pick abends, in der Dunkelheit, ermordet wurde.« Nele spielte damit auf das Gespräch an, das sie mit Christian an diesem Morgen geführt hatte.

»Stimmt, das könnte eine Erklärung sein. Oder es ist ihm egal, wie er seine Opfer tötet. Weil ihn nur das Resultat interessiert. Vielleicht suchte er den extra Kick.«

»Wurde sie denn auch vergewaltigt?«

»Da sie noch ihre Jacke und ihre Hose trägt, eher unwahrscheinlich.«

»Warum? Der Täter hätte sie doch wieder anziehen können.«

Christian warf ihr einen zweifelnden Blick zu. »Keine Sorge, in der Rechtsmedizin werden sie diese Frage beantworten können.«

»Wer hat sie gefunden?«

»Die Frau dahinten.«

Sie nickte und machte sich auf den Weg zu ihr, dabei dachte sie über die Gemeinsamkeiten der beiden Morde nach. Beide Frauen waren erwürgt worden, beide waren jung – das schien es dann aber auch gewesen zu sein. Diese Frau war erstochen worden und es war eher unwahrscheinlich, dass der Täter sie vergewaltigt hatte, da nur Natalies Leiche nackt gefunden worden war. Die zweite Tote war noch bekleidet. Alles in allem war das ungewöhnlich, da Serientäter eher zu einem einheitlichen Tatmuster neigten.

»Guten Tag. Sie haben die Leiche gefunden?«, sprach sie die Zeugin an, sie war etwa Ende fünfzig.

»Ja. Wie furchtbar, ich wünschte, ich hätte nicht auf Wuffi gehört.«

»Wuffi?«

»Das ist meine Hündin.«

Jetzt erst bemerkte Nele die kleine Hündin, sie hatte sich hinter ihrem Frauchen versteckt.

»Wie heißen Sie?«

»Angela Rüdiger. Ich wohne in der Nähe.«

Neben ihr stand ein junger Sanitäter, der nicht so recht zu wissen schien, ob er bei ihnen bleiben oder sich entfernen sollte.

»Sie können hier warten. Aber bitte lassen Sie diese unruhigen Bewegungen«, ermahnte Nele den Sanitäter, da sie sich durch sein Verhalten gestört fühlte.

»Entschuldigung. Das ist mein erster Tag. Ich glaube, ich geh zu meinem Kollegen in den Wagen. Wenn das Gespräch zu Ende ist, können Sie gerne zu uns kommen, Frau Rüdiger.«

»Das mache ich, junger Mann, und Kopf hoch, es ist noch kein Meister vom Himmel gefallen«, antwortete die Zeugin und warf Nele einen vernichtenden Blick zu. Augenscheinlich fand sie es nicht in Ordnung, dass sie den Sanitäter zurechtgewiesen hatte.

»Wann haben Sie die Leiche gefunden?«

Rüdiger schaute auf ihre Uhr. »Das war vor siebzig Minuten.«

»Ist Ihnen noch etwas anderes aufgefallen? Vielleicht eine Person?«

»Nein. Wuffi hat die Leiche entdeckt. Danach habe ich sofort die 110 angerufen. Das soll man ja tun. Dass ich das wirklich mal machen müsste, hätte ich in meinen schlimmsten Albträumen nicht für möglich gehalten. In was für einer Welt wir inzwischen leben, schrecklich. Haben Sie das von der Rentnerin und dem kleinen Jungen gelesen? Sie hat ihm ein Messer in den Hals gestochen. Einfach furchtbar.«

»Morde gab es schon immer, Frau Rüdiger, nur gibt es

heute mehr Möglichkeiten, darüber zu berichten. Hier ist meine Karte, falls Ihnen doch noch etwas einfallen sollte.«

Nele reichte ihr die Karte, dann nahm sie die Daten der Zeugin auf und ging zurück zur Spurensicherung. Die Frau würde ihnen wohl kaum dabei helfen können, dem Täter auf die Spur zu kommen.

»Habt ihr etwas gefunden, was uns Aufschluss über die Identität des Opfers gibt?«

»Keine Geldbörse und auch sonst nichts, was auf ihre Identität hinweist, bisher«, sagte Christian.

Nele seufzte. Sie würden also warten müssen, bis die Kollegen etwas über sie herausgefunden hätten. Warten lag ihr überhaupt nicht.

So schlimm der Mord auch war, für die Ermittlungen hatte er einen positiven Effekt, denn Paul Biller schien damit als Verdächtiger auszuscheiden. Es war unwahrscheinlich, dass er zuerst seine Freundin erwürgte, um gleich im Anschluss eine ihm wildfremde Person zu töten.

Aber noch ist völlig unklar, ob er sie nicht doch kennt, ermahnte sie sich, keine voreiligen Schlüsse zu ziehen.

Sie beschloss, zurück ins Präsidium zu fahren, doch sie kam nur wenige hundert Meter weit, denn im Vorbeifahren entdeckte sie eine Bushaltestelle.

»Dass ich nicht eher darauf gekommen bin!« Sie stieg aus und ging zu der Haltestelle hinüber. Sie lag auf der gegenüberliegenden Straßenseite, etwas versetzt zu der Stelle, wo sie das Blut auf dem Asphalt gefunden hatte. Es war die Haltestelle der Linie, die auch Natalie benutzt hatte, nur eben die Gegenrichtung. Sie trug den gleichen Namen: *Am Wald*.

»Das ist kein Zufall«, murmelte sie. Er musste ihr im Bus begegnet und dann mit ihr ausgestiegen sein. Vermutlich, weil er das ohnehin vorgehabt hatte. Aller Wahrscheinlichkeit nach wohnte er also hier in der Umgebung oder hatte hier Freunde. »Aus irgendeinem Grund hat er sie dann in der Nähe der Haltestelle ermordet«, überlegte sie laut.

Noch im Präsidium hatte sie die Kollegen von der Informationsbeschaffung darum gebeten, ihr die Aufzeichnungen aus dem Bus und die Aussagen des Busfahrers für die mutmaßliche Tatzeit des ersten Mordes zu besorgen. Jetzt brauchte sie dasselbe für den vergangenen Tag und für diese Fahrtrichtung.

Dass sie das Blut an der Haltestelle auf der gegenüberliegenden Straßenseite gefunden hatte, ergab nun auch deutlich mehr Sinn. Er musste Natalie dort tatsächlich überwältigt und vermutlich auch erwürgt haben. Natalie hatte eine Verletzung am Kopf, die sicher im ersten Moment stark geblutet hatte – vielleicht die Folge eines Kampfes. Dann hatte er ihre Leiche in das Waldstück geschafft, um sie zu vergewaltigen. Sehr gut möglich, dass er das auch beim zweiten Opfer vorgehabt hatte, aber etwas musste ihn daran gehindert haben. Vermutlich Passanten, immerhin war es zur Tatzeit hell gewesen. Sie nickte, als wollte sie ihre eigenen Überlegungen bestätigen, griff nach ihrem Handy und rief die Kollegen in der Informationsbeschaffung an.

»Wenn es Kameraaufzeichnungen in den Bussen gibt, müssen wir diese nur abgleichen, dann finden wir unseren Täter«, schloss sie ihre Ausführungen. Der Kollege versprach, sich zu melden, sobald er etwas Neues für sie hätte.

Mit ein bisschen Glück würde der Täter also noch in den nächsten Tagen gefasst werden können, dann hätte der Spuk ein Ende. Nele ging nicht davon aus, dass sie es mit einem besonders intelligenten Serientäter oder Psychopathen zu tun hatten, die Ausführung der Taten sprach einfach dagegen.

Sie stieg wieder ins Auto und fuhr weiter Richtung Präsidium. Kurz darauf klingelte ihr Handy. Sie warf einen Blick aufs Display, schnaufte kurz und überlegte, ob sie den Anruf annehmen sollte. Schließlich entschied sie sich dafür.

»Hallo.«

»Hi. Wie geht's?«, sagte die weibliche Stimme am anderen Ende.

»Ganz gut, Kerstin. Ich bin gerade etwas im Stress. Was ist los?«

»Nichts, ich wollte nur mal hören, wie es dir so geht.«

»Ich sagte ja, mir geht's gut.«

»Bist du genervt?«

»Nein, nur im Stress. Hast du wirklich ganz ohne Grund angerufen?« Sie konnte sich das kaum vorstellen. Auch wenn sie Kerstin noch nicht lange kannte, konnte sie sie schon recht gut einschätzen.

»Ja ... nein, vielleicht doch.«

»Was denn nun?« So langsam nervte es, dass sie ihr jeden Satz aus der Nase ziehen musste.

»Ich wollte fragen, ob wir uns heute Abend mal wieder sehen. Ich musste viel an dich denken, zumal wir uns gestern nicht gesehen haben.«

»Das wird nichts. Sei mir nicht böse, aber ich stecke gerade mitten in Ermittlungen. Ich kann derzeit keine Planungen machen.«

»Ist das so? Oder ist das eine faule Ausrede?«

»Wofür denn?«

»Um mich abzuservieren. Du kannst es mir ruhig sagen, ich bin nicht so verletzlich, wie du denkst.«

»Das habe ich auch nie behauptet«, entgegnete sie und dachte: *Dafür bist du eine ziemliche Klette.*

»Das ist schön, ich hatte die Befürchtung, du denkst, ich wäre so empfindlich. Ich finde, es passt einfach mit uns.«

»Passt? Wir kennen uns erst seit zwei Wochen und haben nur ein paar Mal gevögelt. Woher kannst du wissen, dass es passt?«

»Das ist so ein Gefühl. Man muss doch nicht jahrelang zusammen sein, um das zu wissen.«

»Ganz ehrlich, ich weiß nicht, ob wir beide das Gleiche wollen.«

»Willst du Schluss machen?« Es war deutlich herauszuhören, dass Kerstin erschrocken war.

»Wir sind doch gar nicht zusammen, da gibt es überhaupt nichts zum Schlussmachen. Ich habe dir von Anfang an gesagt, dass ich nicht so der Beziehungstyp bin.«

»Ja, kein Stress. Ich dränge dich zu nichts.«

»Das Gefühl gibst du mir aber gerade.«

»Verzeih.«

»Hör zu, ich stehe zurzeit echt unter Druck. Lass uns die Tage telefonieren.«

»Also war's das.«

»Quatsch. Ich sagte doch, wir telefonieren.«

Statt einer Antwort hörte sie nur ein Klicken, Kerstin hatte aufgelegt. Vielleicht war es wirklich am besten so. Wie es schien, hatte Kerstin deutlich mehr in diese kurze Affäre hineininterpretiert, als sie es hätte tun sollen. Aber dafür war sie nicht verantwortlich.

Ihr Handy klingelte erneut und sie glaubte schon, dass es wieder Kerstin wäre, die sich entschuldigen wollte, doch als sie auf das Display schaute, sah sie, dass es jemand anderer war.

7

»Wahnsinn, dreißig Millionen Dollar«, entfuhr es ihm. Er saß mit dem Laptop auf dem Schoß vor dem Fernseher und schaute eine Serie auf Netflix. Dabei surfte er im Internet und schaute sich Computerspieleseiten an. Jetzt war er auf einen Link gestoßen, über den das sagenumwobene Fortnite-Turnier beworben wurde. Er fühlte sich, als hätte er das Turnier bereits gewonnen. »Ich kann schon etwas stolz auf mich sein.«

Immerhin hatte er zu den Ersten gehört, die Online-Rollenspiele gespielt hatten, als diese noch in den Kinderschuhen steckten und Freunde und Kollegen ihn belächelten. Nein, streng genommen waren es eher nur die Kollegen gewesen, außer Holger hatte er nie Freunde gehabt.

»Jetzt schaut ihr dämlich aus der Wäsche. Ich habe schon damals gesagt, dass das Internet den Rollenspielen eine große Zukunft bescheren wird. Aber ihr habt mir ja nicht glauben wollen. Und was sagt ihr jetzt? Ich bin euch einfach überlegen, ich bin der Zeit voraus.«

Er gönnte sich einen großen Schluck aus der Colaflasche, dann griff er in die Chipstüte und steckte ein paar der herrlich scharfen Kartoffelscheibchen in seinen Mund. Das Leben war schön, fand er. Noch schöner wäre es, wenn er an diesem Turnier teilnehmen könnte.

Aber wie sollte er das bewerkstelligen? Er war notorisch pleite und seine Mutter hatte auch nichts Erspartes. Er konnte ja schlecht eine Bank überfallen.

Ich könnte eine Bank hacken, immerhin bin ich Informatiker. Doch diesen Gedanken wischte er rasch beiseite, das wäre alles zu viel Arbeit. Dass er für einen solchen Hackerangriff nicht gut genug sein könnte, verdrängte er lieber.

Warum musste dieses Turnier nur in New York stattfinden?

Er schlug sich mit der Hand gegen die Stirn. »Na, weil alles Gute aus Amerika kommt, du Trottel. Die Deutschen sind doch zu blöd oder besser gesagt zu spießig für so was.«

Er öffnete einen weiteren Webbrowser und schaute nach Flügen nach New York in der Holzklasse. Der günstigste Non-Stop-Flug von Frankfurt ging mit KLM und kostete etwas mehr als fünfhundert Euro. »Weniger als gedacht«, freute er sich. Danach öffnete er eine Hotelbuchungsseite. *Wenn ich schon die weite Reise auf mich nehme, sollte ich schon eine Woche im Land meiner Träume bleiben*, dachte er und fütterte die Suchmaske mit Daten. *Weniger als drei Sterne ist bestimmt Müll, am besten wäre natürlich eins am Times Square.*

Die Ergebnisse seiner Suche verschlugen ihm den Atem. »Das kann doch nur ein schlechter Scherz sein?« Er wiederholte die Suche, vielleicht hatte er ja aus Versehen etwas Falsches eingegeben. Doch das Resultat blieb dasselbe: Es gab kein Hotel unter zweihundert Euro!

»Die spinnen doch! Wer kann sich das denn leisten? Erst mit einem günstigen Flug ködern, um einen dann vor Ort abzuzocken. Nicht mit mir.« Er war bedient und gönnte sich ein paar weitere Chips, die er mit Cola herunterspülte.

Mist, ich würde trotzdem gerne hin, aber wenn ich es richtig sehe, brauche ich mindestens dreitausend Euro dafür. Wie soll ich jemals so viel Geld zusammenkratzen? Er konnte seine Enttäuschung kaum noch kontrollieren, es war, als würde er in ein tiefes mentales Loch gestoßen. Erst hielt man ihm das Leckerli hin, nur um es gleich wieder wegzuschließen.

Musste das Leben wirklich so gemein sein? Es musste doch eine Möglichkeit geben, an das Preisgeld zu kommen.

Das Turnier fängt am 25. Juni an, also hätte ich genug Zeit, um Geld zu beschaffen.

Aber wie? Er wusste es nicht, also beschloss er, etwas Fortnite zu spielen, um seinem Ärger Luft zu machen.

Eine Stunde später war sein Unmut verflogen, da klopfte es an seiner Tür.

»Verdammt! Mach die Tür auf«, hörte er seine Mutter brüllen. Ob sie ihn vorher schon gerufen hatte, konnte er nicht mit Bestimmtheit sagen, so sehr war er in das Spiel vertieft. Warum musste sie immer dann nerven, wenn es am spannendsten war? Er unterbrach das Spiel, um die Tür zu öffnen.

»Was ist los?«, fragte er.

»Bist du taub oder was? Ich klopfe seit Minuten an diese dämliche Tür. Warum schließt du überhaupt ab?«

»Das ist doch meine Sache. Was ist los?«, wiederholte er. Für eine Diskussion mit seiner Mutter hatte er nun überhaupt keinen Nerv.

»Du musst mir die Spritze geben.«

»Kannst du das nicht selbst?«

»Du weißt doch, dass meine Augen nicht so gut sind und meine Hände schnell zu zittern anfangen.«

»Warum gibst du nicht einfach zu, dass du zu feige bist, dir die Spritze zu setzen?« Er schüttelte verständnislos den Kopf. Dachte seine Mutter wirklich, dass er ihr diesen Blödsinn abnahm? Weder zitterten ihre Hände, noch sah sie schlecht. Er war ihr Sohn und wohnte mit ihr zusammen, er kannte sie. Diese Lügen waren absurd, trotzdem wiederholte sie sie jedes Mal.

»Komm jetzt.« Sie ging voraus in ihr Schlafzimmer und er trottete mit gesenktem Kopf hinterher. Er betrat das

Schlafzimmer seiner Mutter nur ungern, alles darin roch nach alten Menschen und sogar nach Tod. Immerhin war seine Mutter mit dreiundsiebzig auch nicht mehr die Jüngste.

»Du Trottel«, brüllte sie, als sie im Schlafzimmer standen.

»Warum?«

»Was ist mit deinen Händen? Wieso hast du sie nicht gewaschen?«

»Ich gebe dir doch nur eine Spritze«, verteidigte er sich.

»Geh sofort deine Hände waschen, du Ferkel«, wurde sie deutlich. Er tat ihr den Gefallen, aber die in ihm aufsteigende Wut zu unterdrücken, fiel ihm schwerer, als sich die Hände zu waschen.

Es wäre zu schön, wenn man seine Wut wegwaschen könnte wie den Schmutz an den Händen, dachte er und griff nach der Seife.

Leider war das nicht so einfach, gerade bei der menschlichen Psyche hatte die Natur zu viele Hürden eingebaut.

Er ging zurück ins Schlafzimmer, trat an die Nachtkommode und wollte nach der Spritze greifen, als seine Mutter rief: »Zeig deine Hände!«

Er hielt seine Hände nach vorne, sie nickte nur, dann griff er nach der Spritze.

Was, wenn ich sie ihr ins Auge steche? Würde sie dann blind werden? Oder ins Herz? Würde sie dann sterben? Das wäre schön, dann hätte ich endlich Ruhe.

Doch er stach die Spritze wie gewohnt in ihren Bauch und drückte die Flüssigkeit langsam in ihren Körper. Seine Mutter atmete schwer.

Als er fertig war, zog sie wortlos ihren uralten, hässlichen Pullover herunter und drehte sich zur Seite. Er nahm die Spritze und ging in die Küche, um sie im Mülleimer zu entsorgen.

Moment. Was, wenn ich sie mit etwas fülle, was einen tötet, und es einer dieser arroganten Tussen spritze? Das wäre mal was anderes, als sie nur zu erwürgen oder mit dem Messer abzustechen. Das wäre echt cool. Seine Augen leuchteten. Nur, was für eine Flüssigkeit könnte das sein? Sie müsste nicht nur tödlich, sondern auch leicht zu besorgen sein. Leider hatte er überhaupt keine Ahnung von solchen Dingen. Wie auch? Er war kein Chemiker. Er musste das unbedingt googeln. Das Morden einzustellen, kam für ihn jedenfalls nicht infrage, denn er fühlte sich gut danach. Als er dieser jungen Frau das Messer in den Rücken und dann in die Seite gerammt hatte und sie in seinen Händen zu Boden gegangen war, war das schon ein verdammt geiles Gefühl gewesen. So musste es sich anfühlen, wenn man einen geliebten Menschen in den Tod entließ.

Streng genommen hatte sie nur seinetwegen, weil er sich dafür entschieden hatte, in den Tod gefunden. Dass er damit ein junges Leben ausgelöscht hatte, berührte ihn nicht, er sah nichts Falsches in seiner Tat, schließlich gab es jede Menge Menschen auf der Welt. Ein paar weniger würden Mannheim nicht schaden und zudem die Staatskasse entlasten.

Die Idee mit der Spritze ließ ihn nicht mehr los. Erst jetzt bemerkte er, dass er sie noch immer über dem offenen Mülleimer in den Händen hielt. Er schloss den Mülleimer und ging mit der Spritze in sein Zimmer zurück. Dort schloss er die untere Schreibtischschublade auf und legte die Spritze hinein, dabei fiel sein Blick auf die Geldbörse. Sie war dem Mädchen aus der Jackentasche gefallen, als sie zu Boden gegangen war. Bisher hatte er sie nicht geöffnet, doch jetzt war er einfach zu neugierig, weil er plötzlich eine Idee hatte.

Er öffnete sie und zählte das Geld.

»Hundertzwanzig Euro. Nicht schlecht«, sagte er zufrieden und steckte das Geld in seine Hosentasche. Dann legte er die Geldbörse wieder zurück in die Schublade und schloss sie ab. *Wenn ich bis Juni noch zwanzig Frauen töte, müsste es reichen. Oder ich muss welche töten, die mehr Geld haben.* Er lachte. *Das ist Schicksal. Ist das nicht schön? Sie sterben für eine höhere Sache, damit ich am Fortnite-Turnier teilnehmen kann und gewinne. Jetzt ergibt alles einen Sinn.*

Trotzdem kamen ihm bald Zweifel. Zwanzig Frauen zu töten, war kein leichtes Unterfangen, das war schon mehr als sportlich und unweigerlich fragte er sich, ob er noch Freude daran hätte, wenn er wie im Akkord auf die Jagd ginge.

»Ich darf den Spaß nicht aus den Augen verlieren. Der Kick darf unter dieser Herkulesaufgabe nicht leiden.« Denn nur dieser Kick gab ihm das Gefühl, jemand zu sein.

In seinem ganzen Leben hatte er bisher nicht so viel Bestätigung erhalten, wie durch diese beiden Taten. Es war reiner Zufall gewesen, dass er diese Freude, dieses Glücksgefühl hatte erleben dürfen. Hätte Nummer eins sich nicht so dämlich angestellt und ihn derart herablassend behandelt, hätte er nie erfahren, was es bedeutete, glücklich zu sein. Nummer zwei hatte das Ganze noch runder gemacht. Das Glücksgefühl hat sich satter und authentischer angefühlt. Er wusste nicht, wie lange es anhalten würde und wann er wieder auf die Jagd gehen müsste.

»Ich bin wie Doktor Jekyll und Mr. Hyde. Oder wie Dracula. Tagsüber ein wahrer Gentleman und nachts der Graf der Unterwelt.« Er klatschte in die Hände, diese Vorstellung gefiel ihm sehr.

Er setzte sich wieder auf die Couch und nahm seinen Laptop, um weiter im Internet zu surfen. Seine Mutter würde ihn heute jedenfalls nicht mehr nerven. Nach der Spritze war sie immer außer Gefecht gesetzt.

Es ist so herrlich ruhig, dachte er und wieder malte er sich aus, wie schön es wäre, wenn sie endlich sterben würde. Dann würde ihm das Haus gehören und es wäre eine Person weniger da, die auf ihm herumhackte und ihren Frust an ihm ausließ. »Das wäre zu schön.«

Doch im gleichen Augenblick drängte sich ein anderer Gedanke auf. Wenn seine Mutter nicht mehr wäre, wer sollte ihm dann das Essen kochen oder einkaufen gehen, die Wäsche machen oder die Betten neu beziehen?

Diese Dinge waren nicht zu unterschätzen. Für den Fall des Ablebens seiner Mutter würde er eine Frau brauchen, die diese Aufgaben übernähme. Bloß, wie sollte er so eine finden?

Du wirst immer alleine sein, sagte seine innere Stimme.

»Aber was, wenn ich eine entführe? Ein Mädchen, das noch zu jung ist, um sich zu wehren, ich könnte es dressieren, damit es mir aufs Wort gehorcht«, überlegte er laut. »Das hat doch bei dieser Kampusch, oder wie sie hieß, auch geklappt. Warum sollte es bei mir nicht klappen?« Er klopfte sich in Gedanken auf die Schulter, weil er wieder einen genialen Einfall hatte. Aber wann sollte er so ein Mädchen entführen? Wenn er wartete, bis seine Mutter tot wäre, wäre es vielleicht zu spät. Sie würde schließlich nicht ewig leben und eigentlich ... Ein beunruhigender Gedanke schoss ihm durch den Kopf, er verdrängte ihn lieber schnell.

Wie lange man ein Kind wohl dressieren musste, bis es gehorchte? Und wo könnte er es verstecken?

Er schaute zur Decke, als suchte er dort die Antwort, dann nickte er und lachte. »Im Keller! Mama geht nie in den Keller. Und wenn ich meinem Hündchen den Mund zuklebe, kann es auch niemand hören.«

Er rieb sich die Hände, denn ihm fiel ein weiterer Vorteil ein, an den er bisher gar nicht gedacht hatte: Wenn er das Mädchen erst einmal so weit hätte, hätte er endlich eine Frau, mit der er immer Sex haben könnte, wann immer es ihm gefiel, ohne dafür zahlen zu müssen.

Er kicherte albern, schließlich war er der Einzige, der wusste, dass er noch nie mit einer Frau geschlafen hatte, ohne sie dafür zu bezahlen. Bisher hatte er nur ein paarmal die Dienste einer Prostituierten in Anspruch genommen. Seine Mutter hatte ihn auch schon das eine oder andere Mal gefragt, ob er in ein Bordell gehe, aber er hatte immer schockiert darauf reagiert. Sie hatte daraufhin einmal gesagt: »Jeder Mann muss vögeln. Besser du gehst in den Puff, als dass du eine Frau vergewaltigst.«

Mit fünfunddreißig Jahren noch nie eine Freundin gehabt zu haben und stattdessen für Sex bezahlen zu müssen, war nichts, worauf man stolz sein konnte. Daher hielt er es für das Beste, dieses Geheimnis für sich zu behalten. Aber schon bald wäre auch dieser kleine Makel beseitigt.

»Du wirst ein komplett neuer Mensch«, sagte er nicht ohne Stolz zu sich selbst. Und das Ganze hatte er nur dieser kleinen arroganten Schnepfe an der Bushaltestelle zu verdanken, die dafür gesorgt hatte, dass er endlich eine Seite an sich kennenlernte, die bisher tief in seinem Inneren geschlummert hatte. Sie hatte seinem wahren Ich zum Durchbruch verholfen und es endlich zum Leben erweckt.

Ja, er war jetzt ein neuer Mensch. Ein besserer Mensch. Zufrieden rief er die Googlesuche auf und gab: »Kindergärten in der Nähe« ein. Schnell spuckte die Suchmaschine einige Ergebnisse aus.

Die zwei muss ich mir morgen genauer anschauen, dachte er und machte mit seinem Handy ein Foto vom Bildschirm.

Dann gab er eine weitere Suchanfrage bei Google ein: »Spielplätze in der Nähe«.

Wieder dauerte es keine Sekunde, bis Google ihm unzählige Ergebnisse anzeigte. Dass es so einfach sein würde, hatte er nicht für möglich gehalten. Wieder machte er mit seinem Handy ein Foto vom Bildschirm, weil er drei Spielplätze gleich am nächsten Tag aufsuchen wollte. Schließlich war es möglich, dass er eher auf dem Spielplatz als im Kindergarten ein Kind entführen könnte. Da er keine Erfahrung in diesen Dingen hatte, musste er sich so viele Optionen wie möglich offenhalten, es gleichzeitig aber auch nicht übertreiben. Schließlich sollte die Sache noch Spaß machen und nicht in Arbeit ausarten.

Er leerte genüsslich die Colaflasche und holte sich eine neue aus dem Kühlschrank, bevor er sich wieder auf die Couch setzte und die Website der Bild-Zeitung öffnete, um sich leichte Nachrichtenkost zu gönnen.

Wirklich begeistern konnte ihn keine der Schlagzeilen, noch nicht einmal diese:

Zwei Morde in kurzer Zeit in Mannheim!
War es ein Serientäter?

Stattdessen öffnete er die Seite Filmstarts.de, um sich ein paar Trailer anzuschauen. Vor allem die von Avengers, weil er sich schon jetzt auf die Vorstellung freute, die er mit Holger besuchen würde. Er hatte es ihm schließlich versprochen und wenn er nicht Wort hielte, würde er ihm das nicht so schnell verzeihen.

»Geiler Film«, sagte er bewundernd, nachdem er alle Trailer angeschaut hatte. Plötzlich war die Idee mit der Spritze wieder da. Es musste doch irgendeine Möglichkeit geben, sie als Tatwaffe zu benutzen.

»Ich finde das heraus.« Er tippte die Frage in die Suchmaschine ein und auch diesmal erhielt er eine Menge Treffer. Eine der Möglichkeiten würde er ja wohl nutzen können. Er durchsuchte die Links, bis er an einem hängenblieb.

»Kann das wirklich sein? Ist das so einfach?«, fragte er sich und klickte den Link an. Da er auf die Seite einer großen Tageszeitung führte, musste da doch etwas dran sein. Warum sollte der Inhalt nicht seriös sein?

Als die Seite auf dem Bildschirm erschien, konnte er sein Glück kaum fassen. *Das ist die Lösung all meiner Probleme*, dachte er begeistert und las den Titel erneut:

TÖDLICHE INFUSION DURCH LUFT IN DER SPRITZE!

8

»Bist du sicher? Ich dachte, alle Busse und Bahnen wären kameraüberwacht«, sagte sie aufgebracht. Sie war inzwischen im Präsidium angekommen und gleich zu Lorenz aus der Informationsbeschaffung gegangen.

»Da muss ich dich leider enttäuschen. Das ist laut deren Presseabteilung das Ziel, aber es gibt noch unzählige Busse, in denen keine Kameras installiert sind.«

»Verdammt«, entfuhr es Nele. Hatte der Täter das gewusst oder war es purer Zufall?

Die Antwort auf diese Frage hatte weitreichende Folgen. Wenn der Täter es wusste, mussten sie davon ausgehen, dass er seine Taten plante. Wenn nicht, war es immer noch denkbar, dass er spontan, ja unüberlegt und zufällig mordete. Das wiederum würde ihrer Annahme Nahrung geben, dass sie es nicht mit einem überdurchschnittlich intelligenten Serientäter und Psychopathen zu tun hatten.

»Hast du sonst noch was?«

»Erzähle ich gleich für alle im Meeting«, antwortete Lorenz.

»Gut, bis gleich.« Sie schaute auf ihre Uhr. Sie hatte noch fünf Minuten, also nahm sie ihren Becher und ging in die Küche, um sich einen Kaffee zu holen. Kaffee half ihr immer, sich zu beruhigen.

»Machst du mir auch einen?«, fragte Tobias, der kurz nach ihr die Küche betrat.

Sie nickte, nahm einen Becher aus dem Oberschrank, füllte ihn mit Kaffee und reichte ihn ihrem Kollegen.

»Danke. Das Ganze macht langsam eine Welle weit über die Grenzen der Stadt hinaus.«

»Was?«

»Na, dieser Würger. Zwei tote junge Frauen in so kurzer Zeit, das ist echt übel. Es erhöht den Druck auf uns ungemein. Die Presse wartet bestimmt nur wie die Geier darauf, etwas zu finden, und dann lassen die nicht locker, bis sie es ausgeschlachtet haben. Ich hoffe, wir fassen das Schwein bald.«

»Noch wissen wir ja nicht einmal, ob wir es in beiden Fällen mit demselben Täter zu tun haben.«

»Wäre schon ein sehr komischer Zufall, wenn nicht. Komm, Ernst wird sauer, wenn wir uns verspäten.«

»Hallo miteinander, wie ich sehe, sind wir vollzählig, dann lasst uns beginnen. Ich will nicht viel Zeit verlieren. Ihr wisst ja, dass ich kein Freund von langen Meetings bin«, begann ihr Chef. »Ich reiche das Wort deshalb gleich an Christian weiter.«

Der nickte, grüßte kurz in die Runde und fing an: »Einiges habe ich euch ja bereits in dem gestrigen Bericht mitgeteilt. Jetzt liegen weitere rechtsmedizinische und forensische Ergebnisse vor. Die persönlichen Daten zu den Leichen stehen im Bericht, daher werde ich diesen Punkt überspringen. Ich nehme an, dass jeder die Berichte der Spurensicherung fleißig liest.« Christian schmunzelte. »Wir können inzwischen davon ausgehen, dass wir es mit demselben Täter zu tun haben. Es fanden sich Fingerabdrücke von derselben Person an beiden Opfern, auf Höhe des Halses.«

»Siehste«, flüsterte Tobias ihr zu. Nele ignorierte die Bemerkung und nahm einen Schluck aus ihrem Becher.

»Ich lasse euch die Ergebnisse im Abendbericht zukommen.«

»Was ist mit den Spermaspuren? Hat der DNA-Abgleich etwas ergeben?«, wollte Nele wissen.

»Leider noch nicht, aber dazu wäre ich noch gekommen. An der Leiche von Natalie Pick haben wir Hautpartikel unter den Fingernägeln gefunden. Sie scheint sich deutlich gewehrt zu haben, bis sie das Bewusstsein verlor. Und bevor du fragst, auch hier fehlen noch die Ergebnisse des DNA-Abgleichs.« Christian holte kurz Luft, ehe er fortfuhr. »Wie es aussieht, hat sie noch gelebt, als sie vergewaltigt wurde.«

»Wie kommst du darauf?«, fragte Tobias.

»Das Blut, das Nele an der Bushaltestelle *Am Wald* in Schönau entdeckt hat, ist von Natalie Pick, wir haben es untersucht. Laut der vorläufigen Analyse muss sie sich zwischen 22 Uhr und Mitternacht eine blutende Platzwunde zugezogen haben, vielleicht hat er da schon versucht, sie zu vergewaltigen. Der Todeszeitpunkt liegt nämlich zwischen 23 und 3 Uhr morgens, also hatte er genug Zeit, um sie vorher zu vergewaltigen. Die Tatzeit bei dem zweiten Opfer dürfte zwischen 15 und 17 Uhr gewesen sein.«

»Na ja, er könnte sie um 22 Uhr an der Bushaltestelle verletzt, erwürgt und dann in den Käfertaler Wald geschleppt haben, um sie dort zu vergewaltigen. Die Zeitspanne für den Todeszeitpunkt ist doch nur eine Annahme, genauso wie der Zeitpunkt der Vergewaltigung«, entgegnete Nele.

»Möglich, aber sehr unwahrscheinlich«, widersprach Christian. »Wahrscheinlicher ist, dass sie bewusstlos war und er sie dann in den Käfertaler Wald verschleppt hat, um sie zu vergewaltigen, erst danach trat der Tod ein. Was zudem etwas erstaunt: Es wurden weder genitale noch extragenitale Verletzungen gefunden.«

»Das schließt eine Vergewaltigung aber nicht aus«, unterbrach Nele ihn scharf. »Ja, vielleicht war sie ohnmächtig oder stand unter Schock, vielleicht war sie aber auch schon tot. Nur weil man keine Verletzungen gefunden hat, heißt das noch lange nicht, dass sie ihr Einverständnis für den Geschlechtsakt gegeben hat. Andererseits müssen Verletzungen auch nicht zwangsläufig auf eine Vergewaltigung hindeuten.«

»Danke, dass du meine Arbeit machst, Frau Kollegin.« Christian wirkte leicht gereizt. »Du hättest mich vielleicht ausreden lassen sollen.« Sein Blick wanderte zu Ernst, der allerdings gewohnt ruhig wirkte. »Was ich mit den genitalen Verletzungen gemeint habe, musst du im Gesamtkontext sehen. Das Opfer wird gewürgt, dabei wehrt es sich heftig, stürzt zu Boden, verletzt sich, lebt aber noch. Und dann soll es sich bei der anschließenden, mutmaßlichen Vergewaltigung nicht gewehrt und das Ganze über sich ergehen lassen haben? Das passt nicht so ganz zum Opferprofil.«

»Was ist, wenn sie betäubt wurde?«, fragte Jürgen, ein anderer Kollege.

»Die toxikologische Analyse liegt noch nicht vor. Es wäre eine Option. Wir müssen uns einfach noch etwas gedulden, bis weitere Ergebnisse vorliegen. Ich wünschte sehr, dass ich euch all die Antworten liefern könnte, aber ihr wisst selbst, wie kompliziert solche Untersuchungen sind.«

»Fanden sich am Tatort denn weitere Spuren, die für die Ermittlungen relevant sein könnten?«, erkundigte sich Ernst.

»Keine, die uns direkt zum Täter führen. Beim ersten Opfer haben wir das Handy in der Nähe des Tatortes gefunden, was ihr ja alle aus dem Vorbericht wisst. Was die Auswertung anbelangt, müsst ihr Lorenz fragen. Beim zweiten Opfer fehlt die Geldbörse. Ob sie ursprünglich noch andere Gegenstände bei sich trug, von denen wir nichts wissen, können wir derzeit nicht sagen, das Opfer wurde noch nicht eindeutig identifiziert.« Sein Blick wanderte zu Lorenz.

»Erstaunlicherweise hat noch niemand ihr Verschwinden gemeldet«, ergänzte der. »Vielleicht ist sie neu in der Stadt oder hat keine Freunde. Jedenfalls fanden sich keine Unterlagen bei der Leiche, die Hinweise auf ihre Identität geben.«

»Warum hat er bei ihr die Geldbörse entwendet und bei der ersten Leiche nicht?«, überlegte Tobias laut.

»Vielleicht brauchte er sie als Trophäe«, suchte Nele nach einer Erklärung.

»Und warum dann nicht die Geldbörse von Natalie?«

»Weil der erste Mord im Affekt geschah, vielleicht konnte er da noch nicht ahnen, dass er erneut morden würde, was weiß ich?«, platzte sie heraus.

»Beruhig dich«, bat Ernst und machte eine beschwichtigende Geste. »Wenn wir sachlich bleiben, werden wir den Täter finden. Früher oder später macht jeder Serientäter einen Fehler. Wir brauchen ein Täterprofil.«

»Kommen Kollegen aus Stuttgart dazu?«, wollte Nele wissen.

»Nein, wir haben das große Glück, bald selbst einen Experten in unseren Reihen zu haben.«

»Wie kommt's? Wurde eine Planstelle genehmigt?«

Ernst schmunzelte. »Nein, das nicht, aber durch Anjas Weggang hatten wir etwas Spielraum. Das möchte ich aber erst zum Ende unserer Besprechung erläutern«, erklärte er, dann wandte er sich wieder an Christian: »Hast du noch etwas für uns?«

Nele machte die Augen schmal und überlegte. Das konnte nur eine Anspielung auf ihren neuen Kollegen sein. Dass sie einen zweiten Kollegen dazubekommen würden, einen

Profiler oder Fallanalytiker, wie man ihn offiziell bei der Kriminalpolizei nannte, glaubte sie nicht. Bisher hatten sie für solche Untersuchungen immer auf die Kollegen vom Landeskriminalamt Baden-Württemberg in Stuttgart zurückgreifen müssen. Die Politik versprach zwar regelmäßig, die Polizei auch personell aufrüsten zu wollen, um den Anforderungen der heutigen Zeit gerecht zu werden, aber tatsächlich kam wenig in Gang.

»Derzeit nicht, ich hoffe, dass ich euch im Abendbericht weitere Informationen liefern kann.«

»Danke. Lorenz, was hast du für uns?«

»Auch nicht viel. Wir suchen fieberhaft nach der Identität der zweiten Person. Auf den öffentlichen Aufruf nach Hinweisen zu den beiden Taten haben wir bisher keine relevanten Informationen erhalten.« Lorenz hielt kurz inne, als würde er sich die nächsten Worte erst zurechtlegen. »Es gibt auch keine Kameraaufzeichnungen, weder aus den Bussen, die diese Strecke fahren, noch von den Bushaltestellen. Das hätte uns die Suche nach dem Täter deutlich erleichtern können, daher müssen wir vermehrt auf die Öffentlichkeitsfahndung setzen.«

»Dafür hast du ja grünes Licht bekommen, auch wenn ich mich damit etwas schwergetan habe. Der Täter wird dadurch gewarnt werden und wir laufen Gefahr, dass wir uns mit Arbeit zuschütten, um die wichtigen Informationen von den unwichtigen zu trennen.«

Lorenz nickte. »Die Angaben des Freundes von Natalie Pick scheinen zu stimmen. Das Opfer nutzte keine sozialen Medien, wobei immer noch denkbar wäre, dass sie anonyme Profile hatte. Ihre Eltern haben uns den Laptop der jungen Frau überlassen. Weder dort noch auf dem Handy fanden sich diesbezüglich Spuren, die darauf schließen lassen könnten, daher gehen wir aus der Informationsbeschaffung davon aus, dass sie tatsächlich keine Profile in den sozialen Netzwerken besaß.«

»Irgendwelche anderen Spuren, die darauf hinweisen, dass sie den Täter kannte?«, fragte Sabine, die das Bindeglied zwischen den verschiedenen Fachabteilungen und dem Team von Ernst war.

»Leider nicht. Es ist sehr wahrscheinlich, dass sie zufällig ausgewählt wurde. Das war es dann auch schon von meiner Seite. Sobald mir weitere Informationen vorliegen, komme ich auf euch zu.«

Nele nickte: Dass die Toten Zufallsopfer waren, glaubte sie auch. Blieb nur die Frage, warum der Täter sie ermordet hatte. Was war der Auslöser für diese Taten gewesen? Und vor allem: Warum vergewaltigte er das erste Opfer und das zweite nicht?

Das zweite Opfer hat er am helllichten Tag ermordet, versuchte sie sich die Antwort selbst zu geben. Doch diese Vermutung genügte ihr nicht.

»Danke. Was haben die Gespräche mit den Zeugen und den potenziell Verdächtigen ergeben?«, fragte Ernst und sein Blick wanderte zu Nele.

»Wir haben uns die Gespräche aufgeteilt. Tobias hat die Eltern und einige enge Freunde befragt. Ein Team, bestehend aus Streifenpolizisten, hat sich in der Gegend umgehört, ich habe mich mit dem Freund unterhalten und später dabei geholfen, die Anwohner zu befragen. Keiner will etwas gesehen haben. Weder beim ersten Opfer, was ich noch nachvollziehen kann, da es spät abends war, noch beim zweiten Opfer – das allerdings mitten am Tag.« Sie schüttelte den Kopf.

»Ich habe das Gefühl, dass die Leute immer mehr abstumpfen. Es interessiert sie nicht, was um sie herum geschieht«, ließ sich Sabine vernehmen.

»Hat der Freund sich verdächtig gemacht?«, fragte Ernst.

»Nein. Nach dem zweiten Mord halte ich es für eher unwahrscheinlich, dass er etwas mit der Tat zu tun hat. Alles deutet darauf hin, dass wir es mit einer völlig fremden Person zu tun haben, die ihre Opfer zufällig aussucht. Die einzigen Gemeinsamkeiten der beiden Opfer sind, dass sie noch jung und von geringer Körpergröße waren. Gut möglich, dass er sich seine Opfer nach diesen Kriterien ausgesucht hat, um sie leichter überwältigen zu können.«

»Das klingt plausibel«, bestätigte ihr Chef. »Ich weiß, dass diese Mordserie uns allen zu schaffen macht. Dennoch müssen wir weiterhin nüchtern und professionell an die Sache herangehen. Ich möchte euch vor allem bitten, keinen Kontakt zur Presse aufzunehmen. Wenn euch Journalisten auf die Morde ansprechen sollten, verweist sie bitte an unsere Presseabteilung. Da die Bild-Zeitung und weitere überregionale Zeitungen bereits über den ersten Mord berichtet haben, wird sich der Druck auf uns in den nächsten Tagen deutlich erhöhen, denn die Nachricht über den zweiten wird sich sicher genauso rasch verbreiten. Wenn ihr bei euren Ermittlungen auf irgendeine Weise auf Widerstände stoßt, kommt zu mir. Mit dem Kopf durch die Wand ist noch keiner an sein Ziel gekommen.« Sein Blick wanderte zu Nele.

»Warum schaust du mich an?«, fragte sie.

»Ich meine nicht dich explizit«, korrigierte sich ihr Chef, aber es war ihm anzusehen, dass er vor allem sie bei seinen belehrenden Worten im Auge gehabt hatte. »Ich kann mich nur wiederholen: Nur, wenn wir als Team funktionieren, werden wir den Mörder stellen und verhindern können, dass weitere unschuldige Menschen sterben müssen.«

Schweigen und Nicken in der Runde.

»Auch wenn es keine Kameraaufzeichnungen gibt,

möchte ich, dass ihr euch mit den Busfahrern unterhaltet. Und zwar mit denen, die zu den von Christian als Tatzeitraum genannten Zeiten Dienst hatten.«

»Das hatten wir eh vor. Wir haben Termine mit den besagten Busfahrern«, antwortete Tobias.

»Sehr gut. Außerdem solltet ihr die Anwohner erneut befragen. Sicherlich waren einige nicht erreichbar, oder?«

»Ja«, antwortete Tobias wieder.

»Die müssen wir aber erreichen. Es ist nicht auszuschließen, dass jemand den Täter gesehen hat, aber keine Veranlassung sieht, zur Polizei zu gehen, weil er nichts von den Morden erfahren hat oder sich nicht vorstellen kann, dass die Person, die er gesehen hat, in Verbindung mit den Morden steht.«

»Das haben wir bereits in die Wege geleitet. Die Kollegen von der Streife werden uns dafür bis Ende nächster Woche unterstützen«, antwortete Nele.

»Gut. Wenn keiner noch etwas zu den Morden beizutragen hat, kommen wir zum letzten Punkt unserer Besprechung.«

Nele richtete sich auf, jetzt ging es auch um sie, schließlich musste sie mit dem neuen Kollegen zusammenarbeiten. Dass ihr Chef sie nicht in die Entscheidungsfindung eingebunden hatte, ärgerte sie, gerade vor dem Hintergrund ihres letzten Gespräches, als Ernst angedeutet hatte, dass angeblich noch keine Entscheidung gefallen sei.

»Wie ihr alle wisst, ist die vielgeschätzte Kollegin Anja Müller nach Hamburg gezogen und nicht mehr in meinem Team. Ich glaube aber, dass ich einen gleichwertigen Ersatz gefunden habe.« Ernst machte eine kleine Pause, schaute in die Runde, dann warf er Nele einen kurzen, aber intensiven Blick zu. »Am Montag wird Kriminalhauptkommissar Tom Hardt aus Hamburg zu unserer Truppe stoßen.«

Unwillkürlich zog sich ihr Magen zusammen. Die Sache schmeckte ihr immer weniger.

»Warum kommt ein Kriminalhauptkommissar aus der Großstadt in unser Team?«, fragte sie daher frei heraus. Sie bekleidete den Rang einer Kriminaloberkommissarin, was bedeutete, dass ihr der neue Kollege hierarchisch übergeordnet wäre. Anja hatte den gleichen Rang wie sie gehabt. Beabsichtigte Ernst, ihr einen Aufpasser an die Seite zu stellen?

»Wir sollten dankbar sein, dass wir einen fähigen Kollegen wie Tom Hardt bekommen. Er hat immer herausragende Leistungen während seiner Dienstzeit erbracht.«

»Und deswegen verlässt man Hamburg? Na, für mich sieht das wie eine Zwangsversetzung aus. Raus mit der Sprache, was hat er angestellt, dass wir uns jetzt mit ihm rumschlagen müssen?« Nele hatte Mühe, ihre Wut und ihre Enttäuschung im Zaum zu halten.

»Ihr sollt den Grund für seine Versetzung erfahren«, antwortete Ernst und zum ersten Mal wirkte er etwas ungehalten, doch dann veränderte sich sein Gesichtsausdruck und er wirkte nachdenklich. »Tom hat vor einigen Monaten seine Frau verloren. Er kommt auf eigenen Wunsch nach Mannheim, weil seine Schwester hier wohnt und er drei Kinder im schulpflichtigen Alter hat.«

Nele musste schlucken, mit so einem Grund hatte sie nicht gerechnet, daher wagte sie es auch nicht, etwas dazu zu sagen. In der Runde war es plötzlich sehr still.

»Wie auch immer. Ich möchte nicht, dass ihr in irgendeiner Weise dieses Unglück ansprecht. Wenn, soll er das von sich aus tun. Habe ich mich klar genug ausgedrückt?«

Noch immer Stille, dann zustimmendes Nicken.

»Gut, dann beenden wir die Besprechung.«

Kaum in ihrem Büro angekommen, klingelte ihr Telefon. Nele nahm das Gespräch an. Es war die Zentrale.

»Wo gehst du hin?«, fragte Tobias, als sie kurz darauf nach ihrer Jacke griff.

»Vielleicht endlich mal gute Nachrichten. Jemand hat den Täter gesehen.«

9

Die Observierung des ersten Kindergartens hatte er rasch eingestellt. Das Risiko, entdeckt zu werden, war einfach zu hoch. Es gab um das Gelände herum keinen ausreichenden Schutz, um sich zu verstecken und einem Kind aufzulauern.

Verärgert ging er zum nächsten Kindergarten auf seiner Liste. Dass es nicht gleich beim ersten Versuch geklappt hatte, gefiel ihm nicht. Schließlich sollte das Ganze doch ein Abenteuer sein, ihm einen Kick bescheren, stattdessen fühlte er nur Wut und Ohnmacht.

Nein, so hatte er sich das nicht vorgestellt. In seiner Fantasie musste er nur vor dem Kindergarten hinter einem Gebüsch warten, dann eines der Kinder mit einem Teddybären zu sich locken und das Kind mit nach Hause nehmen. In der Theorie war es ihm sehr einfach erschienen, aber in der Realität war die Sache doch weitaus problematischer.

Der nächste Kindergarten war auf den ersten Blick besser geeignet, hier gab es wenigstens Büsche, hinter denen er sich verstecken konnte. Von hier aus konnte er direkt in das Gebäude schauen, das eine breite Fensterfront hatte.

Gleich hinter dem Gebüsch war der Zaun, der das Grundstück des Kindergartens umschloss.

Endlich sah er, wie die Kinder zum Spielen nach draußen kamen. Zwei Erwachsene begleiteten sie. Sein Herz fing schneller an zu schlagen und seine Hände wurden feucht.

Das mit den Frauen war wirklich viel einfacher, vielleicht sollte ich meinen Plan überdenken, überlegte er.

Nein, ich kann nicht auf halber Strecke aufgeben. Ich brauche ein Kind.

Einige der Kleinen spielten Ball. Plötzlich rollte der Ball ganz in seine Nähe. Er wusste, dass dies seine Chance war, weil die beiden Erwachsenen eher mit sich als mit den vielen Kindern beschäftigt waren.

Sogleich kam auch eines der Kinder auf ihn zugelaufen, um den Ball zu holen. Er löste sich etwas aus seiner Deckung, aber nur so weit, dass das Kind ihn und den Teddy sehen konnte, er jedoch von den Erwachsenen unentdeckt blieb. Das jedenfalls hoffte er.

»Hey, Kleines, möchtest du einen Teddy?«, fragte er und hielt das Plüschtier hoch, das er extra für seinen Plan in einem Spielzeugladen gekauft hatte.

Das Kind schaute ihn stumm an, nahm den Ball und lief weg. Was war denn jetzt los? Die Verkäuferin hatte ihm doch versichert, nein garantiert, dass Kinder verrückt nach diesem Teddy seien. Warum lief das Mädchen dann weg?

Er beobachtete sie, wie sie sich mit einem der Erwachsenen unterhielt und dann mit der rechten Hand in seine Richtung zeigte. Der Erwachsene sprach mit dem anderen und plötzlich eilten beide auf das Gebüsch zu.

»Mist«, fluchte er, natürlich waren sie jetzt hinter ihm her. So schnell er konnte, lief er weg. Er wagte auch nicht, zurückzuschauen, aus Sorge, dass die Erwachsenen ihn schnappen könnten. Als ihm die Puste ausging, blieb ihm nichts anderes übrig, als stehenzubleiben.

Sein Herz raste und er schwitzte wie ein Ochse.

»Ich muss mehr Sport machen«, keuchte er und wagte es, sich kurz umzudrehen. Glücklicherweise fehlte von den Erwachsenen jede Spur. »Das war knapp. Dummes Kind.« Er atmete mehrmals ein und aus, bis er sich beruhigt hatte.

»Welches Kind mag denn keine Teddys?« Er schüttelte verärgert den Kopf.

Das alles lief ganz und gar nicht nach seinem Plan und das machte ihn langsam wütend. Er musste etwas essen, um sich zu beruhigen. Auf dem Weg zum Kindergarten hatte er einen Dönerimbiss gesehen und da er, dank der Geldbörse der zweiten Frau, wieder flüssig war, sprach nichts dagegen, sich etwas Gutes zu gönnen.

Ich darf aber nicht alles ausgeben, sonst wird das niemals was mit dem Trip nach New York, ermahnte er sich. Je näher er dem Imbiss kam, desto besser wurde seine Laune, und die Gedanken an das kleine Mädchen, das ihn derart an der Nase herumgeführt hatte, hatten sich fast in Luft aufgelöst.

Er betrat den Imbiss.

»Merhaba«, sagte er auf Türkisch.

»Merhaba«, antwortete der Mann hinter der Theke. »Du bist aber kein Türke, oder?«

»Warum? Ich könnte doch einer sein.«

»Nicht wirklich, Bruder. Willst du einen Döner?«

»Ja, mit allem. Und schön viel Fleisch.«

»Stehst du auf Fleisch?«

»Klar, ich liebe Fleisch. Ich könnte jeden Tag Fleisch essen. Du nicht?«

»Klar, ein Mann braucht Fleisch. Diese ganzen Vegetarier-Spinner kann ich eh nicht verstehen. Wir sind von Natur aus Fleischesser.«

»Stimmt. Ich hatte mal so eine verkappte Vegetarierin in der Firma. Mann, war die zickig und hässlich.« Er lachte und schaute zu, wie der Kebabverkäufer das Fleisch vom Spieß schnitt. »Sag mal, braucht ihr nicht zufällig jemanden?«

»Warum?« Der Mann legte reichlich Fleisch in das aufgeschnittene Brot.

»Wie der Zufall es will, suche ich gerade einen Job.«

»Kannst du denn Türkisch?«

»Ein paar Worte, die ich hier und da aufgeschnappt habe.«

»Das reicht leider nicht, Bruder. Wir haben viele türkische Gäste, die erwarten, dass wir mit ihnen Türkisch sprechen.«

»Und da wundert ihr euch, dass man euch nicht wirklich mag«, entgegnete er ungehalten.

»Wie meinst du das?«

»Na, schau dir die Pizzerien an, da arbeiten auch Deutsche. Deswegen mögen die Deutschen die Italiener mehr.«

»Die meisten Pizzerien in dieser Stadt gehören Türken oder Deutschen«, lachte der Mann. »Hast du schon mal beim Chinesen einen deutschen Kellner gesehen?«

»Nein, aber ich mag keine Chinesen.«

»Magst du also auch keine Türken?«

»Ich habe nichts gegen Türken. Warum sollte ich? Ich meinte nur, wenn man sich wirklich integrieren will, muss man doch zusammenarbeiten. Also Türken nicht nur bei den Deutschen, sondern auch Deutsche im Dönerimbiss.«

»Vielleicht hast du recht, aber ganz ehrlich, du bist der erste Deutsche, der mich nach einem Job fragt. Du gefällst mir. Gib mir doch deine Nummer. Vielleicht kann ich in der Saison eine Aushilfe gebrauchen.«

»Cool.« Er lächelte und nannte ihm seine Nummer, die der Mann aufschrieb. Manchmal zahlte es sich eben doch aus, frech und direkt zu sein. Wer weiß, vielleicht würde er bald einen neuen Job haben, der ihm auch Spaß machte. »Wie ist das denn, kann ich dann hier umsonst Döner essen?«

Der Mann reichte ihm seinen Döner mit jeder Menge Salat und Sauce darauf. »Du weißt, dass du zum Arbeiten herkommst, und nicht, um dich vollzufressen? Ein Döner und ein Ayran wären am Tag kostenlos.«

»Das hört sich doch super an. Kannst du mir noch eine Coke geben?«

»Kein Ayran?«

»Nee, Coke schmeckt mit Döner einfach geiler.«

Der Mann lachte und reichte ihm eine Coladose. »Macht sechs Euro.«

Er bezahlte und setzte sich. Die sechs Euro waren eine gute Investition, der Döner war köstlich. Als er fertig gegessen hatte, hatte er noch immer Hunger. Ob er sich noch einen gönnen sollte? Allerdings hätte er dann wieder ein paar Euro weniger und sicherlich würde seine Mutter ihm auch etwas Leckeres kochen.

Scheiß drauf, dachte er und bestellte noch einen.

»Du hast echt einen gesunden Appetit«, befand der Dönerverkäufer.

»Klar, dieser Körper ist nicht umsonst in so guter Form.« Er lachte laut. Der Mann hinter der Theke wirkte etwas peinlich berührt, sagte aber nichts.

Der zweite Döner hatte ihm endlich ein Sättigungsgefühl beschert, sodass er sich wieder auf den Weg machte. Kurz überlegte er, ob er tatsächlich noch die Spielplätze aufsuchen oder die Idee mit dem Kind als Sklaven vorerst zurückstellen sollte, schließlich musste man aus seinen Erfahrungen lernen und bisher hatte ihm dieser Plan nichts als Ärger eingebracht.

Trotzdem wäre es cool, so ein Kind zu besitzen, das macht, was man ihm befiehlt. Hat was von einem Hund, ist nur intelligenter. Mit einem Hund kann man ja nicht reden und schon gar nicht vögeln. Sein letzter Gedanke ließ ihn schmunzeln, denn er erinnerte ihn an einen Film, den er vor einigen Jahren im Internet gesehen hatte, da hatte eine Frau mit einem Hund Sex gehabt.

Allerdings hatte er schon damals gemerkt, dass ihn das Video null erregt, sondern eher abgestoßen hatte. Wie Menschen auf so etwas Abartiges stehen konnten, war ihm ein Rätsel. Dennoch musste es einen Markt für so etwas geben, warum sonst sollten solche Videos in den Umlauf kommen?

Es kostete ihn etwas Überwindung, bis er sich entschied, doch noch einen der Spielplätze aufzusuchen, die er herausgesucht hatte.

Der Weg dorthin war nicht weit, der Spielplatz war von Bäumen umgeben und damit perfekt, um sich zu verstecken und auf die richtige Gelegenheit zu warten.

»Das ist mein letzter Versuch, wenn es wieder nicht klappt, lasse ich es sein«, sagte er zu sich und beobachtete den Spielplatz, der gähnend leer war. Augenscheinlich wollte keiner um diese Uhrzeit dort spielen.

Ungeduldig wartete er, aber es kam einfach niemand. Bald wurde es ihm zu blöd und er trat hinter dem Baum hervor.

»Wofür gibt der Staat für so was Geld aus, wenn keiner den Platz nutzt?«

Er setzte sich auf die Schaukel, doch im selben Moment hörte er ein komisches Geräusch und stand wieder auf. Vermutlich war er zu schwer.

Er schaute sich noch etwas um. *Kein Wunder, dass hier kein Kind spielen will, wenn der Platz so trostlos ist, und der Zustand der Geräte ist auch unter aller Sau. Für heute reichts. Ich gehe nach Hause.*

An der Bushaltestelle nahm er sein Handy aus dem Rucksack, um sich ein paar Klingeltöne anzuhören, das Bluetooth-Headset hatte er bereits am Ohr. Da sah er, dass seine Mutter mehrfach versucht hatte, ihn anzurufen. Da er sein Handy in der Seitentasche des Rucksacks verstaut hatte, hatte er das nicht mitbekommen.

»So wichtig wird es schon nicht gewesen sein«, dachte er und wollte sich gerade ein paar neue Klingeltöne anhören, als seine Mutter erneut anrief.

»Hallo«, nahm er das Gespräch an.

»Verdammt, warum gehst du jetzt erst ans Telefon?«, schimpfte sie. Sofort hatte er gar keine Lust mehr, mit ihr zu telefonieren. Wenn sie das Gespräch derart übel gelaunt begann, konnte das nichts Gutes bedeuten. Allerdings würde sie auf diese Weise auch nicht handgreiflich werden können.

Aber zutrauen würde ich es ihr, dachte er schmunzelnd.

»Ich hatte es auf lautlos und es lag im Rucksack.«

»Warum hast du es auf lautlos? Welcher Idiot tut sein Handy in den Rucksack?« Er sah seine Mutter regelrecht vor sich, wie sie angewidert den Kopf schüttelte.

»Na, wegen der Strahlung. Jeder weiß doch, wie gefährlich Handystrahlen sind«, log er, weil er sich keine Blöße geben wollte und ihm gerade keine bessere Ausrede einfiel. »Warum rufst du denn an? Kann das nicht warten, bis ich zu Hause bin?«

»Nein, sonst hätte ich dich nicht angerufen, du Holzkopf.«

»Kein Grund, mich zu beleidigen.«

»Doch, weil du einfach nichts kapierst. Selbst Stroh ist schlauer als du. Wo treibst du dich rum?«

»Ich warte auf den Bus, um nach Hause zu fahren.«

»Du musst noch mal kurz bei Lidl vorbeischauen.«

»Warum?«

»Warum, warum? Wieso musst du dich immer anstellen, wenn ich dich um einen Gefallen bitte?«

»Tue ich doch gar nicht. Aber was soll ich bei Lidl? Du gehst doch immer einkaufen.«

»Heute nicht. Heute machst du das.«

»Ich habe keine Zeit dafür. Außerdem bin ich satt.«

Seine Mutter lachte, aber es war dieses gestellte, verachtende Lachen, das ihn so nervte. Am liebsten hätte er einfach aufgelegt, aber dass dann noch mehr Ärger im Anmarsch sein würde, war ihm klar, daher beschloss er, die Beleidigungen seiner Mutter weiter zu ertragen.

»Du Hund, was bist du für ein Egoist? Der Kühlschrank ist leer und ich habe zu große Schmerzen, um einkaufen zu gehen. Ist es etwa zu viel verlangt, ein Mal einzukaufen? Das meiste frisst doch eh du. Du undankbarer Bastard«, brüllte sie.

Er atmete einmal tief ein und aus. »Ich kann gar nicht einkaufen gehen, ich habe kein Geld.«

»Ach? Aber zum Fressen in einer dieser dreckigen Currywurstbuden hast du Geld!«

»Ich habe einen Döner gegessen.«

»Genauso ein Dreck. Ich schreibe dir jetzt eine SMS mit den Sachen, die du einkaufen sollst ...«

»Ich habe wirklich kein Geld«, unterbrach er sie. Dass er sein Geld für die Einkäufe ausgeben sollte, sah er nicht ein. Sicherlich würde seine Mutter ihm die Kosten nicht erstatten und wie sollte er so jemals das Geld für New York zusammensparen?

»Dann zahl mit deiner Bankkarte. Du kriegst doch genug Geld vom Amt. Wage es ja nicht, ohne die Sachen nach Hause zu kommen, dann wirst du mich von einer Seite erleben, die du dir nicht mal in deinen schlimmsten Albträumen ausmalen könntest, du fettes, nutzloses Schwein.« Mit diesen Worten beendete sie das Gespräch.

Er schluckte. Obwohl er ihr nicht gegenüberstand, spürte

er, wie sich sein Magen zusammenzog. Die Wucht der Worte und ihrer Beschimpfungen blieb nicht ohne Wirkung. Als sich sein Magen beruhigt hatte, spürte er die Wut in sich aufsteigen. *Warum töte ich das Biest nicht? Sie liebt mich nicht, sie hat mich nie geliebt und je älter sie wird, desto unerträglicher wird sie. Ich sollte sie von ihrer Last befreien.*

Als er auf den Bildschirm seines Handys sah, blinkte bereits der Hinweis auf die SMS auf. Alles in ihm schrie danach, sie zu löschen, allerdings fehlte ihm der Mut dazu, also öffnete er sie und las.

»Was? So viel? Wer soll das denn alles schleppen? Die will mich doch nur ärgern.« Wütend stieg er in den Bus.

Einige Haltestellen später gab es einen Lidl in ein paar hundert Meter Entfernung. Kurzentschlossen drückte er den Stopp-Knopf und der Bus hielt.

Er stieg aus und ging zu dem Supermarkt. *Das Geld für den Einkauf werde ich mir von ihr wiederholen, darauf kann sie wetten. So leicht mache ich es ihr nicht. Eigentlich müsste sie mich für das Einkaufen bezahlen. Andere nehmen für solche Dienste bestimmt zehn Euro die Stunde,* dachte er noch immer zornig.

Er nahm sich einen Einkaufswagen und arbeitete die Liste ab.

»Junger Mann, könnten Sie mir bitte diese Dose reichen?«, sprach ihn eine ältere Frau an, die augenscheinlich zu klein war, um an das obere Regal zu gelangen.

»Ich arbeite hier nicht«, antwortete er und ging einfach weiter. Die Frau schaute ihm verwundert nach. Ein schadenfrohes Lächeln huschte über sein Gesicht. Freundlich sein konnte schließlich jeder, aber um Nein zu sagen, musste man schon Eier haben, befand er.

Nachdem er alle Einkäufe zusammen hatte, bezahlte er

und verstaute alles in seinem Rucksack. Den Teddy musste er in der Hand halten, weil der Rucksack schon voll war.

Er fuhr den Einkaufswagen zurück und verließ den Laden.

Draußen stand ein kleines Mädchen. Wie alt mochte sie sein? Neun, zehn? So genau konnte er das nicht einschätzen. »Warum weinst du?«, fragte er.

»Mama ist böse«, sagte sie. Sie schien gar nicht ängstlich zu sein oder zu fremdeln.

»Und warum das?«

»Sie wollte mir keine Süßigkeiten kaufen und ist jetzt wieder in den Laden, um sich diese dummen Zigaretten zu kaufen. Das ist total gemein von ihr.«

»Das stimmt. Magst du Teddys?«, fragte er und hielt ihr den Teddy vor das Gesicht.

»Oh, der ist voll süß.«

»Möchtest du ihn haben?«

Sie nickte und er sah, wie sie große Augen machte.

»Schön. Im Auto habe ich noch einen, wenn du mitkommst, kannst du ihn haben.« Er reichte ihr die Hand und sie griff danach. Sein schelmisches, siegessicheres Lächeln konnte sie dabei nicht sehen.

Vielleicht war es ja Schicksal, dass ich zu Lidl musste, dachte er froh. Die Mühe hatte sich also doch gelohnt.

10

Sie klopfte kurz an und trat dann ein, aber ihr Chef war nicht im Büro. Auf seinem Schreibtisch lag eine Akte. Die Neugier packte sie. Es war die Personalakte ihres neuen Kollegen.

Ziemlich dick. Hat der Dreck am Stecken?, fragte sie sich und kämpfte mit sich, ob sie der Neugierde nachgeben und sie öffnen sollte. Ihre Hand fuhr beinahe automatisch zur Akte, doch da hörte sie, wie die Tür geöffnet wurde, und zog sie schnell zurück.

»Was machst du in meinem Büro?«, fragte Ernst.

»Ich wollte mir dir sprechen. Bin gerade reingehüpft und wollte auch schon wieder raus, aber jetzt, wo du da bist …«

»Um was geht es?«

»Das kannst du dir doch denken.«

»Bist du mit meiner Entscheidung nicht zufrieden?« Sein Blick wanderte erst zu der Akte, dann zu ihr. Ihm schien etwas auf der Zunge zu liegen, doch er sagte nichts, sondern schaute sie erwartungsvoll an, als erwartete er ein Geständnis. Aber da gab es nichts zu gestehen.

»Na ja, du hättest es immerhin mit mir besprechen können. Schließlich muss ich mit ihm klarkommen, du kriegst ihn ja kaum zu Gesicht. Ich habe ihn die ganze Zeit an der Backe.«

»Keine Sorge, er ist alt genug und kann sich um sich selbst kümmern, du bist nicht sein Babysitter.«

»Wer sagt denn, dass der nicht einen Knacks weghat seit dem Tod seiner Frau. Vielleicht erinnerst du dich an Boll.«

»Was ist mit Boll?«

»Der war nach dem Tod seiner Frau auch nicht mehr derselbe.«

»Tom ist nicht Boll«, wurde Ernst deutlich, dennoch wirkte er weiterhin ruhig.

»Das hätte man von Boll auch nicht erwartet. Ich bin nur skeptisch. Wenn jemand wenige Monate nach dem Tod seiner Ehefrau zurück in den Dienst will, kann der nicht ganz normal im Kopf sein, und dann noch mit drei Kindern. Da wäre es doch sinnvoller, sich in den Innendienst versetzen zu lassen, statt gleich in eine andere Stadt zu ziehen. Irgendwas stimmt doch nicht mit dem.«

»Andere Menschen müssen nach dem Tod ihres Ehepartners auch wieder arbeiten. Ich kann deiner Argumentation nicht folgen. Was willst du von mir?«

»Er könnte dir zuarbeiten, immerhin ist er Kriminalhauptkommissar, da würde er doch als mein Partner …«

»Hierarchisch über dir stehen. Gut erkannt. Und jetzt genug von dem Unfug. Wenn du nichts zu den aktuellen Ermittlungen beizusteuern hast, solltest du zurück an die Arbeit gehen.« Er trat an seinen Schreibtisch und nahm Platz.

»Keine Ahnung, warum du ihn unbedingt in unserem Team haben willst und ihn auch noch in Schutz nimmst, aber diese Akte sagt mir, dass wir uns nur Probleme mit dem einkaufen.«

Statt etwas zu sagen, schaute Ernst sie an. Sie wusste, dass es jetzt besser war, zu schweigen. Auch wenn ihr Chef dickhäutig und geduldig war, hatte auch er seine Schmerzgrenze, und es war besser, diese Grenze weder auszureizen noch zu überschreiten.

Trotzdem wollte sie sich so schnell nicht geschlagen geben. So einfach konnte man ihr keinen neuen Partner an die Seite stellen. Und die beste Möglichkeit, das zu unterbinden, war ein Erfolg. Sie musste ihrem Chef beweisen, dass sie sehr gut alleine funktionierte und jemand wie dieser Tom Hardt ihrer effektiven Arbeit nur im Weg stand.

Also auf zum Zeugen, sagte sie sich und ging zu ihrem Dienstwagen.

»Sie haben die Zentrale angerufen«, leitete Nele das Gespräch ein, als sie im Wohnzimmer der Zeugin stand.

»Ja genau. Ich habe lange überlegt, ob ich es tun soll.«

»Warum? Sollte das nicht selbstverständlich sein?«, erwiderte sie.

»Sie sind Polizistin und bewaffnet, aber ich lebe alleine. Man kann heute nicht vorsichtig genug sein. Dass ein Verrückter aus der Nachbarschaft hier sein Unwesen treibt, jagt mir eine Heidenangst ein. Möge Gott mich beschützen.« Die Frau bekreuzigte sich. Nele sah ihr an, dass sie ihre Worte ernst meinte. Wie es schien, gehörte sie zu den eher ängstlichen Menschen.

»Gerade deswegen ist Ihre Aussage wichtig. Wenn es uns gelingt, dem Täter aufgrund Ihrer Hinweise das Handwerk zu legen, müssen Sie auch keine Angst mehr haben.«

Die Frau schien nicht überzeugt, sie schaute aus dem Fenster des mehrstöckigen Wohngebäudes. »Ich bin in der Pfalz geboren, im Grünen. Ein kleines, beschauliches Kaff, da hielt man die Türen nicht verschlossen. Dass wir nach Mannheim ziehen, war Willys Idee. Er war schon immer mehr Stadtmensch als ich und ich naives Landei habe auf ihn gehört. Und wie hat er es mir gedankt? Hat eine Türkin geschwängert. Können Sie sich vorstellen, dass er keine hundert Meter weiter in der Nummer vierzehn wohnt? Wie kann man nur so schamlos sein?«

»Frau Glaser, können wir uns bitte auf die Person konzentrieren, die Sie gesehen haben?«, drängte Nele. Das

Letzte, was sie jetzt hören wollte, war eine tragische Liebesgeschichte.

Renate Glaser räusperte sich und zog ihren Pulli herunter, als wollte sie sich mental aufraffen. »Verzeihen Sie. Ich will Sie mit meinen Problemen nicht behelligen. Es ist nur ... egal. Was wollen Sie wissen?«

»Wie sah der Mann aus, den Sie gesehen haben?«

»Er war groß und nicht der Schlankste.«

»Und weiter? Haarfarbe, Augenfarbe? Haben Sie ihn erkannt?«

»Ich kenne ihn.«

»Sie kennen ihn?« Nele konnte ihre Überraschung nicht verbergen. »Und Sie sind sicher, dass Sie den Mann gegen 21 Uhr an der Bushaltestelle *Am Wald* gesehen haben?«

»Ja, so ziemlich.«

»Was heißt so ziemlich?«

»Ich war bei einer Freundin und ich bin kurz vor 21 Uhr von ihr weggegangen. Sie wohnt ganz in der Nähe der Bushaltestelle. Da habe ich ihn dort warten sehen. Er hat mich ganz komisch angeschaut. Ich hatte eine richtige Gänsehaut.«

»Kann Ihre Freundin die Uhrzeit bestätigen?«

»Ja, natürlich. Aber ich bin nicht senil, wenn Sie darauf aus sind.«

»Überhaupt nicht. Wir müssen nur ganz sichergehen. War der Mann alleine an der Bushaltestelle?«

»Als ich ihn gesehen habe, Ja. Aber mir ist eine junge Frau entgegengekommen, nachdem ich an der Bushaltestelle vorbei war. Deswegen habe ich Sie angerufen. Das wäre schon ein sehr komischer Zufall, oder? In der Bild-Zeitung war ein Foto von der Toten und der Mord soll abends stattgefunden haben. Ich bin ja nicht bei der Kriminalpolizei, aber das sind selbst für mich ein paar Zufälle zu viel. Das arme Mädchen, warum musste es so früh sterben? Ich habe für sie gebetet. Hoffentlich hat sie den Weg ins Paradies gefunden.«

Nele atmete geräuschvoll aus. Was Frau Glaser sagte, schien zu passen. »Können Sie mir die Kontaktdaten Ihrer Freundin geben?«

»Wenn Sie mögen, kann ich sie gleich anrufen. Seit sie in Rente ist, ist sie meistens zu Hause.«

»Warum nicht«, antwortete Nele. Wenn die Freundin die Zeitangabe bestätigte, musste sie nicht zu ihr gehen.

Die Zeugin rief ihre Freundin an, die den Anruf gleich entgegennahm. Nele stellte ihre Frage und die Freundin bestätigte die Aussage. Im Gegensatz zu Renate Glaser war sie absolut sicher, dass diese kurz vor 21 Uhr gegangen sei, weil sie kurz danach eine Dokumentation im Fernsehen gesehen habe, die um 21:05 Uhr begann. Zufrieden legte Nele auf.

»Können Sie mir bitte den Namen der Person sagen, die Sie an der Bushaltestelle gesehen haben?«, fragte sie.

»Ja. Er heißt Franz Lind.«

»Und woher kennen Sie seinen Namen?«

»Von seiner Mutter. Wir haben uns vor einigen Jahren bei einer dieser Kaffeefahrten kennengelernt.«

»Und wissen Sie zufällig, wo er wohnt?«

»Ja, nicht weit von hier. Er wohnt noch bei seiner Mutter. Ich glaube, er ist geistig etwas zurückgeblieben. Jedenfalls ist er so komisch, im Gegensatz zu seiner Mutter, die meistens freundlich und höflich ist, wenn man ihr nicht dumm kommt.«

Nele notierte sich die Anschrift. »Ist Ihnen noch etwas anderes aufgefallen?«

»Nein, ich habe mir zu dem Zeitpunkt nichts dabei gedacht, obwohl er mir schon immer nicht ganz geheuer war.

Aber seit ich den Artikel in der Bild gelesen habe, hat mich dieses komische Gefühl beschlichen und nicht mehr losgelassen. Es täte mir nur um seine Mutter leid. Sie ist nicht mehr die Jüngste, hat keinen Ehemann und ist gesundheitlich angeschlagen.«

»Sie haben vorhin erwähnt, dass Sie in der Bild-Zeitung ein Foto des Opfers gesehen haben. Sind Sie sicher, dass die Frau, der Sie an dem Abend begegnet sind, vom Aussehen her dem Opfer entspricht?«

»Ich denke schon.«

»Denken Sie es oder wissen Sie es? Das ist ein großer Unterschied. Sie müssen sich ganz sicher sein.«

Glaser überlegte, dann verschränkte sie die Arme vor dem Oberkörper.

»Ich weiß es ehrlich gesagt nicht. Es war ja dunkel und sie ging recht schnell. Sie war jung und schlank. Warum sollte sie es nicht gewesen sein? Um die Zeit wird die Haltestelle selten besucht. Warum auch? Die meisten sind doch dann zu Hause.«

»Überlegen Sie bitte noch einmal genau. Wenn es hilft, würde ich einen Kollegen von der Streife bitten, Sie mit ins Präsidium zu nehmen, damit wir Ihnen Fotos von dem Opfer zeigen können.«

»Es war dunkel. Ich habe ihr Gesicht wirklich nicht gesehen. Es tut mir leid.«

»Gut, vielleicht kommen ja doch noch ein paar Erinnerungen. Hier ist meine Karte, wenn Ihnen noch etwas einfallen sollte, kontaktieren Sie mich bitte.«

Nele verließ den Wohnblock und tippte die Anschrift von Franz Lind in die Navigationsapp ihres Handys. Der potenzielle Tatverdächtige wohnte knapp einen Kilometer von ihrem Standort entfernt, sodass sie beschloss, doch das Dienstfahrzeug zu nehmen.

Kurz darauf parkte sie vor dem Einfamilienhaus, trat an die Haustür und klingelte, doch niemand reagierte. Also betätigte sie erneut die Klingel. Diesmal hörte sie Schritte, es musste also jemand im Haus sein.

»Ja, bitte«, hörte sie von drinnen eine Stimme, dann öffnete sich die Tür und eine ältere Dame erschien, sie war etwa Mitte bis Ende siebzig.

»Guten Tag. Sind Sie Frau Lind?«, fragte sie. Da sie wusste, wie der Sohn mit Nachnamen hieß, ging sie davon aus, dass die Mutter denselben Nachnamen trug. Sie hatte vergessen, die Zeugin nach dem Namen der Mutter zu fragen, und an der Tür stand kein Name.

»Ja. Und wer sind Sie?«

»Mein Name ist Nele Blum. Ich bin von der Mannheimer Kriminalpolizei. Ist Ihr Sohn zu sprechen?«

»Franz?«

»Ja.«

»Was wollen Sie von meinem Sohn?«

»Das möchte ich mit ihm persönlich besprechen. Ich bin nicht befugt, Ihnen darüber Auskunft zu geben. Datenschutz.«

»Verstehe.« Die Frau beäugte sie kritisch, als spürte sie, dass da etwas im Argen lag. »Hat der Bengel wieder Unsinn angestellt?«

»Ich muss ihm nur ein paar Fragen stellen. Ist er in der Wohnung?«

»Wo sonst? Der Nichtsnutz.« Die Enttäuschung in ihrer Stimme war nicht zu überhören.

»Darf ich eintreten?«

»Kommen Sie rein. Ich rufe ihn.« Nele folgte ihr in die Wohnung. »Franz, kommst du kurz her? Hier will dich jemand sprechen.«

»Boah, Mama. Was ist denn los? Kannst du mich nicht

ein Mal ...«, moserte Franz, als er das Wohnzimmer betrat. Als er die Kriminalpolizistin sah, wurde er plötzlich ernst. »Wer sind Sie?«

»Mein Name ist Nele Blum. Ich komme von der Mannheimer Kriminalpolizei und müsste Ihnen ein paar Fragen stellen.«

»Warum? Ich habe nichts getan.« Er wirkte irritiert. Sein Blick wanderte zu seiner Mutter, dann wieder zu Nele. Es war offensichtlich, dass er Angst vor der Reaktion seiner Mutter hatte, dabei war er mindestens einen Kopf größer als sie.

»Das habe ich auch nie behauptet. Gibt es einen Raum, wo wir ungestört reden können?«

Franz Lind antwortete nicht sofort, er schaute kurz seine Mutter an, dann sagte er: »Ja, in meinem Zimmer.«

»Gut. Dann gehen Sie vor.«

Der Mann ging voraus. Sein Zimmer war im Keller, dabei gab es sicherlich jede Menge freie Zimmer oben in dem Einfamilienhaus.

»Wieso wohnen Sie nicht in einer der oberen Etagen?«, fragte sie daher. Sie wollte ihm damit signalisieren, dass sie Interesse an seiner Person hatte, denn er wirkte in gewisser Weise seltsam. Franz Lind scheute den Blickkontakt und seine Unterlippe bewegte sich immer wieder, obwohl er nicht sprach. Nele hatte das Gefühl, dass er leicht autistische Züge hatte.

»Oben mag ich nicht so. Im Sommer ist es viel zu warm. Hier ist es immer angenehm kühl und ich habe meine Ruhe.«

»Leben Sie alleine mit Ihrer Mutter?«

»Ja. Mama hat nur mich, deswegen kann ich sie nicht alleine lassen. Ist nicht immer einfach mit ihr.«

»Warum nicht?«

»Sie kann ziemlich dickköpfig und stur sein. Aber Sie sind doch bestimmt nicht hier, weil Sie mich wegen meiner Mutter ausfragen wollen.«

»Nein, es geht um etwas anderes.«

»Darf ich Sie auch etwas fragen?«

Nele war erstaunt über diese Bitte, da er eher unsicher und ängstlich wirkte, es passte nicht zu seinem bisherigen Verhalten.

»Sie wissen, dass ich von der Kriminalpolizei bin? Also stelle ich die Fragen«, machte sie ihm unmissverständlich klar. Er zuckte kurz zusammen, auf so eine klare Reaktion war er wohl nicht gefasst, doch dann lachte er kurz.

»Das habe ich mir schon gedacht.« Er lachte erneut, schaute sie aber nicht an. Wieder bewegte sich seine Unterlippe wie automatisch. Es war nicht mehr zu übersehen, der Mann hatte autistische Züge oder einen psychischen Knacks.

»Das ist gut. Besitzen Sie ein Auto?«, fragte sie. Sie wollte nicht gleich auf die Bushaltestelle zu sprechen kommen.

»Sind Sie eine Lesbe?«

»Wie bitte?« Nele fühlte sich überrumpelt.

»Na, ob Sie eine Lesbe sind? Sie sind so, na wie soll ich das sagen. Jedenfalls sind Sie nicht so freundlich wie normale Frauen. Obwohl die zu mir nie wirklich nett sind. Aber Sie haben etwas Dominantes an sich und Ihr Aussehen würde passen. Normale Frauen haben nicht so kurze Haare und wirken auch nicht so streng. Ich kenne so Mannweiber wie Sie.«

»Können Sie sich bitte auf meine Fragen konzentrieren? Meine Person ist hier nicht von Belang«, fuhr sie ihm scharf ins Wort.

»Haben Sie Probleme, weil Sie lesbisch sind?«

»Entweder Sie beantworten meine Fragen, oder ich sehe

mich gezwungen, Ihnen Handschellen anzulegen und Sie mit ins Präsidium zu nehmen. Ich kann mir kaum vorstellen, dass Sie wollen, dass Ihre Mutter Sie in Handschellen sieht.«

Lind zuckte zusammen. Die Drohung mit seiner Mutter zeigte Wirkung. »Keine gute Idee. Sie sind echt gemein. Und nein, ich habe kein Auto. Wissen Sie, wie teuer ein Auto ist?«

»Waren Sie am Montagabend an der Bushaltestelle *Am Wald*?«

»Am Montagabend? Warum?«

»Beantworten Sie bitte nur meine Frage.«

»Was soll denn das Ganze hier? Müssen Sie mir nicht den Grund für die Befragung verraten? Sie können doch nicht einfach unschuldige Menschen mit Fragen löchern.«

Doch, das konnte sie schon, aber vielleicht war es klüger, ihn ein wenig aufzuklären. Sie musste ihm ja nicht auf die Nase binden, dass er als Verdächtiger infrage kam.

»Montagabend wurde eine junge Frau an besagter Bushaltestelle ermordet und wir befragen gerade alle möglichen Zeugen. Sie wurden an der Bushaltestelle gesehen.«

»Wer hat mich denn da gesehen?«, fragte Lind. Er wirkte neugierig. Die Nachricht, dass eine Frau ermordet worden war, löste keine Reaktion bei ihm aus. Entweder war er ein verdammt guter Schauspieler, der sich nicht anmerken lassen wollte, dass ihn die Nachricht nicht kaltließ, weil er Sorge hatte, er könnte verdächtigt werden, oder er besaß einfach keine Empathie.

Nele vermutete das Zweite.

»Das unterliegt dem Datenschutz.«

Lind lachte und hielt sich die Hand vor den Mund. »Ich glaube, ich weiß, wer mich gesehen hat.«

Nele hatte Mühe, freundlich zu bleiben, so langsam war ihre Geduld am Ende. Jetzt vermisste sie Anja an ihrer Seite. Sie hatte ein Händchen für Schwachköpfe wie diesen Franz Lind, sie war viel geduldiger als Nele und verstand es hervorragend, sich auf ihr Gegenüber einzustellen. Eine Eigenschaft, die sie leider nicht besaß, so sehr sie sich das auch manchmal wünschte.

»Waren Sie am Montagabend an der Bushaltestelle?«, wiederholte sie ihre Frage. Das Gespräch zog sich wie Kaugummi.

»Franz, ist die Lesbe noch bei dir?«, hörte sie plötzlich die Mutter rufen. »Essen ist fertig.«

Kein Wunder, dass der nicht ganz sauber im Kopf ist, dachte Nele. Sie wollte das Gespräch so schnell wie möglich beenden.

Franz öffnete die Tür und schrie zurück: »Nein, Mama, ist noch da. Oder hast du sie durch die Haustür gehen sehen?« Dann schaute er zu Nele. »Meine Mutter ist nicht die Hellste.« Er lachte und hielt sich dabei wieder die Hand vor den Mund.

»Du Depp, sie hätte doch auch durch die Kellertür rausgehen können. Du Ochse. Beeil dich, das Essen wird kalt.«

Statt zu antworten, drehte er sich wieder um und schloss die Tür.

»Hören Sie, Herr Lind. Beantworten Sie bitte nur meine Fragen, dann ist das Gespräch schnell beendet und Sie können hoch zu Ihrer Mutter und essen.«

Franz lachte. »Ja, meine Mama darf man nicht verärgern. Sie ist zwar eine alte Schachtel, aber sie hat noch mächtig Dampf im Kessel.«

»Können Sie mir nun sagen, ob Sie am Montagabend an der Bushaltestelle waren?«

»Ich glaube schon. Meine Mutter liest immer die Bild-Zeitung.«

Nele verdrehte die Augen. Vermutlich war es das Beste, ihn mit aufs Präsidium zu nehmen. Sollte sich doch ein Kollege um die Befragung kümmern, sie jedenfalls hatte keinen Nerv mehr dazu.

»Ich habe die Frau gesehen.«

»Wen haben Sie gesehen?«

»Diese tote Frau aus der Bild-Zeitung, deswegen sind Sie doch hier.«

11

Vielleicht war das Ganze doch keine so gute Idee gewesen, dachte er. Er lag auf seiner Couch und überlegte, was er am Wochenende machen sollte, aber immer wieder lenkten ihn die Gedanken an das kleine Mädchen ab, das beim Supermarkt fast mitgegangen wäre.

»Diese dämliche Mutter«, fauchte er und presste genervt die Lippen zusammen. »Dabei hätte alles so gut ausgehen können. Verdammt. Es sollte wohl einfach nicht sein.«

Vielleicht war das auch gut so. Eigentlich stand er gar nicht auf Kinder und ob er die Geduld und die Lust gehabt hätte, sich jahrelang um eins zu kümmern und es zu dressieren, bis es aufs Wort gehorchte, wusste er auch nicht.

Erst gestern hatte er im Fernsehen gesehen, wie schwierig es war, einen Hund zu dressieren, wie lange sollte das dann erst bei einem Kind dauern? Mit solchen Überlegungen versuchte er sich zu trösten, doch in seinen Gedanken hatten sich die Gesichter der Mutter und des Kindes eingebrannt.

Das Mädchen hatte seine Hand genommen und mit ihm zum Auto gehen wollen in der Hoffnung, noch einen Teddy zu bekommen, und er war wirklich gewillt gewesen, ihr den Teddy, mit dem er sie geködert hatte, anschließend zu geben, auch wenn es gar keinen zweiten gab.

Doch dann war diese Furie aus dem Laden gekommen. »Lassen Sie meine Tochter los«, hatte sie gebrüllt und wie von Sinnen mit ihrer Handtasche auf ihn eingeschlagen.

»Entspannen Sie sich, ich wollte ihr nur den Teddy schenken.«

»Sie haben meiner Tochter nichts zu schenken, Sie Perverser«, hatte sie gebrüllt und ihm das verängstige Mädchen entrissen. Er hatte es deutlich in den Augen des Mädchens gesehen, dass sie viel lieber bei ihm geblieben wäre, stattdessen hatte die Mutter sie weggezerrt und zu ihrem Wagen geschleift.

In dem Augenblick hatte er mit ihr gelitten, denn die Szene erinnerte ihn an seine eigene Kindheit. Seine Mutter war auch eine herzlose Furie gewesen. Irgendwann hatte er aufgehört zu zählen, wie oft sie ihn mit dem Gürtel, der Faust oder irgendeinem anderen Gegenstand, den sie in die Finger bekam, geschlagen hatte.

Als das Mädchen weg war, waren ihm die Tränen gekommen und er hatte sie schnell weggewischt. Dann war er einfach weggelaufen. Vor Schreck hatte er sogar den teuren Teddy fallen lassen, aber zum Glück nicht die Lebensmittel, weil die im Rucksack waren, den er auf dem Rücken trug.

Das Leben konnte so ungerecht sein. Er wusste, dass es dem Mädchen bei ihm viel besser ergangen wäre als bei dieser Hexe. Aber gut, die Würfel waren gefallen und hatten sich gegen das Glück des Mädchens entschieden.

»Vergiss das mit den Kindern. Das macht nur Arbeit und du hast nicht den gleichen Kick gespürt wie bei den Frauen«, ermunterte er sich. Wie hatte sein alter Deutschlehrer immer gesagt? »Konzentrier dich auf eine Sache und mach die richtig.« Recht hatte er! Sein Blick wanderte zu seinem Handy, das aufleuchtete, weil er einen Anruf bekam. Es war Holger.

»Ja«, nahm er das Gespräch an.

»Was heißt hier ja? Begrüßt man so seinen Freund? Bist du gerade am Zocken oder warum gehst du so knapp ans Handy?«, meckerte Holger.

»Nein, alles gut. Wenn du mich aussprechen lassen würdest, hättest du auch noch meine Begrüßung mitbekommen.«

»Daran habe ich große Zweifel. Was machst du?«

»Wohnung saubermachen.«

»Lüg doch nicht. Entweder du zockst oder du liegst faul auf der Couch rum.«

»Wieso unterstellst du mir immer so was?«

»Tue ich das?« Er konnte das abwertende Lachen deutlich durch den Lautsprecher des Handys hören. Holger nahm ihn mal wieder nicht ernst und spielte sich als Besserwisser auf, das hasste er so sehr, es machte ihn rasend vor Wut, dennoch kriegte er es nicht fertig, ihm seine Grenzen aufzuzeigen, weil Holger ihn jedes Mal mit irgendwelchen Bemerkungen ausbremste.

»Ja, du unterstellst mir das. Bist du hier und kannst sehen, was ich gerade tue? Du vertraust mir nicht, das ist nicht okay.«

»Entspann dich«, blieb Holger gelassen, was seine Wut nur noch steigerte. »Hast du Lust, nachher in der Stadt einen Kaffee zu trinken?«

»Ich weiß nicht, ich hab echt viel zu tun.«

»Wie du meinst. Ich bin in der Stadt. Bombenwetter. Du solltest nicht den ganzen Tag im Zimmer hocken, du musst unter Menschen, gerade in deiner Situation ist Ablenkung wichtig. Raus aus dem Haus, aber das weißt du ja. Meld dich, wenn du es dir doch anders überlegst.«

»Mach ich. Viel Spaß in der Stadt. Und immer artig bleiben«, versuchte er locker rüberzukommen, aber er wusste selbst, wie verkrampft seine Worte klangen.

»Immer doch«, antwortete Holger und beendete das Gespräch.

»So ein eingebildeter Idiot. Was glaubt der eigentlich, wer er ist?«, brüllte er und schnaufte dabei wie ein Stier, der gerade einen Kampf um Leben und Tod in der Arena gewonnen hatte.

Dann nestelte er sein Messer aus der Hosentasche und öffnete die Klinge. Er hatte sie vor einigen Tagen, nachdem er dieser Frau das Messer mehrmals in den Körper gerammt hatte, gesäubert. Nichts erinnerte mehr an die Tat, außer dieses Gefühl, das ihn gerade überkam.

Ein Gefühl, das so unsagbar schön war, weil es ihm sagte, dass er jemand war, den man ernst nehmen und respektieren musste.

Ob ich damit Holgers Hals aufschlitzen sollte?, fragte er sich und tat so, als ob er einen geraden schnellen Schnitt vollzöge. *Ein sauberer Schnitt. Es würde auch kaum wehtun. Wie lange es wohl dauern würde, bis er ausblutet?*

Vor Jahren hatte er einmal ein Huhn mit dem Messer getötet. Aber der Hals war so dünn gewesen, dass er das Huhn geköpft, statt aufgeschlitzt hatte. Dennoch war der Anblick schön gewesen. Bei einem Menschen musste das allerdings noch interessanter sein.

»Denk an die Spritze. Das musst du unbedingt noch testen«, sagte er zu sich. Die Überschrift, die er vor einigen Tagen im Internet gelesen hatte, ließ ihm keine Ruhe. Er musste das einfach ausprobieren – jemanden durch Luft in der Spritze töten, denn Luft gab es reichlich, sie kostete nichts und eine Spritze hatte er auch, sie wartete in der Schublade auf ihren Einsatz. Jetzt musste er nur ein passendes Opfer finden.

Vor allem war er gespannt, ob er auch mit der Spritze dieses Gefühl verspüren würde, diesen Kick.

Bald würde er es wissen. In diesem Moment kam ihm die Idee, wer das erste Testobjekt sein könnte: »Mutter.«

Er nahm die Spritze, zog sich einen Hoodie an, um sie besser verstecken zu können, dann ging er ins Wohnzimmer. Vor der Tür drehte er noch einmal um und ging in die Küche. Er öffnete den Kühlschrank und holte die Colaflasche heraus. Da sie nur noch halb gefüllt war, beschloss er, kein Glas zu benutzen, sondern aus der Flasche zu trinken.

Dann betrat er das Wohnzimmer. Seine Mutter saß im Sessel und schaute ihn abschätzend an.

»Wieso hast du nicht gesagt, dass du in die Küche gehst?«

»Warum hätte ich?« Er nahm auf der Couch Platz.

»Weil ich vielleicht auch etwas von da gewollt hätte, du Trottel.«

»Woher soll ich das wissen?«

Seine Mutter schüttelte den Kopf. »Ein Ochse bleibt ein Ochse. Jetzt musst du noch mal in die Küche.«

»Warum?«

»Weil du mir ein Bier bringen sollst, verdammt noch mal«, wurde seine Mutter laut.

»Hol dir doch selbst eins, statt faul im Wohnzimmer zu sitzen.«

»Ich und faul? Wer hat dich großgezogen, du oder ich? Und das ohne einen Mann, weil sich dein Vater wie ein Feigling aus dem Staub gemacht hat. Nicht mal Unterhalt hat dieser Bastard bezahlt, trotzdem habe ich dich großgezogen. Was für ein Fehler. Ich wollte dich damals entsorgen, aber meine Mutter hat auf mich eingeredet, es nicht zu tun, und was ist der Dank?« Ihr Atem ging schnell. »Hol mir jetzt das verdammte Bier.«

»Ich bin nicht taub«, wurde er jetzt selbst laut. »Immer musst du mich rumkommandieren. Keine fünf Minuten gönnst du mir Ruhe.« Seine Augen waren weit aufgerissen.

»Ruhe? Wovon bist du denn erschöpft? Warst du auf dem Bau, dass du kaputt bist? Du hast faul in deinem Zimmer rumgelegen wie die Hartzer aus den Benz-Baracken. Da gehörst du hin.« Sie war außer sich und ihre Blicke huschten durchs Zimmer, als suchte sie etwas Bestimmtes.

Den Gürtel, mit dem sie mich so oft geschlagen hat, dachte er voller Hass, gleichzeitig kam die übermächtige Angst vor seiner Mutter und ihren Wutausbrüchen zurück.

»Warum kannst du nie das tun, was von dir verlangt wird? Warum musst du immer diskutieren? Verdammt! Ich bin deine Mutter! Hol mir jetzt das Bier, bevor ich aufstehe und mich vergesse, du Idiot.«

»Ist ja gut, aber lange lasse ich mir das nicht mehr gefallen«, schnaubte er, als er von der Couch aufstand, um in die Küche zu gehen.

Er holte eine Bierflasche aus dem Kühlschrank, öffnete sie und ging zurück ins Wohnzimmer. Währenddessen reifte ein Entschluss in ihm. Er konnte seine Mutter nicht mehr ertragen, es war Zeit, dass er sich von dieser großen Last befreite. Er hielt seine Hand in der Hoodietasche, wo die Spritze lag.

Tu es!

»Warum nicht gleich so? Warum musst du mich immer wütend machen?« Seine Mutter schüttelte genervt den Kopf.

Er trat zu ihr und reichte ihr das Bier.

»Du kannst dich wieder setzen. Steh nicht wie angewurzelt hier rum«, sagte sie und nahm einen großen Schluck aus der Flasche.

»Ich ertrage deine Gemeinheiten nicht mehr«, antwortete er, seine Hand hielt die Spritze in der Hoodietasche fest umklammert.

12

Die Wut seiner Kinder würde verfliegen, das wusste er. Sie waren noch zu jung, um die Tragweite seiner Entscheidung zu verstehen und einzusehen, dass er es am Ende auch für sie tat.

Das Geräusch der Türklingel holte ihn aus seinen Gedanken. Er trat an die Haustür und öffnete.

»Hallo, Martha, komm rein«, begrüßte er seine Schwester.

»Wie geht's dir?«

»So weit gut.«

»Wo sind die Kinder?«

»In ihren Zimmern«, antwortete er. »Kinder, Tante Martha ist da!«, rief er. »Möchtest du was trinken?«

»Nein, danke. Wir wollen doch gleich los. Friedrich wartet im Wagen.«

»Hallo, Tante Martha«, hörte er die Zwillinge gleichzeitig sagen.

»Hallo, meine Schätzchen«, antwortete sie, umarmte die beiden Mädchen und gab ihnen einen Kuss.

»Sophie, kommst du endlich«, rief er.

»Du musst nicht schreien, ich bin ja nicht taub. Hatte noch kurz mit Laura geschrieben«, reagierte seine ältere Tochter bissig. »Hallo, Martha«, bei diesen Worten bekam ihre Stimme etwas Weiches.

»Hallo, mein Schatz.« Martha umarmte und drückte auch sie. »Ich hoffe, ihr freut euch auf den Zoo in Stuttgart.«

»Ja, ich bin schon total gespannt«, sagte Emma, ihre Zwillingsschwester Amelie nickte.

»Viel Spaß, Kinder, und wehe, ihr ärgert eure Tante und euren Onkel.«

»Das würden sie doch nie tun. Sie sind alle drei meine Engel.«

»Fahrt vorsichtig und verwöhnt sie nicht zu sehr, sonst kommen sie nur auf dumme Gedanken.«

Statt zu antworten, lachte seine Schwester und umarmte ihn, dann verließ sie mit den Kindern das Haus.

Er blieb alleine zurück und schaute auf die Uhr. Er musste auch gleich los, er hatte eine Verabredung.

Eine Stunde später saß er in einem Café am Wasserturm in Mannheim und hatte eben seinen Kaffee bestellt, als ihn jemand ansprach.

»Tom Hardt!«

Er stand auf. »Ernst! Schön, dich zu sehen. Setz dich doch.« Sie reichten sich die Hand. Es war nicht zu übersehen, dass Ernst sich freute, ihn wiederzusehen. Ihm ging es nicht anders.

»Du hast dich kaum verändert«, sagte der Chef.

»Danke, du bist aber auch sehr gut in Schuss.«

»Das Alter macht sich schon bemerkbar, mein Lieber, das ist nicht zu leugnen. Langsam gehe ich auf die sechzig zu.«

Bevor Tom etwas erwidern konnte, kam die Kellnerin und nahm die Bestellung auf. »Wie geht's dir und den Kindern?«, fragte Ernst.

»Den Umständen entsprechend. Ich glaube, der Tapetenwechsel wird uns allen guttun.«

»Ich glaube auch. Nochmals mein herzlichstes Beileid.«

Tom nickte nur. Die Erinnerung an seine Frau schmerzte mehr, als er sich und Außenstehenden eingestehen wollte.

Die Kellnerin kam mit dem Cappuccino für Ernst zurück.

»Das hier ist eine der schönsten Ecken Mannheims«, sagte er und rückte die Tasse auf dem Tisch zurecht.

»Stimmt«, nickte Tom. »Die Gegend hat wirklich Charme. Gute Entscheidung, sich hier zu treffen.«

»Ich habe dir ein paar Unterlagen mitgebracht, damit du dich bis Montag einlesen kannst. Aber wenn du noch ein paar Tage brauchst, kann das auch warten. Dann bekommst du einen anderen Fall. Das Verbrechen schläft leider auch in Mannheim nicht.«

»Ich denke, es ist das Beste, wenn ich Montag ins kalte Wasser springe. Ablenkung tut mir gut. Die letzten Monate waren für die Kinder und mich nicht einfach. Aber das Leben muss weitergehen, das hätte auch Daniela so gewollt.«

»Du hast recht.«

Tom warf seinem neuen Chef einen kurzen Blick zu und stellte fest, dass er noch immer denselben sanftmütigen Ausdruck in den Augen hatte wie zu der Zeit, als er noch sein Ausbilder gewesen war. Natürlich war er älter geworden, seine ehemals schwarzen Haare wurden von einem satten Grau dominiert und der leichte Bauchansatz rundete den Gesamteindruck, dass Ernst älter geworden war, ab. Er war fast so groß wie Tom mit seinen ein Meter fünfundachtzig und sein Händedruck war noch immer so fest, wie er ihn in Erinnerung hatte. Schon damals hatte er keinen Zweifel daran gehabt, dass Ernst ein Mensch war, dem er blind vertrauen konnte. Dieses Gefühl bestätigte sich in diesem Moment wieder und es fühlte sich richtig an, dass er den Schritt gewagt und Hamburg verlassen hatte.

Ernst reichte ihm die Unterlagen.

»Um was geht es?«

»Lies die Akte in Ruhe durch, wenn du zu Hause bist. Jetzt unterhalten wir uns über dich und deine Kinder. Du hast drei Töchter, richtig?«

»Ja. Wir haben uns immer einen Sohn gewünscht, aber es hat nicht sein sollen.«

»Und wir hatten uns immer eine Tochter gewünscht«, lachte Ernst. »Aber aus meinen beiden Söhnen ist auch etwas geworden.«

»Was machen sie?«

»Sie sind zum Glück nicht bei der Polizei. Der Junior ist Anwalt, in Heidelberg. Und der Ältere ist Informatiker bei SAP.«

»Wie geht es deiner Frau?«

»Gut, danke. Hast du es je bereut, nach Hamburg gezogen zu sein?«

»Nein, keinen einzigen Tag. Ich habe mich dort sofort heimisch gefühlt. Du weißt ja, mich hat es immer ans Wasser gezogen.«

»Und doch bist du zurückgekehrt. *Monnem* kann man nie ganz aus dem Herzen löschen. Es ist vielleicht keine Metropole wie Hamburg, dennoch hat die Stadt etwas, was einen nicht loslässt. Aber du musstest nach Hamburg, bei deinen Fähigkeiten und deiner Abenteuerlust.«

Tom nickte, dabei wanderte sein Blick hinüber zu dem Park und dem Springbrunnen, hinter dem der Wasserturm stand, ein Wahrzeichen Mannheims.

»Du weißt, wenn du irgendetwas brauchst, kannst du dich jederzeit an mich wenden. Else kann sich bestimmt auch mal um deine Kinder kümmern.«

»Das ist sehr nett, aber Martha hilft mir schon. Trotzdem vielen Dank.«

»Keine Ursache.«

»Erzähl mir lieber etwas von meiner neuen Partnerin.«

Ernst lachte kurz, dann nahm er einen Schluck aus seiner Tasse und stellte sie auf den kleinen französischen Café-tisch. »Nele Blum ist eine meiner fähigsten und besten Mitarbeiterinnen. Ihre Loyalität und ihre Berufsethik sind über jeden Zweifel erhaben.«

»Nichts anderes hätte ich von deinen Mitarbeitern erwartet. Was für ein Mensch ist sie?«

»Eigentlich ist sie ganz umgänglich.«

»Eigentlich?« Tom wurde hellhörig.

»Ihre Zunge ist manchmal schneller als ihr Verstand. Aber im Dienst kannst du dich immer auf sie verlassen. Sie ist schon ein Teamplayer.«

»Schon?«

»Manchmal glaubt sie, dass sie die Welt alleine retten muss, dann muss ich sie etwas zügeln und ihr wieder die Richtung vorgeben. Genau deswegen wirst du dich blendend mit ihr verstehen.«

»So wie du sie beschreibst, scheint sie stur und launisch zu sein.«

»Nein, jein ... vielleicht etwas. Tu mir nur einen Gefallen und lass sie nicht sofort spüren, dass du ihr überlegen bist.«

»Du glaubst, ich wäre ihr überlegen?«

»Ich habe deine Personalakte gelesen. Schon als ich dein Ausbilder war, wusste ich, welche außergewöhnlichen Fähigkeiten du besitzt, und deine Akte bestätigt das nur. Sie ist beeindruckend und wir können uns glücklich schätzen, dass du bei uns im Team bist.«

»Nein, ich muss mich glücklich schätzen, dass du eine Planstelle für mich hast. Das war nicht selbstverständlich.«

»Quatsch. Allein aus beruflichen Überlegungen wäre es ein Fehler gewesen, dich nicht in meinem Team haben zu wollen.«

»Sei unbesorgt, an mir soll die Zusammenarbeit mit ihr nicht scheitern. Ich bin Profi genug dafür.«

»Sehr gut. Dann sehen wir uns Montag um neun im Präsidium.«

»Machen wir.«

»Darf ich bitte zahlen?«, bat Ernst die Kellnerin, die gerade an ihren Tisch kam.

»Nein, du bist mein Gast, ich bestehe darauf«, insistierte Tom und übernahm die Rechnung, dann verabschiedete er sich von seinem Chef.

Da er noch Zeit hatte, bis die Kinder zu Hause sein würden, beschloss er, in den Park zu gehen und sich auf eine Bank zu setzen, um die Unterlagen zu lesen. Die Sonne schien, es waren fast zwanzig Grad, also gab es keinen Grund, sofort nach Hause zu gehen.

Das Wetter hier in Mannheim war deutlich angenehmer als im kühlen und häufig nassen Hamburg. Das hatte er schon damals festgestellt, als er nicht weit von Mannheim gelebt hatte. Er konnte sich noch gut an seine erste Zeit in Hamburg erinnern – es war kühl und regnete tagelang, bevor die Sonne einmal zum Vorschein kam, aber ihm hatte das nichts ausgemacht, weil er schon nach einer Woche Daniela kennengelernt hatte. Es war an der Alster gewesen, sie war ihm entgegengekommen. Ihr Regenschirm war durch den Wind stark in Mitleidenschaft gezogen und er hatte keine Sekunde gezögert, ihr zu helfen.

»Sie werden ganz nass, kommen Sie doch unter meinen«, hatte er ihr angeboten.

»Aber Sie gehen doch in die andere Richtung«, hatte sie freundlich erwidert.

»Wo müssen Sie denn hin?«

»Ins Alsterhaus.«

»Wo ist das?«

»Sie kennen das Alsterhaus nicht?«, fragte sie lächelnd und zum ersten Mal sah er die Schönheit ihrer Augen.

»Leider nicht. Ich bin erst seit einer Woche in Hamburg und das erste Mal in der Stadt.«

»Es ist nicht weit.«

»Gut. Ich begleite Sie, wenn Sie mögen.«

»Sehr gerne, aber nur, wenn es Ihnen keine Umstände macht.«

Sie hatten den ganzen Tag zusammen verbracht und er hatte gleich gewusst, dass sie die Frau war, die er heiraten würde. Und so kam es dann auch. Sie zogen zusammen, heirateten und bekamen drei Kinder. Daniela blieb zu Hause, um auf die Kinder aufzupassen, während er das Geld nach Hause brachte. Eine klassische Rollenverteilung, die beide so wollten, weil sie der Meinung waren, dass es nicht gut für die Kinder wäre, wenn sie in einen Tageshort kämen.

Sie waren glücklich, sehr glücklich. Doch dieses Glück endete jäh, als ihm seine Frau auf brutale Weise genommen wurde, und in den letzten Monaten hatte er gemerkt, wie sehr sie ihm fehlte.

Dennoch musste das Leben weitergehen, er war noch nie ein Mensch gewesen, der in Selbstmitleid zerfloss. Also mussten Lösungen her. Sophie war alt genug, sie kam alleine klar, wenn er ein paar Stunden nicht zu Hause war, aber die Zwillinge konnte er unmöglich alleine lassen. Sophie konnte er nicht bitten, dass sie sich um sie kümmerte, und ein Tageshort kam für ihn nach wie vor nicht infrage. So gab es nur eine Lösung: seine ältere Schwester Martha.

Martha teilte seine konservativen Werte, und auch wenn sie in manchen Dingen lockerer war als er, wusste er, dass er sich auf sie verlassen konnte und dass seine Kinder bei ihr gut aufgehoben waren. Martha war in ihre Nichten vernarrt und hatte sofort zugesagt, als er ihr seinen Vorschlag unterbreitet hatte.

»Wie kannst du nur denken, dass ich nicht einverstanden wäre. Ich liebe meine Nichten bedingungslos.«

Der Rest war schnell erledigt. Er suchte ein passendes Haus in der Nähe von Marthas Zuhause, dann kam das Angebot von der Mannheimer Polizei.

Nun war er also zurück in der Region, die seine Kindheit und Jugend geprägt hatte. Dennoch fühlte es sich nicht so an, als würde er nach Hause zurückkehren. Mannheim war ihm fremd geworden.

Gedankenverloren öffnete Tom die Akte und versuchte, sich auf die Unterlagen zu konzentrieren. Zwei Morde in so kurzer Zeit, dazu nur wenige Hundert Meter voneinander entfernt, das war schon merkwürdig und es sprach nicht dafür, dass sie es hier mit einem Profi zu tun hatten, der seine Taten sorgfältig plante.

Jemand, der im Affekt handelt, grübelte er. Das erste Opfer war erwürgt und missbraucht worden, während das zweite Opfer aufgrund seiner Stichwunden am Rücken und an der Seite starb. Der Täter musste dem Opfer also gefolgt sein und es von hinten überrascht haben. Vermutlich hatte er zunächst versucht, das Opfer zu erwürgen, dafür sprachen die Würgemale am Hals, dann hatte ihn die Angst gepackt, entdeckt zu werden, sodass er zu seinem Messer griff, denn der Mord geschah laut den Analysen am Nachmittag.

Vor seinem geistigen Auge spielte sich das Drama noch einmal ab. *Sie war ein Zufallsopfer. Der Tatort in der Nähe der Bushaltestelle kann nur darauf schließen lassen, dass Opfer und Täter gemeinsam im Bus waren. Etwas muss passiert sein, dass er nach der Busfahrt plötzlich entschieden hat, sie zu töten,* überlegte er.

Dass keine Kameras im Bus waren, war natürlich ungünstig, und die Befragung der Busfahrer hatte laut den Unterlagen auch nicht viel ergeben. Zwei Befragungen waren noch für Montag geplant. Er nahm sich fest vor, an diesen Befragungen teilzunehmen.

Alles, was er bisher gelesen hatte, sprach dafür, dass sie es mit jemandem zu tun hatten, der unüberlegt und spontan handelte. Jemand, der von seiner Lust am Töten getrieben wurde. Und genau das machte ihn so gefährlich, er war unberechenbar und man konnte nicht einschätzen, wann er erneut zuschlagen würde.

Tom fürchtete, dass es schon sehr bald so weit sein würde.

13

Er war noch nie ein Freund von Sonntagen gewesen. Er kannte den Grund zwar nicht, aber es war klar: Er mochte den Sonntag einfach nicht.

Doch, du weißt warum, du Lügner!

Er war schon immer gut darin gewesen, Dinge zu verdrängen, auch wenn er sich das nie eingestehen wollte. Es gab vieles, was er sich nicht eingestehen wollte, was aber immer wieder an die Oberfläche kam. Es gelang ihm jedes Mal, die Dinge aus seinen Gedanken zu verbannen, aber so ganz gehorchten sie nicht und in den unmöglichsten Situationen kamen sie wieder hoch. Erinnerungen, die ihm panische Angst bereiteten. Eine solche Panikattacke hatte er erst vor zwei Stunden gehabt, sie war wie aus dem Nichts gekommen. Deswegen hatte er rausgemusst aus seinem Zimmer. Das Haus, einfach alles war ihm plötzlich zu klein erschienen, einengend und beängstigend zugleich.

Immer wieder sonntags!

Der Bus, in dem er nun saß, erreichte den Hauptbahnhof und er stieg aus. Sein erster Gang führte ihn direkt zu dem Donutladen, wo er sich drei Donuts gönnte. Während er sie aß, schlenderte er Richtung Innenstadt.

Es war warm, zu warm für die schwarze Jacke, die er trug, aber sie passte nun mal gut zu seinem restlichen Outfit. Leider besaß er keine schwarze Bauchtasche, daher musste er sich mit der überdimensionierten braunen Lederbauchtasche begnügen. Sie hatte etwas von Indiana Jones, fand er. Auch wenn es für andere komisch klingen mochte, aber dieser Gedanke gab ihm Sicherheit.

Sein nächster Gang führte ihn zu Saturn, der Besuch in dem Technikgroßmarkt war mit ein Hauptgrund, überhaupt in die Innenstadt zu gehen – es sei denn, er musste einfach nur raus, so wie heute.

»Verdammt zu«, sagte er, als er vor verschlossenen Türen stand. Dann schlug er sich mit der Hand gegen die Stirn. »Heute ist Sonntag, aufwachen!« Er lachte über sein Missgeschick und redete sich damit heraus, dass er mit seinen Gedanken ja ganz woanders gewesen war. Er überquerte die Straße und ein Autofahrer hupte so durchdringend, dass er einen Riesenschreck bekam.

»Bist du bescheuert«, rief er dem Autofahrer wütend hinterher.

»Warum schimpfen Sie? Sie sollten froh sein, dass er Ihnen ausgewichen ist«, sagte ein Passant, der das Ganze wahrscheinlich beobachtet hatte.

»Kein Grund, so zu hupen«, blieb er bei seinem Standpunkt und ging durch die kleine Passage, die direkt zu den Planken, der Hauptfußgängerzone Mannheims, führte. Dabei kam er an einer Disco vorbei, die Holger oft besuchte.

Jede Wette, der ist gestern wieder abgestürzt. Grinsend ging er weiter auf die Planken. Für einen Sonntag war ziemlich viel los, sicherlich lag das an dem schönen Wetter. *Ein Eis wäre nicht schlecht,* dachte er und machte halt in der nächsten Eisdiele.

»Ciao«, begrüßte ihn der Kellner, nachdem er Platz genommen hatte. »Möchten Sie was trinken?«

»Nein, nur ein Spaghetti-Eis, aber ein großes.«

»Gerne doch«, antwortete der Kellner und entfernte sich. Das Spaghetti-Eis dieser Eisdiele war über die Region hinaus bekannt und er erinnerte sich, irgendwo einmal gelesen zu haben, dass der Besitzer des Ladens der Erfinder des Spaghetti-Eises war.

»Was machst du denn hier?«, wurde er da angesprochen und als er sich umdrehte, sah er Holger mit einer anderen Person.

»Ein Eis essen«, antwortete er.

»Wieso gibst du nicht Bescheid, dass du in der Stadt bist?«

»Hab nicht daran gedacht.«

»Du bist mir einer. Das ist Patrick«, stellte Holger seinen Freund vor.

»Hallo«, antwortete er und stellte sich ebenfalls vor. Beide nahmen an seinem Tisch Platz, was ihm eigentlich nicht so recht war, da er Patrick nicht einschätzen konnte und ungern ins kalte Wasser geschmissen wurde, was neue Bekanntschaften anbelangte.

Der Kellner kam mit seinem Eisbecher und die beiden anderen gaben ebenfalls eine Bestellung auf.

Patricks heimliche Blicke gefielen ihm gar nicht, sie wirkten missbilligend. Auch wenn er in diese Richtung nichts verlauten ließ, hatte er das Gefühl, dass Patrick ihn nicht mochte. Vermutlich, weil er nicht so hübsch und stylish angezogen war wie er oder Holger.

Ein oberflächlicher Idiot, dachte er.

Das Gespräch gestaltete sich dementsprechend verkrampft. Endlich kam der Kellner mit den Bestellungen von Holger und Patrick, da hatte er sein Spaghetti-Eis schon fast aufgegessen.

»Ich glaube, dein Headset ist nicht mit dem Handy verbunden«, bemerkte Patrick.

»Wie bitte?«

»Dein Headset blinkt die ganze Zeit, ein Zeichen dafür, dass es sich mit deinem Handy koppeln will.«

»Das Headset hat er doch nur so auf, damit er wichtig erscheint«, lachte Holger.

Er war sprachlos. Wie konnte Holger es wagen, so über ihn herzuziehen?

»Ihr irrt euch. Das Headset ist so, es ist alles okay«, versuchte er die peinliche Situation zu überspielen. »Und, warst du gestern wieder im Tiff?«, fügte er schnell hinzu, um weiteren Sticheleien zu entgehen. Warum er ein Headset trug und ob es gekoppelt war oder nicht, war ja wohl seine Angelegenheit, musste man ihn deswegen gleich bloßstellen?

»Nie und nimmer ist das Headset okay. Darauf wette ich einen Kaffee«, entgegnete Holger.

»Ich wette nicht.«

»Komm, zeig uns das Handy.«

»Warum sollte ich?« Er fühlte sich immer mehr in die Ecke gedrängt. »Ist doch auch egal.« Sein Ton wurde rauer.

Holger nahm sein Handy und wählte eine Nummer. »Wieso gehst du nicht ran?«

»Was?«, wurde er laut.

»Siehst du! Ich habe dich angerufen. Für wie blöd hältst du uns eigentlich?«, schimpfte Holger. »Verdammt! Patrick hat dich nur darauf hingewiesen, da musst du nicht gleich so eingeschnappt reagieren. Ich weiß ja nicht, was du mit einem Headset willst.« Holger schüttelte verständnislos den Kopf, dann drehte er sich zu Patrick. »Du musst wissen, er geht nie ran, wenn man ihn anruft, weil sein Handy immer lautlos ist und es entweder in seiner Jackentasche, in seinem Rucksack oder sonst wo steckt. Er ist der letzte Mensch, der ein Handy braucht.« Dann wandte er sich wieder ihm zu. »Tu dir selbst einen Gefallen und nimm das Headset ab, du machst dich einfach nur lächerlich damit.«

Statt etwas zu erwidern, nahm er das Headset ab. Obwohl er das Verhalten von Holger und Patrick sehr unreif und kindisch fand, wollte er sich jetzt nicht auf eine hitzige Diskussion einlassen, zumal zwei gegen einen ganz schön ungerecht war.

Immerhin fühlte er seinen Verdacht bestätigt, dass Patrick ihn nicht mochte. Sicherlich war er nicht cool genug für ihn. Die teure Uhr an Patricks Handgelenk verriet ihm, dass sie sich in komplett unterschiedlichen Welten bewegten. Er hatte sich noch nie etwas aus Statussymbolen gemacht, aber dieser Patrick schien das für sein Ego zu brauchen. Wer machte sich da also gerade lächerlich?

»Soll ich es für dich koppeln?«, fragte Patrick.

»Nein«, zischte er und verengte die Augen. Waren sie denn immer noch nicht zufrieden? Er hatte das Headset doch abgenommen und sich bloßstellen lassen und trotzdem musste diese Schikane weitergehen.

»Alles gut, ich wollte nur nett sein«, lachte Patrick. Aber es war ein überhebliches Lachen, es kam nicht von Herzen. Was Holger an dieser falschen Schlange fand, war ihm schleierhaft, daher suchte er nach einer Ausrede, um sich aus der Runde zu verabschieden, ohne es so wirken zu lassen, als wäre er eingeschnappt. Diesen Sieg sollte Patrick nicht davontragen.

»Jungs, ich muss weiter«, sagte Patrick da zu seiner Überraschung. »Übernimmst du die Rechnung?«

»Klar, kein Thema«, antwortete Holger und beide verabschiedeten sich.

»Fette Uhr, aber keine Kohle für ein Eis«, zog er über Patrick her.

»So ein Quatsch. Patrick ist ein total lieber und korrekter Typ. Der hat gestern im Tiff etliche Runden geschmissen.«

»Ich würde eher sagen, er ist ein Blender.«

»Kein Wunder, dass dich niemand mag.«

»Warum?«

»Na, bei deinem sonderbaren Verhalten«, erklärte Holger.

»Das mit dem Headset war echt peinlich. Du musst lernen, lockerer zu werden. Ich muss mal aufs Klo.« Holger stand auf und nahm ihm damit das Recht, sich zu verteidigen. So etwas konnte er gar leiden, es war bestimmt pure Absicht.

Holgers Handy vibrierte und er sah, dass Holger eine Nachricht bekommen hatte. Aus Neugierde schaute er aufs Display. Die Nachricht war von Patrick. Er las sie:

Dein Kumpel ist schon echt schräg. Wo hast du den denn ausgegraben? Seltsamer Typ. Dem möchte man nachts nicht allein begegnen. Sehen wir uns heute Abend?

Er schluckte und es kostete ihn Mühe, ruhig zu bleiben. Wie konnte Patrick so etwas Gemeines und Niederträchtiges über ihn schreiben? Damit bestätigte er nur den ersten Eindruck, den er von ihm gehabt hatte. Patrick war eine falsche Schlange. Ein echter Brutus!

»Alles gut?«, fragte Holger. Er hatte nicht mitbekommen, dass er wieder zurück war.

»Ja, ja«, keuchte er beinahe und musste plötzlich husten. »Ich glaube, ich habe mich verschluckt oder so.«

Holger nickte nur, schaute aber nicht auf sein Handy.

»Hör zu, Patrick ist wirklich ein feiner Kerl, du darfst das alles nicht so persönlich nehmen. Er wollte sich nicht über dich lustig machen, sondern dir nur helfen.«

»Sah mir aber nicht danach aus. Ist echt ein feiner Zug, sich über andere lustig zu machen.« Er schob den Unterkiefer unbewusst nach vorne.

»Bro, entspann dich. Wieso fühlst du dich immer gleich angegriffen?«

»Moment!«, wurde er nun laut. »So muss ich nicht mit mir reden lassen.«

Holger machte eine beschwichtigende Bewegung, was ihn nur noch mehr provozierte. »Entspann dich, du bist hier nicht zu Hause, was sollen …?«

»Und was ist mit mir?«, fiel er Holger ins Wort. »Ich bin doch nicht euer Punchingball.«

»Entspann dich, sonst kann ich auch anders«, wurde Holger ebenfalls laut. Seine Augen funkelten. »Verdammt. Werd endlich erwachsen! Es gab eine Zeit, da dachte ich, dass du dich im Griff hast, dass du auf dem richtigen Weg bist, aber augenscheinlich hast du die letzten Monate wieder Rückschritte gemacht. Ich weiß, dass es gerade nicht leicht für dich ist, aber es sah so aus, als würdest du damit klarkommen. Als wärst du irgendwie erleichtert. Vergiss nicht, dass ich dein Kumpel bin. Wie lange kennen wir uns?«

»Mehr als zwanzig Jahre«, gestand er kleinlaut.

»Also, ich bin dein Freund. Wenn ich dich auf etwas aufmerksam mache, dann nicht, damit du dich angegriffen fühlst und dich in deinen Kokon verkriechst, sondern damit du kapierst, dass ich es gut mit dir meine. Nur so können Situationen wie vorhin vermieden werden. Du musst endlich aufhören, zu glauben, dass alle sich auf deine Kosten amüsieren wollen. Wir sind doch keine Kinder mehr.«

Er senkte den Blick. Es war genau dieses Gefühl, das immer wieder in ihm hochkam, er konnte die Erinnerungen aus seiner Schulzeit nicht so einfach abstreifen, wie Holger glaubte. All die Schmähungen, das Mobbing, die Schläge und die Demütigungen – sie klebten an ihm wie eine zweite Haut.

Er war jedoch nicht in der Lage, Holger seine wahren Ängste zu beichten, das wäre für ihn einer Kapitulation, einer Bloßstellung gleichgekommen. Außerdem war da die Furcht, dass Holger ihn damit vollends unter Kontrolle hätte und sich noch mehr über ihn lustig machen könnte. Nein, er musste stark sein.

»Du hast recht«, sagte er dann zähneknirschend. »Ich weiß, dass ich an mir arbeiten muss. Ich habe mir auch schon Bücher über Rhetorik und Motivation geholt.«

Holger atmete hörbar aus, dann lächelte er. »Das ist ein Anfang.«

Während Holger nach seinem Handy griff, holte auch er sein Handy aus der Jackentasche heraus, er musste dringend weg, nur brauchte er eine gute Ausrede.

»Oh, ich muss leider«, sagte er dann.

»Wohin?«

»Nach Hause, habe noch jede Menge Wäsche und so.«

»Verstehe. Passt aber ganz gut, ich muss auch los. Wie die Zeit rennt.«

»Weißt du was, ich mache das hier. Die Runde geht auf mich.« Er versuchte ein gezwungenes Lächeln.

»Echt?«

»Klar, du hast vollkommen recht. Ich muss an mir arbeiten, ich weiß das. Und ich verstehe deine Kritik auch nicht als Angriff, sondern als gut gemeinten Rat.«

»Sehr gut, denk dran, wir sind Freunde.«

»Das stimmt. Zwanzig Jahre können nicht darüber hinwegtäuschen. Und wenn ich meinem besten Freund nicht vertrauen kann, wem dann?« Er hielt ihm die Faust zum Einschlagen hin und grinste.

»So gefällst du mir. Keiner erwartet von dir, dass du dich von heute auf morgen änderst. Dass du dir Bücher geholt hast, ist schon ein sehr guter Schritt in die richtige Richtung.«

»Stimmt. Man muss an sich arbeiten.«

»Super. Gut, ich muss los. Wir telefonieren.«

»Klar.« Er blieb sitzen, während Holger aufstand und

ging. Dann holte er tief Luft, mehrmals, denn nichts war klar. Gar nichts! Tief in ihm brodelte ein Vulkan und es war nur seiner unglaublichen Selbstdisziplin zu verdanken, dass dieser Vulkan nicht ausbrach. In seiner Jackentasche hatte er diesmal nicht nur sein Messer, sondern auch die Spritze, gefüllt mit Luft. Und nicht nur einmal während des Gespräches hatte er den Drang verspürt, die Spritze in Holgers Halsschlagader zu stechen oder ihm die Kehle durchzuschneiden.

Ich bin viel stärker, als die alle ahnen. Wenn man die so mobben würde, wären sie alle längst Massenmörder, dachte er und verengte seine Augen zu Schlitzen.

Dann schüttelte er sich kurz, als wollte er sich von dem Druck befreien.

»Ich möchte gerne zahlen«, sagte er dem Kellner mit ruhiger, gefasster Stimme. Nachdem er gezahlt hatte, setzte er wieder sein Headset ins Ohr, stand auf und ging Richtung Hauptbahnhof.

Seine rechte Hand ruhte in der Jackentasche, wo die Spritze lag. Er hatte sie doch nicht an seiner Mutter getestet. Am Ende hatte ihm der Mut gefehlt.

Während der Busfahrt waren seine Gedanken wieder bei dem Fortnite-Turnier und den dreißig Millionen Dollar Preisgeld. Mit diesem Geld wären all seine Sorgen vergessen, dann wäre er jemand und niemand würde sich mehr trauen, auf ihm herumzuhacken. Und wenn doch, würde er einfach jemanden von der Mafia engagieren, der diesen Mistkerl kaltmachte.

Sein Blick wanderte durch den Bus, er entdeckte eine junge Frau, die plötzlich seine volle Aufmerksamkeit auf sich zog. Sie war höchstens einen Meter sechzig groß und zierlich gebaut, sie saß alleine und schaute aus dem Fenster.

Perfekt, dachte er und hoffte, dass sie an der gleichen Haltestelle wie er aussteigen würde. Ihr die Spritze in den Hals zu jagen, würde helfen, dass dieser Tag doch kein kompletter Reinfall wäre.

Ende gut, alles gut, dachte er und merkte, wie sich seine Laune deutlich besserte.

Die nächsten zwei Haltestellen stieg sie nicht aus, was die Chancen erhöhte, dass sie das gleiche Ziel hatten. Die Anspannung stieg mit jeder Minute und das Kribbeln, das durch seinen Körper rauschte, wurde immer stärker. Alle paar Minuten schaute er zu ihr rüber, nur ganz kurz, damit sie es nicht bemerkte.

Noch drei Haltestellen. Die Anspannung war kaum mehr zu ertragen.

Und was, wenn sie doch früher aussteigt?, überlegte er.

Du Depp, dann steigst du natürlich auch vorher aus. Was ist so schwer daran? Lass sie dir nicht entgehen. Sie ist perfekt, danach wirst du dich besser fühlen, viel besser.

Jetzt noch zwei Stationen. Die junge Frau machte keine Anstalten, aussteigen zu wollen. Inzwischen fürchtete er, dass die anderen Passagiere hören könnten, wie laut sein Herz vor Aufregung und Anspannung schlug.

»Hallo«, sprach ihn da eine Frau an. Sie wollte sich vermutlich auf den freien Platz neben ihm setzen, was ihm gar nicht gelegen kam.

Er schaute hoch und erschrak. Nicht nur, dass er sie kannte, nein, sie war die letzte Person, die er in diesem Augenblick sehen wollte.

14

Eigentlich litt Nele nicht unter Schlafstörungen, aber in der vergangenen Nacht war ihr kein ruhiger Schlaf vergönnt gewesen. Zu sehr hatten sie die Gedanken beschäftigt, wie ihr neuer Kollege sein würde.

Entgegen ihrer inneren Einstellung hatte sie doch ein wenig über ihn recherchiert, und die Ergebnisse halfen nicht dabei einzuschätzen, was das alles am Ende für sie bedeuten würde.

Der Hamburger hatte einige sehr schwere Fälle gelöst, sein Name war mehrmals in der Tagespresse erwähnt worden, und auch in der Polizeidatenbank fanden sich einige Angaben über ihn, einschließlich diverser Auszeichnungen. Aber an die wirklich wichtigen Informationen über seine Persönlichkeit, wie er sich beispielsweise gegenüber Kollegen verhielt oder welche Macken er hatte, kam sie nicht heran, weil ihr dafür schlicht die Zugangsberechtigung fehlte. Ihren Chef wollte sie auch nicht allzu sehr löchern, da sie nicht als Schnüfflerin gelten wollte.

So oder so, sie mussten als Team funktionieren.

»Der Neue ist ja ein kleiner Superstar in Hamburg«, holte Lorenz sie aus ihren Gedanken. »Habt ihr den Artikel in der Hamburger Morgenpost gelesen? Vor drei Jahren hat er einen Ring von Kinderschändern ausgehoben, dabei wäre er fast selbst ums Leben gekommen. In einem anderen Fall konnte er die Hintermänner eines großen Lebensmittelskandals identifizieren und verhaften. Der Skandal hat damals hohe Wellen geschlagen, vielleicht erinnert ihr euch daran.«

»Ist ja gut, die Heldenverehrung ist angekommen«, konnte sie sich einen trockenen Kommentar nicht verkneifen.

»Quatsch, aber ich habe das Gefühl, dass wir uns mit ihm richtig Qualität eingekauft haben. Ernst hat schon recht, wenn er sagt, dass wir froh sein können, so jemanden in unseren Reihen zu haben.«

»Abwarten.« Sie sah das nicht ganz so optimistisch und war gespannt, wann Ernst ihnen den neuen Kollegen endlich vorstellen würde. Immerhin war es bereits 9:12 Uhr und die Besprechung hatte offiziell um 9 Uhr begonnen.

»Was war denn mit diesem Franz Lind, den du befragt hast?«, fragte Martin.

»Gleich, wenn Ernst da ist. Ich will nicht zweimal dasselbe erzählen.«

»Alles gut?«, bohrte Martin weiter nach, es war wohl nicht zu übersehen, dass sie leicht gereizt war.

»Warum sollte es das nicht sein?«, entgegnete sie deutlich schärfer als beabsichtigt. Natürlich war nichts gut, weil sie es noch immer nicht in Ordnung fand, dass ihr Chef ihr einfach einen Kollegen vor die Nase setzte, ohne es mit ihr zu besprechen.

Da wurde die Tür geöffnet und zwei Personen betraten den Raum. Ernst und der Hamburger. Da sie schon ein Foto von ihm gesehen hatte, wusste sie, wie er aussah, ihn nun aber persönlich zu Gesicht zu bekommen, war doch etwas anderes. Er war ein ganzes Stück größer als Nele mit ihren ein Meter fünfundsechzig und hatte kurzes dunkelbraunes Haar, das er zur Seite gekämmt hatte. Er wirkte wie jemand, der gerne Sport trieb und auf sein Äußeres achtete. Seine blauen Augen fielen ihr gleich auf, sie standen in auffälligem Kontrast zu seiner gebräunten Haut. Ob es eine natürliche Bräune oder dem Sonnenstudio zu verdanken war, konnte sie nicht einschätzen. Seine Körperhaltung strahlte Selbstbewusstsein und Ruhe aus. Alles in allem wirkte er konzentriert und freundlich, nicht wie jemand, den man schon aus Prinzip nicht zu mögen hatte, und er wirkte deutlich jünger als die sechsundvierzig Jahre, die er laut Datenbank war.

Vielleicht stresse ich mich ganz unnötig und wir werden doch ganz gut klarkommen, überlegte sie.

»Schön, dass ihr alle da seid«, begann Ernst, nachdem er und der Neue Platz genommen hatten. »Ich habe euch heute zur Besprechung gebeten, um natürlich über den aktuellen Fall Natalie zu sprechen, aber auch, um euren neuen Kollegen willkommen zu heißen. Ab sofort wird uns Kriminalhauptkommissar Tom Hardt tatkräftig zur Seite stehen und unser Team mit seiner Expertise und Erfahrung perfekt ergänzen. Ich möchte, dass er jede Unterstützung erhält, die er verlangt.«

Es war nicht zu überhören, dass in Ernsts Worten deutliche Bewunderung für den Hamburger mitschwang. Auch seine Körperhaltung, die Freude in seinem Gesicht und das Strahlen seiner Augen verrieten ihr, dass sich ihr Chef wirklich zu freuen schien, dass der Hamburger jetzt Teil ihres Teams war. Dass seine geradezu kindische Freude nur an den überragenden Fähigkeiten des Neuen lag, konnte sie sich nicht vorstellen, dafür kannte sie ihren Chef zu gut.

Gibt es etwas, was er uns verschweigt?, überlegte sie.

»Bevor wir mit der Besprechung beginnen, übergebe ich an Tom. Er möchte euch sicherlich ein paar Worte sagen.«

»Danke, Ernst«, sagte der Hamburger und Nele stutzte erneut. Warum duzte er den Chef ohne Umschweife? Zwar hatte Ernst ihn auch mit dem Vornamen angesprochen, aber daraus konnte man nicht automatisch schließen, dass sie sich grundsätzlich duzen würden. Die beiden wirkten sehr vertraut miteinander. Hatten sie sich vorher schon getroffen und der Chef hatte ihm das Du angeboten? So abwegig war der Gedanke nicht. Bei ihr hatte es allerdings lange gedauert, bis Ernst ihr das Du angeboten hatte. Damals war sie davon ausgegangen, dass man sich diese Anrede erst verdienen musste, doch inzwischen duzte ihn so gut wie jeder im Team, außer die Auszubildenden und die Praktikanten.

»Ich bin kein so großer Redner wie Ernst, aber ich freue mich, dass ich Teil seines Teams sein darf. Er hat mir freundlicherweise im Vorfeld schon einige Informationen über Sie und den aktuellen Fall gegeben. Ich konnte mich am Wochenende in den Fall einarbeiten.«

Ein Streber, dachte Nele missmutig. So wirkte er auch, wie jemand, der seinem Beruf alles andere unterordnete, ein Karrieremensch. Ob er sich mit seinem Umzug nach Mannheim einen Gefallen getan hatte, bezweifelte sie.

»In der Küche habe ich ein kleines Frühstück vorbereitet. Wenn Sie mir dabei Gesellschaft leisten wollen, würde ich mich sehr freuen. Es wäre eine erste Gelegenheit, sich etwas besser kennenzulernen. Danke.«

Die Kollegen klopften auf den Tisch als Zeichen der Anerkennung. Sie tat es auch, aber deutlich weniger begeistert als einige andere ihrer Kollegen. Er schien Eindruck bei ihnen hinterlassen zu haben.

Mit einem Frühstück?! Sie unterdrückte ein spöttisches Schnauben.

»Gut, nachdem wir das geklärt haben, sollten wir uns wieder auf den Fall konzentrieren. Christian, willst du anfangen?«

»Kann ich machen. Wir haben jetzt die Identität des zweiten Opfers. Sie heißt Jessica Krell, ist einundzwanzig Jahre alt und lebte noch bei ihren Eltern, die ganz in der Nähe wohnen. Kollegen von der Streife haben die Eltern informiert.«

»Gut, nachdem wir davon ausgehen, dass sie ein Zufallsopfer ist, stellt sich die Frage, ob es überhaupt Sinn macht, Zeit mit dem Umfeld von Jessica zu verschwenden«, warf Nele ein.

»Das Umfeld von Jessica hat keine Priorität, wir haben viele andere Baustellen, die wichtiger sind. Dennoch sollten wir ihr Umfeld nicht vernachlässigen und vor allem dahingehend prüfen, ob es Verbindungen zwischen ihr und Natalie gibt. Es wäre nicht ausgeschlossen, dass beide den Täter kannten«, antwortete Ernst. »Lorenz, kannst du dich bitte darum kümmern?«

»Klar«, nickte Lorenz.

»Danke.«

»Und wir haben noch etwas anderes, Überraschendes gefunden«, sagte Christian.

»Was?«, fragte Martin.

»Ich hatte ja berichtet, dass wir unter Natalies Fingernägeln Hautpartikel gefunden haben.«

»Ja und?«, hakte Martin nach.

»Wir konnten DNA sicherstellen. Aber die DNA stimmt nicht mit der DNA des gefundenen Spermas überein.«

»Das kann doch alles Mögliche heißen. Vielleicht hat sie sich mit jemandem gestritten, der nichts mit der Tat zu tun hatte. Vielleicht stammen die Hautpartikel von ihrem Freund«, wandte Nele ein. »Eigentlich müssten wir den Freund um eine Speichelprobe bitten.«

»Das wird schwierig. Kein Staatsanwalt, geschweige denn ein Richter wird ohne dringenden Tatverdacht einen richterlichen Beschluss ausstellen und ich kann mir schwer vorstellen, dass sich der Freund freiwillig dazu bereiterklärt.«

»Wir wissen es nicht. Martin, kontaktier doch bitte den Freund, sprich mit ihm und schau, ob er sich darauf einlässt«, schlug Ernst vor.

»Kann ich machen.«

»Vermutlich wird das Sperma vom Täter sein«, sagte Nele. »Der freiwillige DNA-Test wird diese Annahme stützen. Was ist mit der toxikologischen Analyse?«

»Darauf wollte ich gerade zu sprechen kommen«, antwortete Christian. »Sie war negativ. Es fanden sich keine Spuren, die darauf hinweisen, dass das Opfer betäubt wurde.«

Diese Antwort überraschte Nele, denn sie hatte angenommen, dass Natalie betäubt worden war, bevor sie vergewaltigt wurde. Dass sie sich dem Verkehr freiwillig hingegeben hatte, ohne Gegenwehr, wollte sie nicht glauben. Immerhin hatte sie sich auch gegen das Erwürgen heftig gewehrt, wofür die starken Würgemale und das Blut aus der Platzwunde an der Bushaltestelle sprachen.

»Könnte es dann nicht doch sein, dass sie bereits tot war, als er sie geschändet hat?«

»Ausgeschlossen ist das nicht. Ihr wisst, dass die Angaben zum Todeszeitpunkt einer bestimmten Toleranzgrenze unterliegen.«

»Das würde wenigstens erklären, warum keine genitalen und extragenitalen Verletzungen vorliegen«, fügte sie hinzu.

»Das war's vorerst von der Spurensicherung. Bevor jemand fragt, die Fingerabdrücke haben endgültig keine Übereinstimmungen mit unseren Datenbanken ergeben. Der Täter ist also noch nicht aktenkundig.«

»Danke. Was ist mit dir, Lorenz?«, übernahm Ernst wieder die Moderation.

»Leider gibt es nicht viel Neues. Wir warten noch immer auf die Verbindungsnachweise des Providers. Das Handy wurde am Tatort gefunden und wenn wir weiterhin von einer Zufallstat ausgehen, ist es sehr unwahrscheinlich, dass wir über den Verbindungsnachweis weitere Anhaltspunkte erhalten. «

»Was ist mit den sozialen Medien? Natalie hat sie nicht genutzt, aber was ist mit Jessica?«, fragte Martin.

»Ich bin dran. Die Identität des zweiten Opfers ist mir noch nicht lange bekannt und unter ihrem Klarnamen gibt es keine Profile. Gebt mir bitte noch ein paar Tage.«

»Die sollst du haben«, antwortete Ernst. »Was hast du sonst noch für uns?«

»Wir werten derzeit die Daten der öffentlichen Fahndung aus. Bisher haben wir mehr als zweihundert Hinweise erhalten. Ich hoffe, dass ich bis zum Ende der Woche Ergebnisse rausgeben kann. Das war es dann von meiner Seite.«

»Gut. Was hast du für uns, Nele?«

»Leider auch nicht viel. Der vielversprechendste Ansatz, den wir bisher aus meiner Sicht haben, wenn es denn einer ist, ist die Aussage von Franz Lind. Er wurde gegen 21 Uhr an der Haltestelle gesehen und hat das auch bestätigt. Darüber hinaus hat er selbst angegeben, Natalie Pick dort gesehen zu haben, als sie noch lebte.«

»Glaubst du, er könnte der Täter sein?«

»Schwer zu sagen, vom Gefühl her eher nicht. Schließlich hat er sich mit seinen Aussagen in unseren Fokus gebracht. Wir müssen seine Aussagen allerdings auch unter dem Gesichtspunkt sehen, dass er geistig zurückgeblieben ist.«

»Das heißt?«, hakte Martin nach.

»Ich hatte gestern ein Gespräch mit seiner Mutter. Sie hat mir erzählt, dass ihr Sohn nicht die hellste Kerze auf der Torte ist.«

»Geht das auch genauer?«, fragte ihr Chef, der ihren Spruch augenscheinlich unpassend fand.

»Er soll einen unterdurchschnittlichen IQ haben, laut seiner Mutter haben die Ärzte einen IQ von unter 85 festgestellt. Er hat eine Lernbehinderung, leidet unter Konzentrationsschwierigkeiten, neigt dazu, Geschichten zu erfinden, um im Mittelpunkt zu stehen, und kann sich schwer auf Dinge konzentrieren. Solches Zeug halt«, erklärte sie. Ihre Umschreibung mit der Kerze war eigentlich sehr passend, fand sie. Franz war ein Dummkopf, so einfach war das, warum sollte sie in Gegenwart der Kollegen so formal bleiben?

Natürlich. Der Hamburger!

Sicherlich wollte Ernst nicht, dass er einen schlechten Eindruck von seinem Team bekam. Aber wenn ihr Chef jetzt glaubte, dass sie sich für den Hamburger verbiegen oder verstellen würde, hatte er sich geschnitten. Sie war, wie sie war.

»Was haben die Befragungen der Busfahrer ergeben?«, fragte Ernst.

»Nicht viel. Wir haben noch ein paar offene Befragungen, aber die bisherigen haben leider nichts Konkretes ergeben. Keiner konnte sich an die jungen Frauen oder an einen Mann erinnern, der sich verdächtig benommen hat.«

»Habt ihr ihnen auch ein Bild von Franz Lind gezeigt? Es wäre doch denkbar, dass er zu der Zeit mit einem der Busse unterwegs war. Auch wenn er geistig nicht auf der Höhe ist, heißt das nicht, dass er als Täter nicht infrage kommt«, gab Ernst zu bedenken.

»Ehrlich gesagt, haben wir das nicht«, gestand Nele kleinlaut ein. Fast glaubte sie, dass ein Lächeln über das Gesicht des Hamburgers huschte, als freute er sich über das Missgeschick.

Nein, das war sicher nur Einbildung.

»Das solltet ihr unbedingt nachholen. Martin und Lorenz, könnt ihr euch bitte darum kümmern?«

Beide nickten.

»Wenn keiner mehr etwas zu dem Fall zu sagen hat, beende ich das Meeting. Tom wird der neue Leiter des Falls. Er wird mit Nele zusammen daran arbeiten. In Zukunft werden die beiden ein Team bilden, wobei Tom ihr aufgrund seines Dienstgrades hierarchisch vorsteht.«

Nele fiel es sehr schwer, sich nicht anmerken zu lassen, dass sie diese Bemerkung kalt erwischte. Dass Ernst den Hamburger, ohne es mit ihr zu besprechen, zu ihrem neuen Partner bestimmt hatte, war schlimm genug, aber dass der Neue nun auch noch die Ermittlungen leitete und ihr vorstand, war wie ein Schlag in die Magengrube, damit hatte sie nicht gerechnet. Schließlich waren Anja und sie gleichberechtigte Partner gewesen.

Ich hätte es wissen müssen, spätestens seit ich wusste, dass er Kriminalhauptkommissar und nicht wie ich Kriminaloberkommissar ist. Jemand wie dieser Hamburger kommt nicht ins beschauliche Mannheim, um mit mir auf Augenhöhe zu arbeiten. Es kochte gewaltig in Nele.

»Ich für meinen Teil werde alles tun, damit wir den Mörder schnell verhaften können. Was die Hierarchien anbelangt, war ich schon immer für flache Strukturen, nur als Team werden wir die besten Ergebnisse erzielen können«, fügte der Hamburger hinzu, als wollte er sie mit seinen Worten besänftigen, aber sie glaubte ihm keine Silbe.

Das waren doch alles leere Versprechungen, schon bei der geringsten Auseinandersetzung würde er mit der dämlichen Verantwortung und dem Hierarchiegelaber kommen, davon war Nele überzeugt. Sie kannte Karrieremenschen wie ihn.

»Wenn das Meeting offiziell beendet ist, würde ich Sie gerne zu einem zweiten Frühstück einladen«, sagte Tom.

»Ist es«, nickte Ernst. Alle standen auf und folgten dem

Hamburger in die Küche. Nele und ihr Chef blieben als Letzte im Besprechungsraum.

»Was ist los?«, fragte er.

»Was los ist? Ganz ehrlich, erst setzt du mir einfach einen Kollegen vor die Nase, was ich nicht okay finde, und jetzt teilst du mir auch noch mit, dass er mein Chef ist und die Ermittlungen leitet?«

»Das ist doch nur auf dem Papier so. Du hast gehört, was Tom gesagt hat. Davon wirst du nichts merken. Ihr ermittelt beide gemeinsam in dem Fall.«

»Und woher willst du das wissen? Ich kenne solche Kollegen. Das sagst du doch nur, damit ich stillhalte. Der ist garantiert nicht ohne Hintergedanken hier. Am Ende ist er scharf auf deinen Job.«

»Jetzt übertreibst du wieder maßlos.«

»Warum? Was verschweigst du mir?«

»Was sollte ich verschweigen?«

»Genau das will ich von dir wissen. Diese Vertrautheit zwischen euch ist schon sehr seltsam. Das wird doch nicht von ein, zwei Treffen gekommen sein.«

»Ist es auch nicht. Wir kennen uns.«

»Und woher?«

»Ich war früher sein Ausbilder und genau deswegen weiß ich, dass er perfekt zu uns passt. Gib ihm eine Chance. Du verurteilst ihn, ohne auch nur einen Tag mit ihm zusammengearbeitet zu haben. Das ist sehr unfair.«

»Das werden wir sehen«, biss Nele zurück. Jetzt war die Katze aus dem Sack. Ernst kannte ihn und deswegen wurde er bevorzugt behandelt, Vetternwirtschaft nannte man das. Aber sie würde es dem Hamburger nicht leicht machen, sie war zu gut in ihrem Job, als dass sie sich herumschubsen lassen würde.

15

Diese blöde Kuh hatte ihm alles vermasselt. Warum hatte sie ihn ansprechen müssen? Warum musste sie überhaupt in sein Leben treten? Dabei hatte er sie, und was mit ihr zu tun hatte, längst vergessen.

Vergessen, oder verdrängt?

Am Ende lief es auf dasselbe hinaus, nur das Resultat war wichtig, für ihn jedenfalls. Er wollte doch nur seine Ruhe haben. Wieso war das so schwer zu verstehen?

Er hatte die ganze Nacht kein Auge zugetan. Gegen 6 Uhr in der Frühe war er aufgestanden, weil es keinen Sinn hatte, sich weiter zu quälen. Seitdem saß er vor dem Computer und spielte Fortnite. Langsam meldete sich der Hunger, also machte er sich auf in die Küche.

»Mama, ich habe Hunger«, brüllte er. Seine Mutter war bereits in der Küche.

»Ich bin doch nicht taub, du Idiot«, knallte sie ihm an den Kopf.

»Nie kannst du etwas Nettes zu mir sagen.«

»Warum auch? Du hast es nicht verdient. Du bist ein Nichtsnutz.«

Er presste die Lippen aufeinander, die Schimpfe seiner Mutter waren das Letzte, was er gerade ertragen konnte. »Ich habe Hunger.«

»Das habe ich schon gehört. Sicherlich willst du wieder Eier mit Speck.«

»Ja.« Er trat an den Kühlschrank, öffnete ihn, nahm die Eierverpackung und die Packung mit Speck heraus und reichte beides seiner Mutter.

»Hängt dir das Zeug nicht langsam zum Hals heraus? Jeden Tag derselbe ungesunde Mist.«

»Das musst du gerade sagen. Ein Bier zum Frühstück ist auch nicht gerade gesund.«

»Anders ertrage ich deinen Anblick nicht. Du siehst immer mehr wie dein Vater aus, dieser Hurensohn.«

»Du vergisst, dass zur Hälfte auch dein Blut durch meine Adern fließt.«

»Davon sehe ich nichts.« Seine Mutter atmete schwer, während sie den Speck in die Pfanne gab. »Willst du extra Butter?«

»Klar.« Er nickte und reichte ihr die Butter aus dem Kühlschrank. Sie gab reichlich davon in die Pfanne. Plötzlich erwischte er sich dabei, dass er sie beobachtete. In gewisser Weise hatte sie durch ihr Alter viel von ihrem Schrecken verloren. Als er viel jünger gewesen war, hatte er sich nie getraut, ihr in die Augen zu schauen, weil sie ihn meistens dafür geschlagen hatte. Es war eine der zahlreichen Regeln, die sie aufgestellt hatte und die er befolgen musste, sonst gab es Prügel.

Regel Nummer eins: Du darfst deiner Mutter nie in die Augen schauen!

Regel Nummer zwei: Du darfst deine Mutter niemals mit dem Namen ansprechen!

Regel Nummer drei: Du darfst deiner Mutter niemals widersprechen, zählte er in Gedanken auf. Es gab noch ein dutzend weitere Regeln. Er kannte sie noch alle, aber schon seit einigen Jahren erwähnte seine Mutter diese Regeln nicht mehr.

Sie wird alt, dachte er und bekam plötzlich eine Gänsehaut.

Heuchler!

Nach dem Essen ging er zurück in sein Zimmer. Erstaunlicherweise hatte seine Mutter ihm keine Vorwürfe gemacht, dass er nur zu Hause abhänge, und ihn nicht aufgefordert, sich lieber Arbeit zu suchen.

Wenn es Arbeit für ihn gäbe, würden die vom Arbeitsamt sich schon melden, warum unnötig die Pferde scheu machen, war seine Einstellung zu dem Thema. Außerdem sah er sich derzeit überhaupt nicht imstande, zu arbeiten, er war zu erschöpft. Körperlich und seelisch.

Er fühlte sich sogar zu erschöpft, um nach der Post zu schauen, dabei hatte er vorhin aus dem Küchenfenster beobachtet, dass der Postbote etwas in den Briefkasten geworfen hatte.

Es gab Tage, da fielen ihm die einfachsten Dinge wie das Öffnen der Post, das Müllrausbringen oder das Abholen der Kontoauszüge so unglaublich schwer, dass er selbst nicht begriff, woran das lag. Es war wie eine Sperre, eine Wand, die er einfach nicht überwinden konnte. Das Beste, was dagegen half, war es, diese Dinge, die er eigentlich tun musste, vor sich herzuschieben oder auszublenden.

Jetzt gerade fühlte er wieder diese seltsame Blockade, also legte er sich ins Bett in der Hoffnung, dass der Schlaf seine Gedanken sortieren und ihm seine Ängste und die Schwere nehmen würde.

Doch das genaue Gegenteil war der Fall, plötzlich wurden die Gedanken, die Selbstvorwürfe immer schlimmer, alles um ihn herum drehte sich, es war, als würde er nicht in seinem Bett liegen, sondern eine Karussellfahrt des Grauens durchleben. Das Bett drehte sich immer schneller und Geister kreisten um seinen Kopf, einer dieser Geister kam mit jeder Drehung näher. Es war seine Mutter in Gestalt einer alten Hexe mit einem lächerlichen Hut. Wenn ihm nicht so schwindelig gewesen wäre, hätte er laut losgelacht, aber der Schwindel und die aufkommende Panik waren alles andere als lustig, sie waren beängstigend.

»Du bist ein Nichts. Du Bastard. Nur Ärger hast du mir gemacht«, rief seine Mutter, diese alte Hexe. Dabei lachte sie höhnisch.

Er war unfähig, auch nur ein Wort zu erwidern, stattdessen wurde er regelrecht in die Matratze gedrückt. Kalte Schweißperlen sammelten sich auf seiner Stirn, aber seine Hände waren an der Matratze wie festgeklebt, er konnte sie nicht heben, um sich über die Stirn zu wischen.

»Wieso hast du das getan? Warum?«, fragte ihn die alte Hexe. Seine Blicke sprangen wie ein Flummi von einer Zimmerecke in die andere. Was wollte die Hexe von ihm? Er war doch hier das Opfer, nicht die anderen.

Was konnte er dafür, dass sein Vater sie im Stich gelassen hatte, er war doch ein Baby gewesen. Wieso machte sie ein Baby für ihr Schicksal verantwortlich?

»Ich hätte dich abtreiben sollen, du Mörder!«, rief sie und lachte.

»Ich bin kein Mörder«, konnte er endlich erwidern. »Ich bin kein Mörder!«, schrie er und plötzlich verschwanden die Geister und es wurde still, sehr still. Der Schwindel ließ nach, sein Herz schlug langsamer und der kalte Schweiß auf seiner Stirn fühlte sich nicht mehr ganz so kalt an. Er wischte sich über das Gesicht, da bemerkte er noch etwas anderes. Das Bettlaken war nass. Er hatte uriniert, vor lauter Angst.

»Mist«, fluchte er und stand auf.

An Schlaf war nicht mehr zu denken. *Ob ich Mutter bitten soll, die Bettwäsche zu wechseln?*, überlegte er, beließ es aber bei dem Gedanken. Nach dieser kleinen Panikattacke, so jedenfalls stufte er dieses Höllenereignis für sich ein, wollte er nicht wegen so einer Lappalie mit seiner Mutter aneinandergeraten, also zog er das Bettlaken selbst ab. Da die Matratze auch nass war, säuberte er sie und ließ sie zunächst trocknen.

»Wie ich dich hasse«, murmelte er, als er sich im Bad neue Unterwäsche anzog. Sein Blick blieb an seinem Spiegelbild hängen.

Du hasst sie nicht, sagte das Spiegelbild zu ihm.

»Doch.«

Lüg nicht, dann wärst du längst ausgezogen. Du kannst deine Mutter nicht hassen, so sehr du es dir auch wünschst.

»Doch.«

Doch, doch, doch. Kannst du auch was anderes sagen als doch? Sie haben alle recht.

»Womit?«

Dass du ein Schlappschwanz, ein Versager, ein Nichtsnutz bist. Ein richtiger Freak!

»Das stimmt nicht, das bin ich nicht. Ich bin jemand. Ich bin nicht dumm. Ich bin hier das Opfer.«

Opfer, Opfer?, äffte ihn sein Spiegelbild nach. *Hör dich mal reden, du bestätigst doch nur, was andere von dir halten.*

»Tue ich nicht. Red nicht so mit mir. Ich hasse es, wenn man mir etwas unterstellt«, schrie er sein Spiegelbild an und rieb über den Spiegel, als wollte er sich damit selbst wegwischen.

Du wirst niemals aus deiner Haut können, hörte er sein Spiegelbild sagen, gefolgt von einem leisen Lachen.

»Ich muss raus hier!«

Er wusste nicht, wie lange es her war, dass er eine Panikattacke, Wahnvorstellungen oder Halluzinationen gehabt hatte, aber es lag gefühlt schon ewig zurück. Seit dem einen Ereignis hatte er geglaubt, dass die Panikattacken endlich der Vergangenheit angehörten. Schließlich hatte sie ihm damals gesagt, dass er sich seinen Ängsten stellen müsse, dann würden sich viele Probleme wie von selbst lösen.

Nein, sie hat etwas anderes gesagt, ermahnte ihn eine innere Stimme, aber das wollte er nicht hören, das Ergebnis war das gleiche. Man musste sich seinen Problemen stellen und das hatte er getan.

Hast du nicht!, stellte seine innere Stimme wieder klar.

»Müll! Du laberst nur Müll«, brüllte er und verließ sofort das Badezimmer, als fürchtete er, dass sein Spiegelbild sich wieder melden und ihm Vorwürfe machen könnte.

Hastig zog er sich an, packte ein paar Sachen in seine Bauchtasche, nahm seinen Rucksack und verließ die Wohnung.

»Ich bin draußen, Mutter«, sagte er noch, bevor er die Haustür ins Schloss fallen ließ.

Sein Messer und die Spritze, die noch immer nicht zum Einsatz gekommen war, hatte er wie immer dabei. »Nur wegen dieser blöden Kuh«, knirschte er. Hätte er der jungen Frau die Spritze in den Hals gejagt, hätte das mindestens zwei Vorteile mit sich gebracht: Zum einen hätte er gewusst, ob man einem Menschen tatsächlich durch ein bisschen Luft in den Adern das Leben aushauchen könnte, was nicht unerheblich für die weiteren Entscheidungen war. Zum anderen hätte er sicherlich keine Panikattacke bekommen, weil er wieder dieses geile Gefühl gehabt hätte. Das Gefühl machte ihn stark, es war fast wie eine Droge. »Kein Wunder, dass ich in dieses Loch gefallen bin, schließlich habe ich dieses Gefühl seit einigen Tagen nicht mehr gehabt«, sinnierte er. Dann schlug er sich mit der Hand gegen die Stirn und lachte. »Du Doof, es ist doch ganz einfach. Das Gefühl ist die Heilung von allem!« Und als wollte er sich zustimmen, nickte er mit dem Kopf.

Sein Weg führte ihn zur Bushaltestelle, er wollte in die

Stadt. Es war Montag, also würde die Fußgängerzone belebt sein und somit das optimale Jagdrevier abgeben. In dem Gewusel von Menschen würde es keiner bemerken, wenn er einer Frau die Spritze in den Hals jagte.

»Oder lieber doch das Messer?«, überlegte er, schließlich könnte er der Person das Messer auch in den Rücken stechen, das wäre noch unauffälliger. Wenn er auf den Hals zielte, riskierte er, dass die Person sich reflexartig wegduckte und er nicht träfe. Die Spritze durch die Jacke in den Rücken zu setzen, war auch nicht optimal, die Jacke könnte die dünne Nadel hindern, ihr Ziel zu treffen.

»Vielleicht ist es doch am besten, wenn ich jemandem auflauere, das gibt mir mehr Spielraum.« Restlos überzeugt war er davon aber nicht, sodass er beschloss, seine erste Idee zu verfolgen.

Der Bus war zum Glück recht leer, er musste also nicht befürchten, dass jemand neben ihm Platz nähme. Er hasste es, wenn fremde Menschen neben ihm saßen.

Vor ihm saßen zwei Jugendliche, die sich lautstark unterhielten, er musste zwangsläufig lauschen, dabei war er kurz davor, sie zu bitten, etwas leiser zu sein, schließlich gehörte der Bus nicht ihnen alleine.

»Und, was meinst du, schlägt er bald wieder zu?«, fragte der Kleinere der beiden.

»Klar, der kann nicht anders. Wenn du erst mal Blut geleckt hast, musst du das immer wieder machen, so lange, bis sie dich schnappen.«

»Meinst du, dass er es wieder an derselben Bushaltestelle macht? Schon heftig, überleg mal, wir fahren diese Strecke jeden Tag. Das heißt, dass wir den vielleicht kennen.«

»Gut möglich. Aber er muss schon dicke Eier haben,

wenn er wieder in der Nähe eine Frau ermordet. Er muss doch damit rechnen, dass die Bullen ihm auflauern.«

»Stimmt. Krasser Psycho.«

Das Gespräch hatte seine Neugierde geweckt, er beugte sich nach vorne und sprach die Jungen an: »Verzeiht, aber von wem sprecht ihr?«

»Na von dem Würger. Hast du nichts davon mitbekommen?«

»Nein, ich war zwei Wochen im Urlaub. Wer ist dieser Würger?«

»Er bringt junge Frauen um, immer in der Nähe der Haltestelle in Schönau, beim Käfertaler Wald. Da ist weit und breit nichts außer der Haltestelle und dem Wald – und diesem gruseligen Friedhof. Wir können froh sein, dass wir keine Frauen sind«, lachte der eine und klatschte mit seinem Freund ab.

»Verstehe, ist komplett an mir vorbeigegangen«, antwortete er und sein Blick wanderte nach draußen. Dieses kurze Gespräch war Gold wert. Dass seine Aktionen so eine Welle gemacht hatten, dass sogar Jugendliche über ihn sprachen, damit hatte er nicht gerechnet. Er meinte, Bewunderung aus ihren Worten herausgehört zu haben.

Die Kids finden cool, was ich tue, freute er sich.

Allein das war Anerkennung genug, ein Gefühl, das er seit sehr langer Zeit nicht mehr gehabt hatte. Streng genommen hatte er es nie gekannt. Wann hatte er denn je für eine Leistung Anerkennung erhalten? Immer war er nur kritisiert worden. Das Gefühl, das ihn jetzt erfüllte, ähnelte dem, das er gespürt hatte, als er den beiden Frauen das Lebenslicht ausgelöscht hatte.

Wenn diese Taten solche Vorteile mit sich brachten, wie konnte dann etwas Schlechtes daran sein? Die Frauen starben ja nicht sinnlos, sie halfen ihm und damit starben sie einen guten und gerechten Tod. Also musste er sich wieder bereit machen.

Ob der Würger eine Maske tragen sollte?, überlegte er. Er fand Gefallen an dem Beinamen, er hatte was von einem Superhelden. Das bedeutete allerdings auch, dass er die nächsten Frauen erst einmal wieder erwürgen müsste, bevor er ihnen die Spritze in den Hals oder eine Vene jagte oder sie mit dem Messer aufschlitzte. Sonst wäre er ja nicht mehr der Würger, oder?

Ich könnte sie auch danach erwürgen, wenn sie sich nicht mehr wehren können, das wäre dann quasi mein Zeichen, meine Visitenkarte. Er nickte. Warum hatte er sich bloß früher keine Gedanken über diese Dinge gemacht? Erst diese Kids hatten ihn darauf aufmerksam machen müssen.

Manchmal bist du ziemlich naiv, dachte er selbstkritisch, aber er fühlte sich trotzdem gut, sehr gut sogar. Von seinem Nervenzusammenbruch, der Panikattacke und dem kleinen Missgeschick war nichts mehr übrig. Dieser Tag würde doch noch gut enden. Jetzt brauchte er nur das passende Opfer für den Würger.

Ich darf trotzdem die Polizei nicht vergessen!, ermahnte er sich, nicht zu leichtsinnig zu werden. Die Jugendlichen hatten recht, es wäre gefährlich, sein nächstes Opfer wieder an derselben Haltestelle zu töten.

Aber sie haben auch gesagt, dass es mutig wäre, und ein Held, gerade ein Antiheld, muss doch mutig sein. So jemand kennt doch keine Angst, oder?

Eine abschließende Antwort hatte er nicht darauf, sodass er beschloss, seinen Weg in die Stadt fortzusetzen. Er würde spontan entscheiden, sobald er ein Opfer fände, was an sich schon keine einfache Sache war. Es musste das richtige Opfer sein, es musste etwas in ihm auslösen, er brauchte das Gefühl, genau diese Frau töten zu müssen. Schließlich hatte er dieses Gefühl nicht bei jeder Frau, was ihn darin bestätigte, dass die Frauen, die er auswählte, dafür bestimmt waren, durch seine Hand zu sterben. Es war ihr Schicksal.

Der Bus erreichte den Wasserturm und diesmal stieg er hier aus und nicht am Hauptbahnhof. Die Haltestelle war näher an der Fußgängerzone, dieses Ziel war besser geeignet für sein Vorhaben.

Er sollte recht behalten, die Fußgängerzone war sehr gut besucht und die Menschen waren wie immer in Eile. Jedes Mal, wenn er das beobachtete, fragte er sich, wovor sie wegliefen. Was war so dringend, dass man sich so sehr unter Druck setzen musste? Er jedenfalls folgte ganz gemächlich den Planken.

Vor ihm war eine Gruppe von Studenten oder Auszubildenden, für Schüler sahen sie zu alt aus, aber er konnte sich auch irren. Im Schätzen war er noch nie gut gewesen. Sein Blick wanderte zu einer jungen Frau, sie war klein und zierlich und stand etwas abseits. Die anderen Passanten drängten sich durch die Gruppe junger Leute, die gar nicht daran dachte, Platz zu machen.

Da geschah es. Es war übermächtig.

Instinktiv zog er die Kapuze seiner Jacke tief ins Gesicht und eilte auf die junge Frau zu. Als er fast vor ihr stand und sah, dass das Gewühl ihm Deckung gab, geschah alles Weitere sehr schnell. Er machte zwei rasche Schritte, zückte sein Messer und stach der jungen Frau in die Seite, dann ging er mit ebenso schnellen Schritten weiter. Im selben Augenblick war wieder dieses Gefühl da, so intensiv, dass er glaubte, er könnte fliegen. Sein ganzer Körper war erregt. In zwanzig Metern Entfernung blieb er stehen und drehte sich um. Die junge Frau lag am Boden, eine Menschentraube hatte sich um sie gebildet. Er hörte Schreie, Panik, Rufe nach Polizei und Rettungswagen. Und das alles nur wegen dieser kleinen lächerlichen Tat.

Er lächelte, weil er glücklich war. Und dann tat er noch etwas sehr Mutiges, bevor er eine Bäckerei betrat, weil er Hunger hatte.

16

»Hatten Sie keinen Hunger?«, fragte der Hamburger. Sie saßen in ihrem Dienstwagen und fuhren zu ihrem nächsten Termin.

»Ich frühstücke selten. Kaffee reicht mir«, antwortete sie, was nicht mal gelogen war. In Wahrheit wollte sie jedoch durch das Frühstück nicht in irgendeiner Schuld ihm gegenüber stehen. Die Kollegen hingegen hatten zugeschlagen, als gäbe es kein Morgen.

Du übertreibst, es war nur ein Frühstück, eine nette Geste, dachte sie selbstkritisch, aber gerade war ihr eher danach, abweisend zu sein.

»Wie in der Besprechung schon erwähnt, habe ich mir am Wochenende die Unterlagen angeschaut. Ich stimme mit Ihrer Vorgehensweise überein, hätte ich nicht anders gemacht.«

»Danke«, antwortete sie und nickte. »Aber ...?«, fügte sie dann hinzu.

Er lachte, als fühlte er sich ertappt. »Nichts aber, ich habe mich nur gefragt, ob es angedacht ist, die Gegend um die Haltestelle zu überwachen.«

»Warum?«

»Der Täter hat dort zweimal zugeschlagen, es wäre doch denkbar, dass er es auch ein drittes Mal tut.«

»Stimmt. Genauso denkbar ist, dass er kapiert hat, dass das keine gute Idee wäre«, entgegnete sie, fühlte sich aber ebenfalls ertappt, weil sie bei dem ganzen Stress nicht daran gedacht hatte. Ihr Chef allerdings auch nicht und auch nicht Martin oder sonst jemand aus dem Team.

»Ich habe nicht das Gefühl, dass wir es hier mit einer sehr berechnenden und planenden Person zu tun haben. Er handelt aus einer Laune heraus.«

»Wie kommen Sie darauf?«

»Es gibt kein eindeutiges Tatmuster, keine Motivmatrix. Die Opfer waren beide weiblich, jung und von zarter Statur, vermutlich sind das die einzigen Kriterien. Psychopathen und Serientäter neigen außerdem dazu, eine Trophäe vom Tatort mitzunehmen.«

»Er hat die Geldbörse mitgenommen.«

»Stimmt, aber das lässt eher darauf schließen, dass er in Geldnot ist. Vielleicht ist dem Opfer die Geldbörse aus der Tasche gefallen, deshalb hat er sie mitgenommen, was wiederum in seiner Geldnot begründet sein könnte. Beim ersten Opfer hat er die Geldbörse nicht genommen.«

»Stimmt, das würde sein Handeln erklären. Aber was, wenn er beim ersten Opfer im Affekt gehandelt hat und beim zweiten alles richtig machen wollte?«

»Unwahrscheinlich, dann hätte er einen anderen Tatort und eine andere Tatzeit gewählt. Die Vergewaltigung passt auch nicht in das vorläufige Profil.«

»Warum nicht?«

»Ein Sexualstraftäter bringt keine Frauen um, ohne sich an ihnen zu vergehen. Die zweite Tat hätte so nie stattgefunden.«

»Und das heißt?«

»Das weiß ich jetzt noch nicht.« Er schien nachzudenken. Nele wurde das Gefühl nicht los, dass er doch eine Vermutung hatte, die er aber nicht mit ihr teilen wollte.

Und noch ein anderer Gedanke quälte sie: Sollte sie ihm ihr Beileid wegen des Verlustes seiner Frau aussprechen? Sicherlich wäre das ratsam, aber war jetzt der richtige Zeitpunkt dafür?

Da sie auf seine letzte Bemerkung nicht reagiert hatte, kehrte kurz Stille ein, die sie als angemessen für ihren nächsten Satz empfand. »Das mit Ihrer Frau tut mir leid«, sagte sie dann endlich, was ihr schon die ganze Zeit auf der Zunge lag.

»Danke«, antwortete er und schaute aus dem Beifahrerfenster.

Sie erreichten ihr Ziel, ein Büro der Rhein-Neckar-Verkehrsbetriebe, wo sie die beiden Busfahrer befragen durften.

Als die beiden Polizeibeamten in das Büro geführt wurden, saßen bereits zwei Personen dort an einem Tisch, eine Frau und ein Mann.

»Sind Sie die Fahrer?«, fragte Nele.

»Ja«, antworteten beide gleichzeitig. »Und Sie sind von der Mordkommission?«, erkundigte sich die Frau.

»Wir sind von der Kriminalpolizei Mannheim«, antwortete Nele. Dann stellte sie den Hamburger und sich vor und die beiden nahmen Platz.

»Schreckliche Sache, ich habe das von Kollegen gehört«, antwortete die Frau.

»Sie sind Antonia Blome?«, vergewisserte sich Nele.

»Ja.«

»Und ich bin Ali Koc, falls Sie mich fragen sollten.«

»Danke. Sie beide sind die Strecke zur möglichen Tatzeit gefahren. Ist Ihnen irgendetwas aufgefallen? Haben Sie vielleicht eines der Opfer gesehen?« Nele zog Fotos aus ihrer Tasche, auf denen die Opfer zu sehen waren, und reichte sie den beiden. Lorenz hatte sie ihr besorgt. Sie schauten sich die Bilder aufmerksam an.

»Das Foto von dieser Natalie habe ich heute Morgen in der Bild-Zeitung gesehen. Bis eben habe ich mir den Kopf zermartert. Aber da ist nichts«, erklärte Blome.

»Mir sagen die beiden leider auch nichts. Sie müssen wissen, als Fahrer haben Sie irgendwann einen Tunnelblick. Es steigen so viele Fahrgäste ein und aus, Sie nehmen die Gesichter gar nicht mehr wahr.« Koc hob die Schultern. Es war beiden anzusehen, dass es ihnen leidtat, nicht mehr zu dem Fall beitragen zu können.

»Dann konzentrieren Sie sich bitte noch einmal. Es geht hier um zwei brutale Morde«, drängte Nele. So leicht konnten die beiden sich nicht aus der Verantwortung stehlen.

Blome nahm die Fotos noch einmal zur Hand und schaute sie sich intensiv an, dann schüttelte sie den Kopf. »Es tut mir wirklich sehr leid, aber es ist so, wie Ali sagte. Gut möglich, dass ich sie gesehen habe, aber ich weiß es nicht mit Gewissheit, zumal die meisten Fahrgäste nicht vorne, sondern hinten einsteigen, was es nochmals schwerer macht, sich überhaupt ein Gesicht zu merken. Ich hoffe, dass wir bald in jedem Bus Kameras haben, dann müssten wir jetzt nicht dieses Gespräch führen.«

»Was ist mit Ihnen?«, fragte Nele und reichte auch Koc die Fotos ein zweites Mal.

»Ich kann mir die Fotos noch stundenlang anschauen, ich kann mich nicht an die Fahrgäste erinnern«, beharrte er und reichte der Kommissarin die Fotos zurück.

»Ist Ihnen denn irgendetwas anderes aufgefallen, was merkwürdig war?«, fragte nun Tom.

»Leider nicht. Es war eine Sonntagsfahrt wie jede andere auch«, antwortete Koc, Blome stimmte ihm zu.

»Vielen Dank. Sollte Ihnen doch noch etwas einfallen, hier ist unsere Karte. Rufen Sie uns bitte an.« Tom reichte beiden je eine Visitenkarte.

»Wir hätten die noch etwas mehr in die Mangel nehmen sollen. Die hatten doch gar keine Lust, sich ernsthaft Gedanken zu machen«, sagte Nele, als sie wieder im Wagen saßen. Der Hamburger hatte das Gespräch für ihren Geschmack viel zu früh beendet.

»Ich denke nicht. Fahren Sie mit öffentlichen Verkehrsmitteln?«

»Selten. Warum?«

»Ich habe meine Zweifel, dass Sie wüssten, wer ein- und aussteigt, wenn Sie Busfahrerin wären. Ich bin in Mannheim einige Male mit der Straßenbahn gefahren, aber ich könnte Ihnen nicht sagen, welche Personen an dem Tag an einer bestimmten Haltestelle ausgestiegen sind, erst recht nicht, wenn die beiden Personen recht unauffällig sind.«

»Dann hätten wir uns das Gespräch ja sparen können«, reagierte Nele ruppiger als beabsichtigt.

»Natürlich nicht, es hätte ja auch anders laufen können. Sie wissen doch, wie aufwendig Ermittlungen sind.«

Nele war angefressen, aber das wollte sie ihm nicht zeigen, auch wenn sie es am liebsten getan hätte. Sein Ton hatte etwas Besserwisserisches, Belehrendes an sich.

»Was machen wir jetzt?«, fragte sie.

»Ich möchte mir gerne beide Tatorte anschauen, um mir ein genaueres Bild machen zu können. Fotos und Berichte alleine können das nicht ersetzen.«

»Okay.« Sie nickte, das konnte sie nachvollziehen, sie hätte sicherlich genauso gehandelt.

»Ernst meinte, dass Sie drei Kinder haben«, sagte sie dann, da ihr die Stille unangenehm war. Mit Anja war es nie still im Wagen gewesen, sie hatten sich immer etwas zu erzählen gehabt, aber dieser Hamburger war ganz schön zurückhaltend. Vielleicht weil er neu war, aber etwas sagte ihr, dass er einfach nur redefaul oder ein Muffel war.

»Stimmt. Drei Töchter.«

»Drei Töchter. Wünscht man sich als Mann da nicht auch einen Sohn, einen Erben?« Sie machte eine Geste dazu, damit er verstand, dass sie das nicht ganz ernst meinte.

»Ich hätte gerne einen Sohn gehabt, der meinen Namen weiterträgt, aber es hat nicht sein sollen«, antwortete er und bestätigte ihr damit einmal mehr, dass er eher zu der spießigen Sorte Mensch gehörte.

»Töchter können auch den Namen ihres Vaters behalten.«

»Mag sein, aber die Realität ist doch, dass die meisten Frauen den Namen ihres Mannes annehmen.«

»Das ändert sich gerade gewaltig.«

»Haben Sie dafür Statistiken?«

Sie biss sich auf die Zunge, da ihr fast ein Spruch herausgerutscht wäre. Dass der Hamburger so hartnäckig an seiner veralteten Position festhielt, passte ihr nicht.

Ach, wie ich Anja vermisse, dachte sie.

»Sind Sie wegen Ihrer Kinder hier? Eine Stadt wie Hamburg verlässt man doch nicht einfach so, gerade wenn man so erfolgreich ist wie Sie.«

»Danke, aber Sie haben recht. Wenn man drei Töchter im Schulalter hat, dann muss man als Vater in erster Linie an seine Kinder denken. Ich bin froh, dass meine ältere Schwester hier ist. Sie wird ein sehr guter Mutterersatz für sie sein, und ich bin dankbar, dass Ernst mich in sein Team aufgenommen hat.«

Nele nickte nur, gleichzeitig dachte sie daran, wie all die alleinerziehenden Frauen es schafften, Job und Kindererziehung unter einen Hut zu bringen. Tom übertrieb, fand sie. Jedenfalls wollte sie ihm nicht glauben, dass er allein der Kinder wegen nach Mannheim gezogen war.

Er läuft vor etwas davon.

»Was ist mit Ihnen? Sind Sie verheiratet?«

Nele lachte und schüttelte den Kopf. »Ich? Sicherlich nicht.«

»Warum? Wie alt sind Sie?«

»Sie wissen doch, dass man eine Frau so etwas nicht fragt.«

»Sie machen mir nicht den Eindruck, als würde Sie so eine Frage echauffieren, oder schämen Sie sich für Ihr Alter? Sie dürften doch nicht älter als dreißig sein.«

»Geben Sie zu, dass Ernst Ihnen das verraten hat«, lachte sie.

»Nein, es war wirklich geraten, also sind Sie dreißig?«

»Am 13. Januar geworden.«

»Und ledig?«

»Ja und das ist auch gut so. Dieser ganze Ehequatsch soll mir schön fernbleiben.«

»Warum?«

»Weil ich auch ohne Trauschein glücklich sein kann und wir zum Glück in aufgeklärten Zeiten leben.«

»Also halten Sie die Ehe für etwas Antiquiertes?«

»Darauf können Sie wetten. Seien wir ehrlich, der Mensch ist nicht für die Monogamie geschaffen, aber unser verlogenes Gesellschaftsbild zwingt uns in dieses Korsett.«

»Schade, dass Sie das so sehen. Keiner hat gesagt, dass eine Ehe einfach ist. Eine Ehe erfordert Kompromisse und viel Disziplin, aber der Gedanke, dass man mit einem geliebten Menschen alt wird, nicht alleine ist und Hindernisse ebenso wie Erfolge gemeinsam durchlebt, ist doch sehr schön. Dafür aus der Komfortzone zu treten, lohnt sich allemal.«

»Sie glauben, ich würde mich in einer Komfortzone aufhalten?«

»Ihre Worte lassen darauf schließen.«

Dieser Vorwurf traf sie, auch wenn sie versuchte, es sich

nicht anmerken zu lassen. Sie hatte das schon öfter gehört, aber dass es jetzt jemand, den sie nicht kannte, ebenfalls sagte, war harter Tobak.

»Dann kennen Sie mich aber schlecht. Dieser ganze Ehequatsch ist für mich genauso dämlich und veraltet wie die unsinnige Sache mit dem Glauben. Und bevor Sie's von jemand anderem im Präsidium hören: Ich bin lesbisch und sehr stolz darauf«, erwiderte sie trotzig. »Übrigens sind wir da.«

Nele parkte den Wagen und stieg aus, damit er keine Gelegenheit hatte, noch tiefer in dieser Wunde zu bohren.

Der Hamburger folgte ihr und schaute sich die Umgebung aufmerksam an.

»Wo lag die Leiche?«

»Das muss hier gewesen sein«, sagte sie, da die Polizeiabsperrung in diesem Waldstück längst entfernt worden war.

Er bückte sich und betrachtete den Boden. »Sie war schon tot, als er sie hergebracht hat«, sagte er.

»Das vermuten wir auch.«

»Mit Sicherheit. Auch wenn die Tat schon eine Woche her ist, man sieht hier kaum neue Spuren, das heißt, dieses Waldstück wird nicht oft von Fußgängern besucht. Auf dem Boden finden sich keinerlei Spuren, die darauf hindeuten, dass sie noch gelebt haben könnte. Man würde Unebenheiten im Erdreich erkennen.«

»Oder sie hatte das Bewusstsein verloren«, gab Nele zu bedenken.

»Selbst dann würde man Unebenheiten sehen. Wenn sich ein Täter an einer bewusstlosen Leiche vergreift, kommt es zwangsläufig zu Reibungen.«

»Dann hat er sie an der Bushaltestelle getötet und dort missbraucht.«

»Unwahrscheinlich, das Risiko, entdeckt zu werden, ist einfach zu groß.«

»Aber Sie sagten doch, dass er spontan und unüberlegt handelt.«

»Ich sagte: *aus einer Laune heraus*. Er geht nicht berechnend und planend vor. Die Vergewaltigung passt einfach nicht ins Täterprofil. Da stimmt was nicht.«

»Das sehe ich anders. Das Einzige, was Fragen aufwirft, ist, wo er sie missbraucht hat«, entgegnete Nele, da sie seinem Gedankengang beim besten Willen nicht folgen wollte. Im Flurfunk hieß es immer, dass neue Kollegen sich beweisen mussten. Den Eindruck hatte sie gerade bei dem Hamburger.

Musste er ihr denn bloß widersprechen, weil er sich hervortun wollte? Wenn ja, fand sie das absolut peinlich und unangebracht. Hier ging es schließlich um die Aufklärung zweier Morde, da hatten solche Machospiele nichts zu suchen.

»Fahren wir zu den Bushaltestellen«, sagte er dann und ging zum Wagen zurück. Nele hatte keine Gelegenheit, etwas zu erwidern.

»In Ihrem Bericht steht, dass der Zeuge Natalie Pick um 21 Uhr herum in der Nähe der Haltestelle gesehen haben will. Die Tat selbst erfolgte allerdings erst nach 22 Uhr, soweit die Spurensicherung das einschätzen kann. Ihr Freund wiederum hat ausgesagt, dass ihr Bus kurz nach 22 Uhr gegangen sei, was sich mit den Angaben der Spurensicherung decken würde. Warum aber wurde sie dann von dem Zeugen Lind um 21 Uhr herum hier gesehen? Wenn sie bei ihrem Freund war, würde sie doch kaum eine Stunde vorher zur Haltestelle gehen, dann wieder zu ihrem Freund und dann wieder zurück. Haben Sie ihren Freund auf dieses Zeitfenster angesprochen?«

»Das ist für heute geplant, da wir die Information erst vor Kurzem erhalten haben«, antwortete sie. Sie wusste nicht, ob er ihr das glaubte, aber tatsächlich war ihr diese Zeitdiskrepanz auch aufgefallen. Sie hatte nur vergessen, es im Meeting zu erwähnen. Das Gespräch mit Paul Biller hatte sie daher bereits eingeplant, dennoch war ihr sein Hinweis etwas unangenehm. Vermutlich glaubte er ihr nicht und dachte, dass sie sich rechtfertigen müsse.

»Gut, dann sollten wir das gleich tun. Der Freund wohnt doch in der Nähe.«

»Können wir machen.«

»Sie haben Glück, ich wollte gerade zur Arbeit.«

»So spät?«, fragte Nele. Sie und der Hamburger standen im Flur von Paul Biller. Er schien wirklich gerade die Wohnung verlassen zu wollen, er hatte bereits seine Schuhe angezogen.

»Ich arbeite im Schichtbetrieb. Was kann ich für Sie tun?«

»Wir haben noch ein paar Fragen.«

»Gut, wenn es schnell geht. Was wollen Sie wissen?« Er wirkte angespannt, vielleicht weil er unter Zeitdruck stand, aber da war Nele sich nicht sicher.

»Sie sagten, dass Natalie die Wohnung kurz vor 22 Uhr verlassen habe.«

»Ja. Ihr Bus ging um 22:15 Uhr, wenn er pünktlich war.«

»Haben Sie ihr an dem Abend noch geschrieben?«, fragte Tom.

»Nein, warum?«

»Tut man das nicht, wenn man in einer Beziehung ist? Es ist dunkel, die Freundin fährt alleine im Bus nach Hause. Ich würde schon wissen wollen, ob sie gut angekommen ist«, erklärte Tom.

»Natalie war keines dieser ängstlichen Mädchen. Ich habe keinen Grund gesehen, ihr zu schreiben.«

Nele verstand die Frage nicht, denn auf dem Handy von Natalie war keine Nachricht oder ein Anruf von Paul angezeigt gewesen. Das wusste Tom doch. Wobei der Provider ihnen die Verbindungsnachweise noch nicht geschickt hatte.

»Wie haben Sie vom Tod Ihrer Freundin erfahren?«, wollte Tom wissen.

»Von ihrer Mutter. Die Mannheimer Polizei hat sie angerufen und dann hat sie mich angerufen und erzählt, dass man mich befragen würde. Haben Sie denn schon einen Anhaltspunkt, wer der Mörder sein könnte?«

»Und Sie hatten bis zu dem Zeitpunkt keinen Kontakt zu Natalie?«

»Nein. Aber Sie haben doch sicherlich ihr Handy ausgewertet, da müssten Sie doch sehen, zu wem sie Kontakt hatte. Glauben Sie, dass sie den Mörder kannte?«

»Wir glauben zunächst gar nichts, wir stecken noch mitten in den Ermittlungen«, korrigierte Nele. Bevor sie eine weitere Frage stellen konnte, klingelte Pauls Handy.

»Da muss ich kurz ran«, entschuldigte er sich und verschwand im Wohnzimmer.

»Was sollen diese Fragen bringen? Wir haben doch das Handy und bald auch die Verbindungsnachweise«, flüsterte Nele.

»Ich weiß, ich wollte nur sehen, wie er darauf reagiert. Finden Sie es nicht erstaunlich, dass er weiß, dass wir Natalies Handy haben?«

»Nicht wirklich, jeder hat doch heute ein Handy.«

»Stimmt, aber es wäre doch wahrscheinlicher, dass der Täter das Handy mitgenommen oder vernichtet hat.«

Bevor sie etwas darauf erwidern konnte, kam Paul zurück. Im Gegensatz zu Tom fand sie es nicht seltsam, dass der Freund davon ausging, dass die Polizei im Besitz des Handys war.

»In welcher Branche sind Sie tätig?«, fragte Tom.

»Ich arbeite als Programmierer in einem IT-Sicherheitsunternehmen, im Schichtbetrieb.« Pauls Blick wanderte zu seiner Uhr. »Ich muss jetzt wirklich los. Bin schon eh zu spät und der Mannheimer Verkehr ist um diese Zeit nicht ohne.«

»Fällt es Ihnen nicht schwer, so kurz nach dem Tod Ihrer Freundin zur Arbeit zu gehen?«

»Was soll ich machen? Zu Hause rumsitzen und mich ständig fragen, wer der Mörder ist, warum man sie ermordet hat? Sie, die niemandem etwas zuleide tun konnte und ehrenamtlich tätig war«, wurde Paul nun laut. »Ich glaube, wir sind fertig.« Sein Blick wirkte ernst und entschlossen.

»Nur noch eine Frage«, entgegnete Nele. Von so einem kleinen Wutanfall ließ sie sich bestimmt nicht aus der Ruhe bringen.

»Die wäre?« Paul wirkte immer gereizter.

»Sie sagten, dass Natalie Ihre Wohnung gegen 22 Uhr verlassen habe …«

»Ja, warum wollen Sie das noch mal wissen?«, fiel er ihr ins Wort.

»Wenn Sie mich bitten ausreden lassen würden. Hat sie davor schon mal die Wohnung verlassen?«

»Nein.«

»Sicher?«

»Ganz, sicher. Warum?«

»Nur so«, antwortete sie und wusste jetzt, dass entweder der Zeuge Franz Lind oder Paul log. Aber warum?

17

Noch immer pochte sein Herz, dabei lag die Tat inzwischen Stunden zurück. Aber das Ereignis war so präsent, dass er glaubte, noch immer dort zu sein und alles hautnah zu erleben.

»Das war Wahnsinn. Ich war so mutig, das hätte ich niemals von mir erwartet«, sagte er stolz zu sich. Zur Feier des Tages hatte er sich bei Lidl eine Flasche Whiskey gekauft, dazu eine Cola. Die Mischung schmeckte hervorragend. Obwohl er in einer Weinregion lebte, war er nie ein Weinfreund gewesen. Die Liebe zum Whiskey war auch erst spät gekommen, genauer gesagt vor zwei Jahren, als er im Callcenter einer schottischen Firma gearbeitet hatte und das Team nach Edinburgh zur Schulung eingeladen worden war. Ohne das hätte er sich diese Reise nie leisten können und vermutlich auch nicht angetreten. Dort hatten sie jedenfalls an einer Whiskeyverköstigung teilgenommen und das gelbe Gold hatte im weit besser geschmeckt, als er es erwartet hätte. Daher war es für ihn selbstverständlich, seinen heutigen Triumph mit einem guten Whiskey zu feiern. Es war natürlich die günstigste Flasche, die der Discounter zu bieten hatte, für eine teurere war er zu geizig, da er ja noch immer Geld für New York sparen wollte.

Der Preis sagt nichts über die Qualität aus, dachte er bei sich und gönnte sich einen weiteren Schluck seiner Mischung.

»Ich war so mutig. Der Würger hat es allen gezeigt.« Er ballte die rechte Hand zur Faust. »Vor allem, was ich danach getan habe, war eines bösen Superhelden würdig«, lobte er sich selbst.

Seine Gedanken schweiften wieder zu dem Tatort, zu dem Moment, als er der jungen Frau im Vorbeigehen das Messer in die Seite gestochen hatte, um es sogleich blitzschnell wieder in die Jackentasche zu stecken und unbeteiligt wegzugehen. Zwanzig Meter weiter war er stehengeblieben und hatte dem Treiben zugesehen. Schreie, Rufe, immer mehr Menschen drängten sich zu der am Boden liegenden Frau.

Er war so voller Adrenalin gewesen, dass es einfach geschehen war. Er war den Gaffern gefolgt, die wie ein nie endender Strom von Zombies zu der jungen Frau eilten, allerdings nicht um ihr zu helfen, sondern einzig und allein um ihre Neugierde zu befriedigen.

Dann stand er selbst in der Traube und sah das Ergebnis seiner Tat. Die Frau lag am Boden und bewegte sich nicht. Eine Blutlache hatte sich um sie herum gebildet. Dass das sein Werk war, machte ihn unglaublich stolz.

Als jemand neben ihm sagte: »Wer hat das getan?«, war er versucht, selbstgefällig zu antworten: »Der Würger war das.«

Doch da liefen plötzlich Polizisten auf die Menge zu und er entschied, doch lieber das Weite zu suchen – besser gesagt, den nächsten Bäcker, denn er war hungrig.

Das war eben der Preis, den er zu zahlen hatte. Der Würger musste ein stiller Held bleiben. Dieses Schicksal teilten viele Helden mit ihm, das wusste er aus Comics und Filmen. Egal ob sie Joker, Batman oder wie auch immer hießen: Die Öffentlichkeit kannte ihre Identität nicht.

»Ob sie tot ist?«, fragte er sich, immerhin hatte sie sich nicht mehr bewegt. »Sie muss tot sein, sonst wäre mein Werk nicht vollendet. Wie sollen die Leute sonst erkennen, dass es der Würger war?«

Du Depp, du hast sie aber nicht erwürgt, machte sich eine kritische Stimme in seinem Inneren bemerkbar.

»Ich habe sie meine Klinge schmecken lassen.«

Du bist aber der Würger, nicht der Abstecher, antwortete dieselbe Stimme höhnisch.

»Ich bin der Würger und es war der Würger. Ruhe jetzt! Man kann in jeder Suppe ein Haar finden, wenn man nur will.« Er nahm das Whiskeyglas und gönnte sich einen großzügigen Schluck. Dabei musste er kurz husten, es brannte ganz schön im Rachen, aber es tat auch gut, sehr gut.

Er nahm sein Handy, um die Klingeltöne durchzugehen. Seit seinem ersten Handy war er ein Freund von Klingeltönen. Jeder seiner Telefonkontakte hatte seinen eigenen. Holger hatte den Star-Wars-Imperial-March-Klingelton, denn manchmal erinnerte er ihn an Darth Vader mit seiner überheblichen und selbstgefälligen Art. Der Telefonnummer seiner Mutter hatte er den Klingelton von Alfred Hitchcocks Psycho zugeordnet.

Als in diesem Moment sein Handy klingelte, hätte er es vor Schreck fast fallen lassen. Es war eine unbekannte Nummer.

Ob er rangehen sollte? Normalerweise nahm er nie Anrufe mit unbekannter Nummer entgegen, aber durch seine Tat war er so beflügelt, dass er unschlüssig wurde. Vielleicht war es der Dönermann, der Imbissbesitzer, der versprochen hatte, dass er sich melden würde, sobald er einen Job für ihn hätte.

»Das ist er«, sagte er. »Alles findet zueinander. Es hatte einen Grund, dass ich gekündigt wurde. Döner ist genau mein Ding.« Das Klingeln brach nicht ab, was in seinen Augen erst recht dafür sprach, dass es der Türke aus dem Imbiss war. »Deutsche sind nicht so hartnäckig, die hätten längst aufgelegt«, lachte er und nahm das Gespräch an.

»Hallo?«

»Guten Abend, schön, dass ich Sie noch erreiche.«

»Und wer sind Sie?«, fragte er. Die Stimme war nicht die des Dönerverkäufers, sie klang eher nach einer Frau.

»Dr. Rieke. Sie wollten sich doch heute bei mir melden. Sie erinnern sich noch an unser kurzes Gespräch im Bus?«

Jetzt versagte ihm die Stimme, die ganze positive Energie entwich aus ihm wie die Luft aus einem geplatzten Reifen. Kleine Schweißperlen sammelten sich auf seiner Stirn, sie waren kalt und pikten wie kleine Stacheln in seine Haut.

Der Kloß in seinem Hals wurde immer größer, ihm wurde übel und schwindelig

zugleich. Warum musste sie ausgerechnet jetzt anrufen, im Augenblick seines Triumphs? Hätte sie nicht bis morgen warten können, damit er seinen Erfolg voll auskosten könnte?

Ob sie etwas ahnt?

Trotz der aufkommenden Wut, trotz dieses Feuers, das immer größer wurde, konnte er sich nicht aus seiner Schockstarre lösen. Die Stimme der Frau hatte mehr Macht über ihn als sein Hass auf sie, er war das Lämmchen, das zur Schlachtbank geführt wurde, und sie war die Schlächterin.

»Ich kann mir sehr gut vorstellen, dass es Ihnen nicht leichtfällt, darüber zu sprechen. Aber Sie wissen, wie wichtig es für Ihre weitere Entwicklung ist. Wir sollten uns unbedingt treffen.«

»Ich weiß nicht, ob ich mir das leisten kann«, antwortete er mit schwacher Stimme. Es war seine einzige Hoffnung. Wenn es um Geld ging, waren schließlich alle Menschen gleich, dann würde die dumme Kuh sicher ganz schnell ihren hippokratischen Eid vergessen und ihn in Ruhe lassen.

»Machen Sie sich um die Kosten keine Sorgen, das übernimmt die Krankenkasse.«

Er merkte geradezu, wie er immer blasser wurde, sein Hals war trocken und das Atmen fiel ihm schwer.

Jetzt hat sie dich an den Eiern.

»Sind Sie noch dran?«

»Ja, ja«, krächzte er hastig. Er konnte sich nicht dagegen wehren, sie war noch mächtiger als seine Mutter, dabei könnte er ihr doch einfach sagen, dass sie sich zum Teufel scheren solle. Aber es ging nicht. Es war, als hätte jemand seinen Mund zugenäht und seine Beine in Blei gesteckt.

»Gut, wollen Sie nächste Woche Montag um 9 Uhr in meine Praxis kommen?«

»Kann ich machen«, antwortete er leise. Er hätte in dem Moment alles gesagt, damit sie endlich Ruhe gäbe und das Gespräch beendete.

»Wunderbar. Bitte denken Sie an die Krankenkassenkarte«, antwortete sie und legte auf.

Erst jetzt konnte er ausatmen. Er holte mehrmals tief Luft, das sollte einen beruhigen, hatte er einmal gelesen. Aber viel ruhiger fühlte er sich nicht. Seine Hände zitterten und noch immer schwitzte er.

Er öffnete die Whiskeyflasche und füllte reichlich davon in die Colaflasche, dann nahm er einen großen Schluck von der Mischung. Vielleicht half ihm der Whiskey, sich zu beruhigen.

»Diese verdammte Hexe. Warum kann sie mich nicht einfach in Ruhe lassen? Ich brauche niemanden, der mir hilft. Ich komme sehr gut alleine zurecht, sehr, sehr gut sogar.«

Dass sie ihm tatsächlich helfen wollte, glaubte er eh nicht. Bei seinen ersten Besuchen war er noch davon ausgegangen und hatte sich ihr geöffnet, ihr Dinge erzählt, die er niemandem sonst erzählte, und wofür? Sie hatte ihm geraten, seine eigene Mutter anzuzeigen.

»Wie hirnrissig! Diese blöde Kuh«, brüllte er. Nach diesem Vorschlag hatte er sich von ihr distanziert, er nahm an, dass sie in Wahrheit nur an seinem Geld interessiert war, denn sie hatte nie versäumt, ihn daran zu erinnern, dass er seine Krankenkassenkarte mitbringen solle.

»Und warum hast du ihr dann nicht abgesagt, du Depp?«, schimpfte er mit sich. Da hielt er inne. Eine Idee bahnte sich ihren Weg durch seine Gedanken und sein Blick wanderte zu seinem Taschenmesser, das auf dem Tisch lag. »Und was, wenn ich ihr hiermit den Hals aufschlitze?« Er nahm das Messer und vollzog den Schnitt an seinem Hals. Da die Klinge nicht geöffnet war, spürte er nur das kalte Metall auf der Haut, aber das allein reichte, um sich zu beruhigen.

»Sie hat mir den ganzen schönen Tag ruiniert«, schimpfte er und ging in die Küche, um etwas zu essen. »Mutter!«, rief er. Sie sollte ihm etwas kochen, doch sie antwortete nicht. »Verdammt, wo ist sie?«

Er verließ die Küche und suchte nach ihr, fand sie aber nicht. Eine Erinnerung drängte sich in sein Bewusstsein, die er aber sofort verscheuchte. Er klopfte an die Schlafzimmertür und trat ein. Es war dunkel, die Jalousien waren heruntergezogen und nur das Licht, das durch die offene Tür fiel, erhellte den Raum ein wenig.

»Mutter?«, flüsterte er.

»Siehst du nicht, dass ich schlafe«, motzte sie. Ihre Stimme war schwach, aber selbst in dieser Situation schwang noch immer reichlich Verachtung mit.

»Wieso schläfst du?«

»Ich fühle mich nicht gut. Habe Schmerzen, dieses verdammte Alter. Was interessiert es dich. Raus hier.«

Obwohl er nur die Umrisse ihres Körpers sah, glaubte er zu erkennen, dass ihre Lippen nach unten gezogen und ihre Augen zu Schlitzen geformt waren, weil der Unmut, der sie beherrschte, sie niemals verließ.

Mein Handeln ist die Antwort auf dein Versagen, dachte er plötzlich und erschrak über diese Erkenntnis, weil er sie noch nicht so recht einordnen konnte. Zum ersten Mal fiel ihm bewusst auf, dass er doch etwas mit seiner Mutter gemein hatte. Er schloss die Tür und erst jetzt flüsterte er: »Deine Wut ist auch die meine.« Er ließ die Worte einen Moment nachklingen, dann fasste er sich.

Diese seltsam wohlige Einsicht löste allerdings nicht sein Essensproblem, also ging er zurück in die Küche und öffnete den Kühlschrank. Es war nicht viel darin: Eier, Käse, Speck, Butter, ein paar Joghurts und Milchschnitten, Getränke und ein paar andere Sachen. Er griff nach dem Eierkarton.

»Nicht schon wieder«, schimpfte er mit sich und legte den Karton zurück in den Kühlschrank.

»Ich bestelle was«, beschloss er, schließlich hatte er noch Geld, da er auf dem Rückweg hundert Euro am Geldautomaten abgehoben hatte.

Das Geld hatte er eigentlich in die Dienste einer Prostituierten investieren wollen, die nicht weit entfernt in einem Wohnungspuff arbeitete. Es hätte eine kleine Belohnung für seine mutige Tat sein sollen, aber seit dem Anruf dieser Psychologin war ihm die Lust darauf gründlich vergangen.

Im Wohnzimmer nahm er sein Handy und öffnete die App eines Lieferdienstes. »Ich gönne mir was«, beschloss er, während er durch die Angebote der verschiedenen Restaurants scrollte. Am Ende bestellte er dann doch bei McDonald's, alles andere war ihm zu teuer und er hatte Lust auf Pommes. McDonald's machte die einfach am besten.

Das wäre auch ein Job für mich. Jeden Tag so viele Big Macs und Pommes essen, wie ich will, das wäre eine feine Sache.

Über die App kam die Meldung, dass die Lieferung in vierzig Minuten bei ihm sei.

»Bis dahin verhungere ich«, jammerte er gespielt und schloss die App.

Auf dem Tisch lag die kostenlose Wochenzeitung mit Anzeigen und Werbebeilagen. Aus Langeweile blätterte er darin.

Kein Wunder, dass die kostenlos ist, dachte er, sie war voll von Inseraten und belanglosen Texten.

Das kurze Aufleuchten seines Handys ließ ihn aufschrecken, aber er prüfte lieber nicht, wer versucht hatte, ihn anzurufen oder wer ihm eine Nachricht gesendet hatte. Immerhin hätte es wieder diese hinterhältige Psychologin sein können. Also vertiefte er sich in die Zeitung, überflog ein paar einfallslose Artikel, bis er einen Text entdeckte, der sein Interesse weckte. Es ging um die Mannheimer Polizei, die ihren Aufgabenbereich vorstellte. Er war erstaunt, dass die Kriminalpolizei auch für andere Städte wie Heidelberg verantwortlich war, damit hatte er nicht gerechnet.

Dann sah er ein kleines Infokästchen, das ihn aufmerken ließ.

»Könnte das was für mich sein?«, überlegte er laut.

Warum nicht, dann würde ich direkt an der Quelle sitzen. Was Besseres kann dem Würger ja wohl nicht passieren. Immerhin wissen die nicht, dass ich der Würger bin, dachte er grinsend.

Dann las er die Überschrift noch einmal:

Die Mannheimer Polizei bietet zum 1.8.2019 Ausbildungsplätze für den Beruf des Systemadministrators in ihrer Zentrale an.

18

Den Start bei der Mannheimer Polizei hatte sich Tom deutlich entspannter ausgemalt. Wie naiv diese Vorstellung war, wurde ihm spätestens jetzt bewusst. Zusammen mit seiner neuen Partnerin Nele war er gerade auf den Planken angekommen, wo ein Anschlag auf eine junge Frau verübt worden war. Es war gut möglich, dass sie es auch hier mit demselben Täter zu tun hatten.

Die Polizei hatte den Bereich großzügig abgesperrt, dennoch hatten sich hinter der Absperrung jede Menge Schaulustige versammelt. *Gaffer, die hier nichts zu suchen haben*, dachte er bitter, aber leider konnte er sie im Moment nicht verscheuchen, da sie die Ermittlungen nicht unmittelbar behinderten.

»Können Sie uns kurz erzählen, was geschehen ist?«, sprach er einen Beamten von der Streife an.

»Eine junge Frau wurde erstochen.«

»Wann war das, hat jemand etwas gesehen?«, fragte er weiter. Die Grundinformationen kannte er bereits, sonst wäre er nicht hier gewesen. Seine Kollegin verhielt sich auffällig ruhig, das war so gar nicht ihre Art.

»Vor einer Stunde etwa. Wir sind noch dabei, die Zeugen zu befragen. Es sieht so aus, als hätte der Täter die Menschenmenge genutzt, um unbemerkt zuzuschlagen und dann in der Menge unterzutauchen.«

»Verstehe. Jemand hier, der zur Tatzeit in ihrer Nähe war?«

»Sie meinen die Zeugen?«

»Ja, genau.« Der Kollege schien etwas neben der Spur zu sein, er wirkte ziemlich aufgeregt.

Vielleicht ist er noch in der Ausbildung, überlegte Tom, der Kollege von der Streife sah sehr jung aus.

»Die drei Jungs dahinten standen neben ihr.«

»Kommen Sie«, bat Tom seine Kollegin und sie gingen zu den Jugendlichen.

»Hallo.«

»Hallo«, antwortete der Größte und Schlankste von ihnen. Er war sogar größer als Tom.

»Der Kollege von der Streife meinte, Sie wären zur Tatzeit in der Nähe gewesen«, begann Nele das Gespräch.

»Ja, Tanja ist eine Kommilitonin von uns. Wie geht es ihr?«

»Darüber können wir keine Auskunft geben. Haben Sie etwas beobachtet?«

»Nein, das ging alles so schnell. Wir haben gequatscht, sie stand etwas abseits und dann habe ich nur gesehen, wie sie zu Boden ging, und bin zu ihr geeilt. Der Boden war voller Blut.«

»Was ist mit Ihnen beiden?«, fragte Tom. Die zwei anderen waren bisher schweigsam gewesen. Einem von ihnen war so viel Farbe aus dem Gesicht gewichen, dass er fast wie ein Gespenst aussah.

»Ich habe nichts gesehen«, sagte der andere, etwas korpulentere.

»Und Sie?«, fragte nun Nele.

»Ich?«

»Ja, Sie. Oder sehen Sie noch jemanden?« Nele wirkte angespannt.

»Nein, auch nichts. Ist sie tot?«

»Da wird Ihre Freundin erstochen, Sie stehen direkt neben ihr und wollen nichts gesehen haben? Strengen Sie sich bitte an«, erhob sie ihre Stimme. Tom sah ihr an, dass sie sich mit dieser Antwort nicht zufriedengeben wollte.

Die drei Studenten schauten sich an, dann antwortete wieder der Große: »Es tut uns wirklich leid, aber wir haben niemanden gesehen. Vielleicht ja einer unserer anderen Kommilitonen.«

»Wo sind die?«

»Die sind gegangen, als der Krankenwagen kam.«

»Sie kennen die Personen aber?«

»Ja.«

»Gut, dann geben Sie mir bitte die Namen.« Der Student nannte ihr die Namen und Nele schrieb mit.

»Was machen wir jetzt?«, fragte sie, nachdem sie sich von den drei Zeugen entfernt hatten.

»Die Informationsabteilung soll Youtube und die sozialen Netzwerke durchforsten.«

»Glauben Sie, einer der Gaffer hat ein Video hochgeladen?«

»Mit Sicherheit nicht nur einer. Vielleicht haben wir Glück und der Täter wurde gefilmt.«

»Ich rufe gleich Lorenz an«, sagte sie und griff zu ihrem Handy.

Tom trat noch einmal an die Stelle, wo sich die Tat ereignet hatte. Die Kollegen von der Spurensicherung waren noch bei der Arbeit und er achtete darauf, keine Spuren zu verwischen, obwohl er nicht davon ausging, dass sie verwertbare Spuren finden würden. Alles sah nach einer spontanen und unüberlegten Tat aus.

»Hat er ein Motiv?«, überlegte er laut.

»Ja, junge Frauen töten«, antwortete Nele, die plötzlich neben ihm stand. Sie hatte ihr Gespräch mit Lorenz beendet.

»Aber warum? Hasst er sie? Sucht er nach Bestätigung oder ist es nur der Kick?«

»Wenn Sie mich fragen, ist mir das herzlich egal. Der Typ gehört in die geschlossene Anstalt oder weggesperrt.«

»Das ist das dritte Opfer, das jung, klein und zierlich ist. Er muss mit diesen Frauen irgendetwas assoziieren, ein negatives Erlebnis, einen Verlust. Etwas, was bei ihm einen Kontrollverlust auslöst.«

»Kontrollverlust? Ich glaube eher, dass er genau weiß, was er tut. Er ist auf der Jagd nach Frauen, die ihm körperlich unterlegen sind. Das sagt viel über ihn aus. Er besitzt ein geringes oder gar kein Selbstbewusstsein. Er ist den Opfern körperlich überlegen und deswegen glaubt er, sie töten zu können. Ganz klar, wir haben es hier mit einem durchgeknallten Freak zu tun.«

Diese Erklärung war für Toms Geschmack zu einfach, auch wenn er einiges an Neles Argumentation nachvollziehen konnte.

»Das erklärt aber nicht die Spontanität der Taten. Den ersten Mord hat er im Schutze der Dunkelheit begangen. Er hat das Opfer erwürgt. Das zweite Opfer hat er zu erwürgen versucht, aber dann doch erstochen und das dritte hat er gleich von vornherein erstochen.«

»Ja und?«

»Er geht unstrukturiert vor. Es sind Zufallsopfer und er agiert gleichermaßen spontan wie impulsiv. Jedes dieser Opfer muss bei ihm etwas ausgelöst haben, das ihn dazu bringt, diese Frauen töten zu müssen. Vermutlich weiß er es selbst nicht, aber sein Handeln könnte auf irgendeinem Zwang beruhen und der Auslöser für diesen Zwang könnte ein negatives Erlebnis sein.«

»Sie meinen, dass er zum Beispiel als Kind von einer zierlichen Frau missbraucht wurde und sich jetzt dafür rächt, ohne dass er sich dieses Zusammenhangs bewusst ist?«

»Möglich, es könnte aber auch eine andere Ursache sein.«

»Wir sollten in Erfahrung bringen, ob das dritte Opfer

den Anschlag überlebt hat.« Kaum ausgesprochen, winkte er einen Kollegen von der Streife zu sich.

»Ja, bitte?«

»Wissen Sie, wo man das Opfer hingebracht hat?«, fragte er. Über ihren gesundheitlichen Zustand und darüber, in welches Krankenhaus sie gefahren worden war, hatte die Zentrale sie nicht informiert, vermutlich, weil es zu dem Zeitpunkt noch unklar war.

»Ins Universitätsklinikum.«

»Danke. Können Sie mir einen Gefallen tun?«

»Welchen?«

»Sie und Ihre Kollegen sollten bitte alle Gaffer ansprechen. Fragen Sie sie, ob sie etwas gesehen haben und ob jemand eine Videoaufzeichnung gemacht hat.«

»Das sind aber ganz schön viele.« Der Blick des Streifenpolizisten wanderte zu der Menschentraube.

»Das interessiert mich herzlich wenig, eine junge Frau wurde angegriffen und hat vielleicht ihr Leben verloren, da ist es diese Mühe allemal wert.«

»Gut, machen wir. Verzeihen Sie.«

Statt zu antworten, nickte Tom nur und gab seiner Kollegin ein Zeichen, ihm zum Wagen zu folgen. Es war dringend Zeit, dass sie ins Krankenhaus kamen.

»Tanja Reinhardt ist auf der Intensivstation, sie hat viel Blut verloren«, erklärte ihnen ein Arzt in der Notaufnahme.

»Ist sie ansprechbar?«

»Mit Sicherheit nicht. Das Messer hat innere Organe verletzt. Wir haben sie in ein künstliches Koma versetzen müssen. Zu diesem Zeitpunkt können wir nicht einmal sagen, ob sie überleben wird.« Der Arzt schien über seine Frage erbost, sein Tonfall war überaus unfreundlich. Dennoch war es seine Pflicht als Polizist, solche Fragen zu stellen, schließlich war sie womöglich die beste Zeugin. Niemand kam dem Täter näher an dem Täter als das Opfer selbst. Es war nicht auszuschließen, dass sie etwas gesehen hatte.

»Hier ist unsere Karte. Rufen Sie uns bitte sofort an, wenn sie ansprechbar sein sollte«, bat er und reichte dem Arzt seine Visitenkarte.

»Okay. Ich muss weiter.« Der Arzt reichte beiden Beamten die Hand zum Abschied und entfernte sich mit schnellen Schritten.

»Wir sollten uns unbedingt mit Franz Lind unterhalten«, schlug er vor.

Nele nickte.

»Was wollen Sie denn schon wieder von meinem Sohn?«, fragte Frau Lind misstrauisch.

»Wir haben noch ein paar Fragen«, antwortete Nele.

»Sie können mir die Fragen stellen, ich kümmere mich darum.«

»So funktioniert das nicht. Wir müssen Ihrem Sohn die Fragen stellen.«

»Er schläft bereits.«

»Um diese Zeit?«

»Ja, er braucht viel Ruhe, der Arme. Der Tag war schon belastend genug.«

»Und warum?«

»Kommen Sie bitte zu einem späteren Zeitpunkt wieder.«

»Rufen Sie bitte Ihren Sohn. Er ist volljährig, die Entscheidung, ob er mit uns sprechen will oder nicht, trifft er«, entgegnete Tom. Nele sah ihm an, dass er davon ausging, sie käme bei der sturen Mutter nicht weiter.

»Er hat Ihnen doch schon alles erzählt ...«

»Frau Lind, ich möchte Sie kein zweites Mal bitten«, sagte Tom nun strenger.

»Ist ja gut«, antwortete sie und ließ die Haustür vor ihrer Nase ins Schloss fallen. »Nur Ärger mit dem Jungen«, hörten sie sie noch sagen.

»Sie hätten sie beim letzten Mal erleben sollen, da hat sie überhaupt nicht den Eindruck einer fürsorglichen Mutter gemacht«.

Tom antwortete nicht, er schien sich seinen Teil zu denken. Wenig später wurde die Tür erneut geöffnet.

»Sie wollen mit mir sprechen?«, fragte Franz Lind. Er sah tatsächlich aus, als ob er gerade aus dem Schlaf gerissen worden wäre.

»Ja, es geht um Ihre Aussage, dürfen wir kurz eintreten?«, antwortete Nele.

»Aber nur kurz, ich bin müde und möchte jetzt eigentlich schlafen.«

»Das Ganze dauert keine fünf Minuten.«

Die beiden Beamten folgten ihm in sein Zimmer in den Keller. Seine Mutter war noch dort.

»Frau Lind, können Sie uns bitte alleine lassen?«

»Kann ich nicht. Das ist immer noch mein Haus.«

»Mutter, warum musst du dauernd so anstrengend sein. Ich habe echt keinen Nerv darauf«, platzte Franz Lind augenscheinlich der Kragen.

»Das tue ich doch nur für dich, du Holzkopf«, schimpfte die Mutter, drehte sich um und verließ das Zimmer mit den Worten: »Dann nicht!«

Nele wandte sich wieder Franz Lind zu. »Sie sagten, dass Sie Natalie Pick kurz nach 21 Uhr an der Bushaltestelle gesehen haben, richtig?«

»Ja.«

»Bitte versuchen Sie sich zu erinnern. Sind Sie sicher,

dass es kurz nach 21 Uhr war und nicht vielleicht eine Stunde später?«

»Nein, ich bin doch nicht blöd. Das weiß ich ganz genau«, wurde er laut und verdrehte dabei die Augen.

»Und woher wissen Sie das so genau? Haben Sie auf die Uhr geschaut?«, wurde Nele ebenfalls lauter. Schon das erste Gespräch mit dem Zeugen war alles andere als einfach gewesen.

»Sie haben echt eine Kampflesbe zur Freundin«, kicherte Lind.

»Ich möchte Sie bitten, meine Kollegin nicht zu beleidigen, ansonsten müssen Sie mit einem Bußgeld rechnen«, reagierte Tom scharf und kam ihr damit zuvor, denn sie hatte sich gerade einen viel gemeineren Spruch zurechtgelegt. Sich von so einem zurückgebliebenen Idioten beleidigen lassen zu müssen, stand nicht in ihrer Arbeitsbeschreibung.

»Wieso? Ist doch die Wahrheit. Sie ist ein Emo.«

»Hören Sie, Herr Lind, Sie übertreten gerade eine Grenze, die Sie lieber nicht überschreiten sollten. Beantworten Sie nur die Fragen oder wir müssen das Gespräch auf dem Präsidium fortführen.«

Nele schwieg. Sollte doch der Hamburger sein Glück versuchen, ihr würde ohnehin früher oder später ein dummer Spruch herausrutschen.

»Ich habe Ihnen doch schon gesagt, dass es nach 21 Uhr war. Ich weiß das ganz genau. Ich bin doch kein Kind.«

Das merkt man aber nicht, dachte Nele ärgerlich.

»Wir glauben Ihnen. Erklären Sie uns bitte nur, woher Sie das so genau wissen?«

»Weil ich am Kiosk war, dem bei der Haltestelle. Der schließt um 21 Uhr. Und ich hatte Glück, dass er noch auf hatte«, erklärte Lind, er wiegte seinen Kopf und streckte den Bauch nach vorne. »*Franz, Habibi, möchtest du ein Bier? Ich schließe sonst den Kiosk,* hat mich Mohamed gefragt und ich habe genickt. Wenn Sie mir nicht glauben, fragen Sie ihn doch. Ich bin ja nicht blöd. Ihre Freundin hasst mich, weil sie es nicht ertragen kann, dass ich weiß, dass sie eine Lesbe ist.«

Linds Verhalten war viel zu kindisch, als dass man ihn ernst nehmen konnte, dennoch war seine Aussage von großer Bedeutung. Nele glaubte nicht, dass er log.

»Danke«, antwortete Tom und sie verließen den Keller. Franz blieb allein zurück.

»Ich hoffe, dass wir Sie jetzt los sind«, machte sich die Mutter im Flur bemerkbar.

»Das werden die Ermittlungen zeigen«, antwortete Tom, dann traten sie ins Freie. »Wir sollten uns den Kioskbesitzer vorknöpfen oder wurde er schon befragt?«

»Der Kiosk war die letzten Tage geschlossen.«

»Vielleicht haben wir heute mehr Glück.« Wortlos gingen sie zum Kiosk, der diesmal geöffnet hatte, die Fensterläden über dem Verkaufstresen standen offen.

»Guten Tag«, grüßte Tom.

»Hallo. Was wollt ihr?«, fragte der Südländer, den Nele auf Ende dreißig schätzte. Der Kiosk war ein kleines Büdchen ohne eigenen Verkaufsraum.

»Kennen Sie einen Franz Lind?«

»Ja, warum?« Er wirkte skeptisch.

Der Hamburger stellte sie vor und zeigte dem Mann seinen Dienstausweis. »Hatten Sie den Kiosk die letzten Tage geschlossen?«

»Ja. Ich war ein paar Tage bei der Familie in München. Bin heute zurückgekommen.«

Nele fand die Frage völlig überflüssig, schließlich hatten sie und die Kollegen mehrmals versucht, den Kioskbesitzer zu erreichen. Vergebens. Und das hatte sie dem Hamburger eben erst erzählt. Vertraute er ihr nicht oder zweifelte er an ihren Fähigkeiten? So oder so, seine ganze Art hatte für sie einen faden Beigeschmack.

Dummerweise hatten sie auch keinen Aushang entdeckt, mit dem der Kioskbesitzer bekannt gemacht hätte, dass er verreist wäre.

»Ich kann mir schon denken, warum Sie hier sind«, ließ sich der Mann nun wieder vernehmen.

»Und warum?«, fragte Tom.

Der andere presste die Lippen zusammen, dann schüttelte er den Kopf. »Franz hat Scheiße gebaut. War nur eine Frage der Zeit.«

19

Der Artikel und die Stellenausschreibung der Polizei ließen ihn nicht los. Es war zu verlockend, um nicht intensiver darüber nachzudenken. Jeder Superschurke träumte doch davon, sich Zugang zum Lager des Feindes zu verschaffen, um ihn auszuspionieren.

Und sein Feind war doch die Polizei, oder?

»Aber klar, sie wollen dir an den Karren fahren, sie gönnen dir den Triumph nicht«, gab er sich selbst die Antwort.

Bei der Vorstellung, bald ein Polizist zu sein, klatschte er in die Hände. Denn ein Polizist wäre er doch, wenn er dort als Systemadministrator arbeitete.

»Führst du wieder Selbstgespräche?«, hörte er seine Mutter schimpfen, sie war plötzlich in der Küche aufgetaucht.

»Musst du mich so erschrecken?«

»Du bist Gast in meinem Haus, vergiss das nicht, bevor du das Wort gegen mich erhebst«, ermahnte ihn seine Mutter. Sie schien schlecht gelaunt zu sein.

»Musst du mir immer die Laune verderben?«

Sie lachte, zog die Nase hoch und gab diese Geräusche von sich, die er so sehr hasste. Ihre nächsten Worte glichen Giftpfeilen: »Du verdirbst mir seit sechsunddreißig Jahren die Laune.«

»Ich bin fünfunddreißig.«

»Und dumm wie Brot«, höhnte sie. Erst jetzt begriff er, was sie meinte. Selbst als er noch nicht auf der Welt gewesen war, hatte sie ihn gehasst, weil er der Sohn eines Mannes war, den sie so unglaublich verachtete und den er noch nicht einmal kannte.

»Ein einziges Mal, nur ein einziges Mal könntest du dich für mich freuen, Mutter.«

»Warum? Ziehst du aus?«

»Ich werde bald einen seriösen Job anfangen.«

Nun lachte sie richtig laut, sie nahm ihn einfach nicht ernst, das war schon immer so gewesen und jedes Mal hatte es ihn bis aufs Äußerste gereizt. Sich in diesen Momenten zu verteidigen, war ihm jedoch selten gelungen. Schließlich war sie seine Mutter und er könnte sie unmöglich schlagen, dabei schrie alles in ihm danach, ihr die Kehle durchzuschneiden.

»Und was ist das für ein Job? Dieser Dönerjob, von dem du mir die ganze Zeit vorheulst?«

»Noch viel besser. Ich werde Polizist.«

»Du? Ist schon der erste April?«

»Nein, ganz im Ernst. Verdammt«, wurde er nun laut. »Da ist einmal das Glück auf meiner Seite und du nimmst mich nicht ernst. Sollte eine Mutter ihren Sohn nicht unterstützen?«

»Ich bin nicht deine Mutter. Ich habe dich nur ausgetragen. Du und Polizist. Für wie blöd hältst du mich eigentlich?«

»Ach, mir doch egal, was du denkst«, winkte er ab und wollte mit der Zeitung in der Hand die Küche verlassen, da hielt ihn seine Mutter am Arm zurück.

»Du meinst es wirklich ernst?« Ihre Stimme bekam eine Weichheit, die er nur selten bei ihr hörte.

»Ja, sehr ernst sogar. Mein Leben bekommt endlich einen Sinn und eine Ordnung.«

Der Druck an seinem Oberarm lockerte sich, seine Mutter schwieg. Sie wirkte nachdenklich. Ruhig schaute er auf sie herunter, schließlich war sie deutlich kleiner als er, und wieder erkannte er, dass sie alt war und nicht mehr dieselbe Bosheit ausstrahlte wie in den Zeiten, als er noch ein Kind gewesen war und sich nicht getraut hatte, ihr in die Augen zu schauen, aus Angst vor den Konsequenzen.

»Wolltest du nicht gehen?«, blaffte sie dann, schüttelte den Kopf und drehte ihm den Rücken zu.

»Ja, Mutter«, antwortete er und verließ die Küche. In seinem Zimmer riss er die Anzeige der Polizei aus der kostenlosen Zeitung heraus und beschloss, seinen Worten Taten folgen zu lassen.

Aber – war diese Anzeige tatsächlich die Lösung seiner Probleme? Plötzlich nahm nämlich ein ganz anderer Gedanke von ihm Besitz. Was, wenn er es wirklich durchziehen, eine Ausbildung machen und eine Karriere bei der Polizei beginnen würde, statt sich als Spion einzuschleusen?

Sollte der Würger seine Karriere an den Nagel hängen für die Aussicht, ein Bulle zu werden?, überlegte er.

Er zog sich an, nahm seinen Rucksack und die Bauchtasche, die nicht fehlen durfte, steckte die Anzeige in die Tasche und verließ die Wohnung. Die Frage beschäftigte ihn bis zur Bushaltestelle.

Eine zufriedenstellende Antwort konnte er sich jedoch nicht geben. Beide Varianten hatten ihre Vor- und Nachteile. Als Würger wusste er endlich, wie es war, selbstbewusst zu sein, ein Jemand zu sein. Außerdem wurde er in den Medien gefeiert, so jedenfalls interpretierte er die Berichterstattung über den Würger. Und das Allerwichtigste: Er hatte Macht. So etwas hatte er bislang nicht gekannt. Bisher war er immer auf der Verliererseite gewesen, die Menschen hatten sich über ihn lustig gemacht, ihn gemobbt, nicht ernst genommen und ihn wie Luft behandelt. Jetzt selbst Macht über das Leben anderer Menschen zu haben, war ein sehr geiles Gefühl, das er so leicht nicht wieder hergeben wollte.

Nur, als Polizist könnte er auch ein Held sein und er

müsste sich nicht mehr verstecken. Man könnte ihn feiern und er würde im Ruhm baden.

Anderenfalls würden die Medien und all die anderen eben weiter den Würger feiern, aber nicht ihn, weil sie ja nicht wussten, dass er der Würger war.

Das alles war furchtbar verwirrend.

»Hey, wollen Sie mit oder stehen Sie nur so rum?«, riss ihn eine Stimme aus seinen widersprüchlichen Gedanken.

Er schaute in die Richtung, aus der die Stimme kam, und blickte in das Gesicht eines genervten Busfahrers. Rasch stieg er ein und sagte: »Sonst würde ich ja nicht hier stehen.« Kopfschüttelnd suchte er sich einen Platz.

Wieder stieg er am Hauptbahnhof aus, obwohl es eine Haltestelle in der Nähe des Polizeipräsidiums gab. Er mochte den Hauptbahnhof nun mal, da gab es einige Läden, die er gerne besuchte, wie den Donutladen, in dem er sich auch gleich zwei Donuts holte.

Keine zehn Minuten später stand er vor dem Mannheimer Polizeipräsidium. Er zögerte, ob er dieses feindliche Terrain wirklich betreten sollte.

Wie hieß es doch gleich? Ein kleiner Schritt für die Menschheit, aber ein großer ... oder hieß es: Ein kleiner Schritt für den Menschen, aber ein großer für die Menschheit?, überlegte er. Er war nicht sicher, wie der weltberühmte Spruch von Neil Armstrong lautete, doch so oder so: Er fühlte sich gerade wie dieser Astronaut, wie ein Pionier, der Großes vor sich hatte. In seinem ganzen Leben hatte er noch nie eine Polizeidienststelle betreten, es hatte dafür einfach keinen Grund gegeben.

»Wollen Sie rein?«, sprach ihn ein Streifenpolizist an, der gerade zum Eingang wollte. Augenscheinlich versperrte er den Weg zur Tür.

»Ja«, nickte er und grinste dabei. »Ich bin der Neue.«

»Verstehe«, sagte der Beamte und schob sich an ihm vorbei.

Wahnsinn, der glaubt das wirklich, dachte er nicht ohne Stolz. Von diesem kleinen Euphorieschub getragen, betrat er das Präsidium und ging zum Informationsschalter.

»Wie kann ich Ihnen helfen?«, fragte die Beamtin freundlich.

»Ich wollte mich nur mal umschauen.«

»Haben Sie einen Termin?«

»Nein, ich bin der Neue«, schmunzelte er und fügte hinzu. »Na ja, fast.« Mit einem breiten Grinsen zeigte er der Frau den Zeitungsartikel samt Anzeige.

»Möchten Sie sich bewerben?«

»So sieht es aus. Ich dachte, ich komme persönlich vorbei, um mir ein Bild von meinem zukünftigen Arbeitsplatz zu machen und meine Chancen zu erhöhen. Am Ende entscheiden ja zum Glück Menschen und keine Roboter.« Er lachte, dabei bewegte sich seine Unterlippe unwillkürlich weiter, obwohl er den Satz bereits beendet hatte.

»Haben Sie Ihre schriftliche Bewerbung dabei?«

»Warum? Ich bin doch hier.«

»Das geht leider nur schriftlich.«

»Kann ich mich nicht einfach in der Personalabteilung vorstellen? Schriftlich ist nicht so meine Stärke, müssen Sie wissen. Ich bin Legastheniker.« Kaum hatte er das gesagt, betraten zwei Beamte das Präsidium. Sie konnten ihn nicht sehen, aber er sie und sofort wurde seine Laune schlechter. Daran hatte er gar nicht gedacht, aber darauf hätte er eigentlich viel früher kommen müssen.

»Das tut mir leid, wir benötigen eine schriftliche Bewerbung. Sie können sie auch gerne online über unsere Website einreichen.«

»Mal eine Frage. Gibt es bei Ihnen viele Lesben? Lesben

sind nicht so mein Ding, vor allem nicht solche Kampflesben. Aber noch schlimmer wären Schwuchteln. Hier arbeiten doch keine Schwuchteln, oder?«

»Welche Sexualität unsere Kollegen haben, ist nicht Ihre Angelegenheit. Die Mannheimer Polizei ist ein sehr toleranter Arbeitgeber. Sie sollten ernsthaft überlegen, ob eine Bewerbung für Sie Sinn macht. Mit dieser Einstellung werden Sie es sehr schwer bei uns haben.«

Er schob die Unterlippe vor, verengte seine Augen und nickte. Mit so einer Reaktion hatte er nicht gerechnet. Das war schon sehr frech. Was war denn so schlimm daran, nicht mit Homosexuellen zusammenarbeiten zu wollen? Was, wenn einer dieser Schwulen seine Freundlichkeit falsch verstand und ihn vögeln wollte?

Er schüttelte sich bei dem Gedanken, allein die Vorstellung war einfach nur schrecklich. Unweigerlich musste er an Holger und dessen Vorwurf denken, dass er schwul wäre, aber nicht dazu stehe. Doch als er eben erst wieder diese Lesbe mit den kurzgeschorenen Haaren gesehen hatte, war ihm völlig klar gewesen, dass seine Antipathie gegen diese Leute echt war.

Ohne eine Antwort zu geben, verließ er das Gebäude. Dieses Gespräch hätte er sich schenken können. Nur schwer konnte er seine Enttäuschung verbergen.

»Dann werden wir wohl Feinde bleiben. Es sollte einfach nicht sein.« Er zerknüllte den Zettel und warf ihn auf den Boden. Damit endete seine Karriere bei der Polizei und ab jetzt stand es außer Frage, dass er sich voll auf seine Karriere als der Würger konzentrieren würde.

»Und schön viel Fleisch, Bruder. Nicht so geizig sein«, sagte er zu dem Kellner eines türkischen Restaurants am Marktplatz.

»Das kriegen wir hin. Wollen Sie auch etwas trinken?«

»Nein, das reicht.« Er sah überhaupt nicht ein, drei Euro für eine Cola zu bezahlen. Er hatte seine Wasserflasche im Rucksack, aus der würde er sich heimlich ein paar Schlucke gönnen. Die Terrasse des Restaurants war sehr gut besucht, was vermutlich an dem schönen sonnigen Wetter lag.

Er ließ seinen Blick schweifen. Die Ausländerquote in dieser Ecke war nicht zu übersehen, als Deutscher war man hier deutlich in der Minderheit. Ab und an hatte er das Gefühl, dass man ihn beobachtete, da er mit seiner blassen Hautfarbe und seiner Körpergröße schon auffiel. Mit seinen ein Meter neunundachtzig war er nun mal deutlich größer als die meisten Südländer, die um ihn herum an den Tischen saßen.

Er nahm sein Handy aus seiner Bauchtasche und schaute aufs Display. Keine Anrufe, was ihn nicht wirklich wunderte. Bis sein Essen kam, probierte er neue Klingeltöne aus.

»Ich hoffe, es ist genug Fleisch«, schmunzelte der Kellner, als er ihm den Teller reichte.

»Das sollte passen. Bin echt hungrig. Wenn ich wütend bin, bin ich immer hungrig.«

»Warum sind Sie wütend? Bei dem schönen Wetter gibt es doch keinen Grund dafür.«

»Wenn du wüsstest.« Er schnaubte. »Egal, ich habe Hunger.« Allein der Gedanke an das Gespräch mit dieser arroganten, selbstgefälligen Beamtin ließ ihn mit den Zähnen knirschen.

Der Kellner sagte nichts und ging ins Restaurant zurück.

Warum gerade Dönerfleisch ihm so gut schmeckte, konnte er gar nicht sagen. Waren es die Gewürze oder lag es einfach an der Tatsache, dass er grundsätzlich ein Fleischesser war? Egal, es war lecker und diese Mahlzeit hatte er sich redlich verdient.

Immer wieder holte er seine Flasche aus dem Rucksack und trank einen Schluck. Als sein Teller leer war, war auch ein Großteil seiner schlechten Laune verflogen.

Nachdem er bezahlt hatte, beschloss er, zurück zum Hauptbahnhof zu gehen, um nach Hause zu fahren, da er keinen Grund sah, weiter in der Stadt zu bleiben, und außerdem Lust auf Fortnite hatte.

Seine rechte Hand ruhte in seiner Jackentasche, in der die Spritze lag. Die durchsichtige Kappe hatte er für den Transport auf die Nadel gesteckt.

»Die hast du auch noch nicht ausprobiert«, murmelte er. Irgendwie war der Wurm drin, es war nicht leicht, jemanden zu finden, dem er die Spritze in den Hals jagen konnte.

Auf den Planken blieb er an einer Eisdiele stehen, da er plötzlich Lust auf ein Spaghetti-Eis bekommen hatte. Sein Blick wanderte zur Uhr, kurz überlegte er, dann nickte er sich aufmunternd zu. »Warum nicht, etwas Zeit hast du noch.«

Um seine Entscheidung nicht erneut überdenken zu müssen, nahm er Platz und kurz darauf kam der Kellner zu ihm.

»Ciao«, grüßte er ihn. »Lassen Sie mich raten, ein Spaghetti-Eis?«

Ein breites Grinsen huschte über sein Gesicht. »So sieht es aus«, bestätigte er und beschloss, ihm mindestens einen Euro Trinkgeld zu geben. Dass er als Stammgast wiedererkannt wurde, freute ihn. »Wissen Sie was, zur Feier des Tages gönne ich mir noch einen Espresso.«

»Das sollten wir hinkriegen.« Die freundliche Art des Angestellten gefiel ihm, so musste guter Service aussehen. Der Kellner entfernte sich und er griff nach seinem Handy. Wie gewohnt wollte er sich um seine Klingeltöne kümmern. Er hörte sich einige an, dabei schweifte sein Blick kurz nach rechts, wo sich drei junge Männer an einen Nebentisch setzten. Noch hatten sie ihn nicht entdeckt und er hoffte, dass es so bleiben würde. Er spürte, wie seine Anspannung zunahm und seine Laune sich zusehends trübte, wie die Wolken, die gerade über den Himmel zogen.

So ein Mist! Verkrampft hielt er sich an seinem Handy fest.

Zum Glück kam da der Kellner. Das Eis würde ihm helfen, nicht die Nerven zu verlieren. Kaum war der Kellner verschwunden, schlug er zu.

So sehr er sich vornahm, es nicht zu tun, er kam nicht dagegen an. Er musste rasch zu den Männern nebenan schauen, zwei von ihnen waren Markus und Jochen.

Sein Blick traf den von Jochen und schnell wandte er sich ab, um sich wieder auf sein Eis zu konzentrieren, aber er konnte regelrecht fühlen, dass sie jetzt über ihn herzogen, ihn verhöhnten und sich über ihn lustig machten.

Schau dir den Freak an, wie der sein Eis in sich reinstopft, dabei ist er doch wahrlich fett genug, glaubte er zu hören.

Er musste hier weg, dringend. Also aß er noch schneller. Er begann zu schwitzen und das Atmen fiel ihm immer schwerer. Aber das leckere Eis einfach stehenzulassen, kam auch nicht infrage. Endlich hatte er aufgegessen, den Espresso stürzte er ebenso schnell herunter und stand auf, um zu zahlen. Er hatte keine Zeit, auf die Bedienung zu warten, und da er sah, dass der Kellner im Laden war, ging er hinein.

»Ich möchte zahlen«, sagte er.

»Gleich, ich muss erst den Kunden bedienen«, antwortete der Kellner sehr zu seiner Verärgerung und trat aus dem Laden, um jemandem sein Eis auf die Terrasse zu bringen.

Als könnte es nicht noch schlimmer kommen, betrat in diesem Moment Jochen den Laden.

»Ist das nicht ein bisschen zu warm?«, fragte sein Ex-Kollege.

Statt zu antworten, drehte er ihm den Rücken zu. Ob er eine Jacke trug und wie dick sie war, war immer noch seine Entscheidung, das ging niemanden etwas an.

Jochen lachte und ging weiter, vermutlich zur Toilette. »Was für ein Freak«, hörte er ihn sagen, doch da kam der Kellner und er konnte endlich bezahlen, um diesen verhassten Ort zu verlassen.

Geradezu panisch stürzte er aus dem Laden, dabei übersah er die junge Frau, die gerade hereinkam, stolperte über ihr Bein und fiel zu Boden.

Genau in dem Augenblick kam Jochen zurück und lachte ihn aus. Auch seine Freunde lachten, bis am Ende alle über ihn lachten.

»Das ist das Einzige, was ihr könnt. Lacht ruhig, aber am Ende werde ich siegen. Ich bin ein dunkler Held«, brüllte er der Menge entgegen, stand auf und eilte davon. Begleitet wurde er dabei nur von dem einen Gedanken: Jemand musste heute noch sterben!

20

»Kannst du bitte das Handy weglegen«, sagte Tom zu Sophie, als er sich an den Tisch setzte. Seine drei Kinder und seine Schwester saßen bereits, Martha hatte für alle gekocht.

Tom hatte noch bis eben gearbeitet, die Suche nach diesem Wahnsinnigen beschäftigte ihn mehr, als er zugeben wollte.

»Nur schnell diese eine Nachricht«, antwortete Sophie und tippte weiter.

»Mein liebes Mädchen!«, wurde Tom nun etwas fordernder. »Damit fangen wir gar nicht erst an. Mit wem schreibst du dir denn?«

»Mit Laura.«

»Das kann warten. Ihr könnt gerne nach dem Essen so viel telefonieren, wie ihr mögt, aber jetzt hat Tante Martha uns allen etwas Leckeres gekocht und es wäre sehr undankbar, das Essen kalt werden zu lassen, weil man ständig aufs Handy starrt.«

»Es ist aber wichtig«, reagierte Sophie trotzig.

»Was kann es mit vierzehn Jahren so Wichtiges geben? Handy vom Tisch, sonst ziehe ich es ein«, drohte er. Dass er sich jetzt von seiner Tochter auf der Nase herumtanzen ließe, fehlte gerade noch.

»Bei Mama durfte ich das auch.«

»Ganz bestimmt nicht!« Dass sie jetzt ausgerechnet Daniela erwähnen musste, passte ihm gar nicht. Natürlich wusste er, dass seine Frau nachsichtiger gewesen war als er. Aber wenn sie alle am Tisch saßen, galten seine Regeln, das hatte auch Daniela unterstützt. »Mach mich nicht wütend.«

»Sonst was? Du machst es dir leicht. Für dich ändert sich nichts. Du hast deinen Job. Dass wir all unsere Freunde zurücklassen mussten, interessiert dich überhaupt nicht. Und Martha nutzt du auch nur aus.«

»Sophie! Du gehst sofort auf dein Zimmer!«

Das ließ sich seine Tochter nicht zweimal sagen, sie schob den Stuhl wütend nach hinten, stand auf und lief weg.

»Das arme Kind. Tom, musste das sein?«, mischte sich jetzt Martha in die Diskussion ein.

»Ja, das musste sein. Ich will nicht, dass die Kinder dir auf der Nase rumtanzen oder deine Gutmütigkeit ausnutzen. Das hier ist für uns alle keine leichte Situation. Sophie muss endlich lernen, das zu akzeptieren.«

»Sie ist halt sensibel«, entgegnete Martha.

»Eher stur«, widersprach er.

»Da kenne ich noch jemanden«, lachte seine Schwester und stand auf.

»Was machst du?«

»Sophie ihr Essen bringen.« Bevor er etwas sagen konnte, nahm sie Sophies Teller und verließ die Küche.

»Ihr beiden versprecht mir, dass ihr euch noch viel Zeit mit dem Älterwerden lasst.«

»Zum Glück haben wir kein Handy«, sagte Emma, während Amelie sich auf ihr Essen konzentrierte.

»Ich hoffe, dass es euch schmeckt.«

»Ja, sehr lecker«, antwortete Amelie. Auf Wunsch der Zwillinge hatte seine Schwester Nudeln mit ihrer Spezialsauce gemacht. Dazu gab es einen Salat.

Tom begann auch zu essen. Er hatte den ganzen Tag noch nichts gehabt, die Ermittlungen hatten es einfach nicht zugelassen.

»Du solltest gleich mit deiner Tochter reden«, sagte Martha, als sie die Küche wieder betrat.

»Und du solltest endlich essen, bevor es kalt wird.«

»Mach dir um mich keine Sorgen. Wirst du mit Sophie reden?«

»Ja«, antwortete er.

»Gut«, sie nickte. »Wie sind deine neuen Kollegen?«

»Umgänglich, wenn auch etwas gewöhnungsbedürftig, bis auf Ernst.«

»Und das heißt?«

»Na ja, der ein oder andere ist noch etwas distanziert. Wie meine Kollegin Nele Blum. Ich glaube, sie hat Angst, dass ich ihr die Butter vom Brot nehmen will. Und sie ist auch nicht gerade einfach.«

»Lass mich raten, sie ist taff und geigt dir die Meinung«, schmunzelte seine Schwester.

»Witzig.«

»Was dann?«

»Sie ist halt ziemlich von sich eingenommen und schießt ab und an übers Ziel hinaus. Manchmal habe ich das Gefühl, dass sie ihren Beruf nicht ernst genug nimmt und die professionelle Distanz vermissen lässt.«

»Also redet sie, wie ihr der Schnabel gewachsen ist? Das ist doch schön, dann weißt du wenigstens, woran du bist. Oder ist dir jemand lieber, der das sagt, was du gerne hören möchtest?«

»So meinte ich das nicht. Egal, lass uns über etwas anderes reden. Wie war dein Tag?«, versuchte er das Gespräch in seichtere Gewässer zu lenken. Sicher war es nur eine Frage der Zeit, bis er und Nele aneinandergeraten würden.

Das Essen war trotz des unangenehmen Starts noch harmonisch verlaufen und Martha hatte nicht weiter nachgebohrt. Jetzt stand Tom vor der Zimmertür seiner Tochter. Er klopfte an und trat ein.

»Was willst du?«, schnauzte sie ihn an.

Er atmete aus, denn er wusste, dass sich das Gespräch vermutlich nicht so entwickeln würde, wie er sich das wünschte. Sophie konnte ausgesprochen stur sein, aber Pubertät hin oder her, sie musste bestimmte Regeln akzeptieren.

»Hat es dir geschmeckt?«, fragte er. Sein Blick wanderte zu dem leeren Teller.

»Ja, aber Martha hat es gekocht nicht du. Lass mich in Ruhe.«

»Mensch, Sophie, ich will nicht, dass wir streiten. Wir müssen als Familie zusammenhalten. Du bist die Älteste und musst ein Vorbild für die Zwillinge sein. Ich möchte nicht, dass Tante Martha denkt, meine Kinder wären verzogen.«

»Das hat nichts mit Tante Martha zu tun. Du hast mich am Tisch angepflaumt.«

»Weil du gegen die Regeln verstoßen hast.«

»Ich wollte nur schnell eine Nachricht schicken. Außerdem sind es deine Regeln, nicht meine.«

Tom schüttelte den Kopf, ein kurzes Lachen entfuhr ihm. »Ich bin dein Vater, selbstverständlich stelle ich die Regeln auf«, stellte er fest und versuchte, nicht allzu streng dabei rüberzukommen.

»Du hast mich nie gefragt, ob ich in dieses Kaff will! Alle meine Freunde sind in Hamburg. Hast du auch mal daran gedacht?«

»Fräulein, du bewegst dich gerade auf sehr dünnem Eis. Wie hätte das in Hamburg funktionieren sollen? Wer hätte sich um die Zwillinge gekümmert, während ich Dienst habe?«

»Ich.«

»Du? Du kannst dich nicht mal um dich selbst kümmern. Ich will darüber nicht mehr diskutieren. Es gibt kein Zurück nach Hamburg. Jedenfalls so lange nicht, bis die Zwillinge alt genug sind, dass ich mir keine Sorgen um sie machen muss.«

»Du vertraust mir einfach nicht.«

»Das hat nichts mit Vertrauen zu tun«, er seufzte leise. Warum musste sie nur so unnachgiebig sein? Eigentlich war es sinnlos, weiter mit ihr zu diskutieren.

»Doch. Mama hat mir vertraut, du nicht. Du bist ein Macho.«

»Es reicht, mach mich nicht wütend.«

Sophie atmete hörbar durch die Nase ein und aus, aber ihre Mimik sprach Bände. Im selben Augenblick klingelte sein Handy. Er nahm es und sah, dass Nele anrief.

»Das Gespräch ist noch nicht beendet, junge Dame«, sagte er zu seiner Tochter, als er das Zimmer verließ, um den Anruf anzunehmen.

»Aber nur fünf Minuten. Die Patientin ist momentan noch sehr schwach«, ermahnte die Krankenschwester die beiden Beamten. Tom hatte sich sofort nach dem Anruf seiner Kollegin auf den Weg zur Universitätsklinik gemacht.

»Keine Sorge, es dauert nicht lange«, antwortete Nele. Die Krankenschwester sagte nichts, sie rümpfte nur die Nase, dann entfernte sie sich und beide Beamten betraten das Patientenzimmer.

Die schwer verletzte Tanja Reinhardt lag alleine dort, sie mussten sich also keine Gedanken darüber machen, dass ihr Gespräch mitgehört wurde.

»Guten Abend, Frau Reinhardt. Wir sind von der Mannheimer Kriminalpolizei. Das ist mein Kollege …«, begann Nele die Begrüßung.

»Guten Abend. Wie geht es Ihnen?«, fragte Tom.

»Mir ist schwindelig und ich fühle mich schwach«, antwortete sie und hustete. Ihr Gesicht wirkte blass und der Ausdruck in ihren Augen sagte ihm, dass sie noch immer nicht verstand, was passiert war, warum so etwas Schlimmes überhaupt geschehen konnte.

»Wir haben ein paar Fragen an Sie«, ergriff Nele wieder das Wort.

»Welche?«

»Können Sie sich an den Angreifer erinnern?«

Tom war überrascht, dass sie gleich mit der wichtigsten Frage startete, er hätte zunächst eine eher unwichtige Frage gestellt, um zu prüfen, wie der geistige Zustand der Patientin war, aber für eine Korrektur war es jetzt zu spät.

»Leider nicht. Es ist alles so schnell passiert. Ich habe nur einen Stich gespürt, dann einen unendlichen Schmerz und dann habe ich das Bewusstsein verloren.« Wieder hustete sie, dabei verzog sich ihr Gesicht. Sie musste noch immer starke Schmerzen haben, trotz der Schmerzmittel, die sie mit Sicherheit bekam.

»Versuchen Sie sich bitte zu erinnern. Manchmal sind es unbedeutende Kleinigkeiten. Sie standen mit Ihren Freunden zusammen und der Mann hat sich Ihnen von hinten genähert.«

Tanja schloss die Augen, Nele warf Tom einen Blick zu. Er machte eine beruhigende Geste, da er annahm, dass Tanja die Augen schloss, um sich zu konzentrieren.

Nach einer Weile öffnete sie ihre Augen ganz langsam wieder. »Ich glaube, er war groß. Sehr groß. Ich kann mich vage erinnern, dass jemand Großes an mir vorbeilief.«

»Danke, das ist doch schon etwas. Wissen Sie auch, ob er kräftig war?«

Wieder schloss Tanja die Augen, dabei zuckten ihre Augenlider. Die Konzentration kostete sie augenscheinlich viel Kraft.

»Gut möglich«, sagte sie dann. »Aber ich bin mir nicht sicher. Da waren so viele Leute um uns herum.«

»Hatten Sie in letzter Zeit mit jemandem Streit oder hat Ihnen jemand nachgestellt?«, fragte Tom, schließlich war es nicht auszuschließen, dass sie es hier mit einem anderen Täter als dem Würger zu tun hatten, da die Tat nicht so recht in sein Täterprofil passte, bis auf die Ausnahme, dass das Opfer klein und zierlich war und der Angriff vermutlich spontan geschah.

»Glauben Sie, es war jemand aus meinem Bekanntenkreis?«

»Wir stehen noch am Beginn der Ermittlungen, daher ist jeder Hinweis wichtig«, erklärte Nele.

»Ich kann mir nicht vorstellen, dass jemand, den ich kenne, mir so etwas antun würde. Ich bin niemand, der Streit sucht.«

»Vielleicht ein heimlicher Verehrer?«

»Nein, da gibt es niemanden.«

»Was ist mit den sozialen Profilen, hat Ihnen da vielleicht jemand in letzter Zeit nachgestellt?«

»Mein Instagramprofil ist privat, da haben Fremde keinen Zugriff drauf. Und von den einhundert Freunden kenne ich jeden einzelnen.«

Es klopfte an der Tür und die Krankenschwester trat ein. »Frau Reinhardt braucht ihre Nachtruhe«, mahnte sie und blieb im Zimmer stehen. Sie machte nicht den Eindruck, als würde sie wieder gehen wollen.

»Wenn Ihnen noch etwas einfallen sollte, informieren Sie bitte die Krankenschwestern, dann kommen wir Sie erneut besuchen«, sagte Nele und die beiden Beamten folgten der Schwester nach draußen.

»Der Doktor meinte, dass sie großes Glück hatte und wohl über den Berg ist, aber dafür braucht sie sehr viel Ruhe. Das sollten auch die Herrschaften von der Polizei verstehen.«

»Hier ist unsere Karte, wenn etwas sein sollte, rufen Sie bitte an«, antwortete Tom freundlich. Auf ihre belehrenden Worte ging er nicht ein. Natürlich wollte er, dass Tanja wieder gesund wurde, alles andere lag ihm fern. Aber sie mussten zwei Morde aufklären und je länger sie mit der Befragung warteten, desto größer war die Wahrscheinlichkeit, dass sie sich an gar nichts mehr erinnerte.

»Von der Beschreibung her würde das auf Franz Lind zutreffen«, sagte Nele, als sie das Gebäude verließen.

»Daran habe ich auch gedacht.«

»Und wenn man bedenkt, was der Kioskbesitzer gesagt hat, ist das unsere heißeste Spur.«

»Vielleicht. Dass Lind junge Frauen anspricht oder ihnen gegenüber aufdringlich ist, macht ihn aber noch lange nicht zu einem Mörder«, gab Tom zu bedenken.

»Vielleicht sollten wir ihn noch einmal in die Mangel nehmen. Wir wissen nicht, wo er sich zur Tatzeit aufgehalten hat.«

»Gut, dann besuchen wir ihn. Ich fahre.«

»Dann müssen Sie mich aber auch wieder hierher zurückfahren.«

»Das sollten wir hinkriegen.«

»Sie haben sich Ihren Einstand in Mannheim sicherlich anders vorgestellt, oder?«

Tom antwortete nicht, stattdessen öffnete er die Tür und stieg in den Wagen. Nachdem auch seine Kollegin saß, fuhr er los.

»Wovon wurden Sie losgerissen?«, fragte Nele.

»Ich war gerade beim Abendessen.«

»Schon ärgerlich, wenn man seine Kinder mitten beim Essen alleine lassen muss.«

»Das ist unser Job. Das geht Tausenden Kollegen nicht anders.«

»Ja, mag sein. Aber manchmal überlege ich, ob das nicht zu egoistisch von uns ist.«

»Warum sollte es?«

»Na ja ... egal.« Sie schien den Satz, der ihr auf der Zunge lag, doch nicht aussprechen zu wollen.

»Was ist mit Ihnen? Wobei wurden Sie unterbrochen?«

»Ehrlich gesagt, war ich über den Anruf froh, derzeit ist etwas dicke Luft.«

»Verstehe.«

»Das glaube ich kaum«, entgegnete sie und schaute aus dem Beifahrerfenster.

Tom ging auf ihre Anspielung nicht ein, da es ihn ehrlicherweise nicht sonderlich interessierte und er sich nicht für einen guten Zuhörer hielt. Jeder Mensch hatte Probleme und er war noch nie derjenige gewesen, der Fremden seine Schulter zum Ausheulen anbot. Das war einfach nicht sein Ding, schließlich würde er selbst auch nie auf die Idee kommen, seinen Kummer oder seine Sorgen Nele anzuvertrauen. Solche Dinge machte er mit sich selbst aus.

Die restliche Fahrt verlief still, was ihm sehr entgegenkam, so konnte er wenigstens seine Gedanken sortieren, wobei Sophie immer wieder durch seinen Kopf geisterte. Sie machte ihm Sorgen, ihre Launen waren seit dem Tod seiner Frau immer schlimmer geworden, dabei hatte er gehofft, dass der Ortswechsel gerade ihr guttun würde.

Was für ein Trugschluss ..., dachte er, als er auf die Zielstraße einbog und den Wagen vor der Anschrift parkte.

»Was wollen Sie um diese Zeit hier?«, blaffte sie die Mutter an.

»Wir müssen kurz mit Ihrem Sohn sprechen«, antwortete Tom ungerührt.

»Müssen? Wieso müssen Sie? Können Sie nicht anrufen oder wie jeder vernünftige Mensch zu einer christlichen Zeit kommen? Oder sind Sie nicht gottesfürchtig?«

Es war nicht zu übersehen, dass sie auf Krawall gebürstet war.

»Frau Lind, bitte rufen Sie Ihren Sohn her, ansonsten können wir auch anders. Es sollte wirklich in Ihrem Interesse sein, dass wir uns kurz mit Ihrem Sohn unterhalten.«

Frau Lind gab einen abschätzigen Laut von sich. »Halten Sie mich nicht für dumm. Ich weiß, was Sie vorhaben. Aber ich bin nicht auf den Kopf gefallen. Mein Sohn hat mit den Morden nichts zu tun. Er ist ein guter Junge, auch wenn er mir viel Kummer macht und ich ihn öfter gerne an die Wand klatschen möchte. Aber er ist kein Mörder, hören Sie.« Sie riss ihre Augen weit auf und beugte sich zu Tom vor. Ihr Blick war ernst.

»Rufen Sie bitte Ihren Sohn«, entgegnete Tom unbeeindruckt.

»Franz ... Franz!«, rief sie ins Innere des Hauses. »Komm her. Die Polizei will dich sprechen.« Aber Franz reagierte nicht, jedenfalls erschien er nicht an der Tür.

»Dürfen wir eintreten?«

»Warum? Glauben Sie etwa, ich bin nicht in der Lage, meinen Sohn herzurufen? Das ist mein Haus.« Und damit knallte sie die Haustür zu.

»Mann, ist die gut drauf«, bemerkte Nele. »Bei so einer Mutter darf man sich nicht wundern, wenn der Sohn neben der Spur ist.«

Tom erwiderte nichts, aber in Gedanken gab er ihr recht.

Leider gab es sicherlich eine ganze Menge Erwachsener, die völlig ungeeignet dafür waren, ein Kind großzuziehen, und dennoch Kinder in die Welt setzten. Das Kinderkriegen selbst war einfach, aber die Verantwortung, die es mit sich brachte, war eine große Bürde, derer sich einige nicht bewusst waren.

»Klingeln oder gehen?«, fragte Nele. Tom sah ihr an, dass sie mit ihren Gedanken woanders war und er nahm an, es hatte etwas mit ihrer Andeutung im Auto zu tun.

Gerade als er die Klingel betätigen wollte, wurde die Tür geöffnet.

»Sie haben zehn Minuten. Der Trottel hat doch tatsächlich geschlafen. Sie wissen ja, wo sein Zimmer ist.« Die Mutter machte einen Schritt zur Seite und die beiden Beamten traten ein.

Tom klopfte kurz an die Tür, dann traten sie ins Zimmer.

»Guten Abend, Herr Lind«, sagte Tom. Seine Kollegin schwieg.

»Ich hab so gut geschlafen, nur wegen Ihnen hat mich meine Mutter geweckt, das war sehr gemein«, jammerte Franz Lind. Seine Augen wirkten müde und sein Blick verschlafen. Er trug einen Pyjama, der nicht so ganz zu seiner stattlichen Körpergröße passte – er war mit Superhelden bedruckt und mindestens zwei Nummern zu klein.

»Wir haben nur ein paar Fragen, dann können Sie gerne weiterschlafen.«

»Das sagen Sie so leicht, aber was, wenn ich nicht einschlafe?« Franz rieb sich die Augen. »Was wollen Sie denn noch wissen, ich habe Ihnen alles erzählt, was ich weiß.«

»Waren Sie in den letzten Tagen in der Innenstadt?«, fragte Nele.

»Nein, warum sollte ich?«

»Kann das jemand bezeugen?«

»Ich war hier, meine Mutter weiß das. Warum wollen Sie das wissen?« Seine Blicke wanderten zwischen den beiden Beamten hin und her, er wirkte angespannt.

Tom war unschlüssig, ob er ihm glauben sollte. Seine Körpersprache strahlte Unsicherheit, Nervosität und Angst aus, alles Zeichen, die darauf hindeuteten, dass er log. Aber er war geistig etwas zurückgeblieben, daher musste man diese Anzeichen vorsichtig beurteilen.

»Wir haben uns mit dem Kioskbesitzer unterhalten. Er behauptet, dass Sie jungen Frauen nachstellen», provozierte Tom. Er wollte sehen, wie Franz Lind auf so eine Anschuldigung reagierte.

»Er lügt«, platzte er dann endlich heraus. »Er lügt!« Dabei wanderte sein Blick immer wieder zu seinem Computerbildschirm, auf dem ein Bildschirmschoner lief.

Dass Lind nur zufällig in diese Richtung schaute, glaubte Tom nicht, dafür wirkte er plötzlich zu aufgeregt, auf seiner Stirn hatten sich kleine Schweißperlen gebildet. Lind wirkte auch nicht mehr müde, sodass Tom geneigt war, zu glauben, dass er die Müdigkeit nur vorgespielt hatte.

Bevor er etwas sagen konnte, hatte Nele bereits zwei schnelle Schritte gemacht und betätigte eine Taste am Computer. Was dann auf dem Bildschirm erschien, änderte alles.

21

Die letzten Tage war er absolut lustlos und motivationslos gewesen. Jedes Mal, wenn er aus der Stadt nach Hause gefahren war, hatte er so viel Wut im Bauch gehabt, dass er glaubte, nur eine weitere Heldentat des Würgers könnte ihn beruhigen. Doch er hatte keine junge Frau gefunden, bei der es sich gelohnt hätte, sie zu töten.

Er war der Würger, und der Würger konnte nicht wahllos töten, auch wenn schon lange alles in ihm danach schrie, seine Wut endlich an jemandem auszulassen. Am Ende hatte ein Hund dran glauben müssen, der ihm einmal über den Weg gelaufen war, augenscheinlich ohne Herrchen. Vielleicht hatte man ihn auch ausgesetzt, das kam ja nicht selten vor. Insofern hatte er auch kein schlechtes Gewissen gehabt, dem Hund sein Messer in den Bauch zu stechen. Dieses Tier würde schließlich niemand vermissen.

Trotzdem war das Erlebnis ein völlig anderes. Der Hund war ohnehin wehrlos und ihn am Boden liegen zu sehen und um sein erbärmliches Leben kläffen zu hören, hatte ihm nicht dasselbe Gefühl gegeben, das er empfand, wenn er eine junge Frau erwürgte oder ihr das Messer in den Körper rammte.

»Der Würger muss endlich wieder auf die Straße«, sagte er und fuhr sich mit seinen Händen über die Kopfhaut. Er spürte die Stoppel und wusste, dass ein Schnitt dringend fällig war. Vor einigen Jahren hatte er sich zwangsläufig dafür entschieden, sich eine Glatze zu rasieren, da ihm schon sehr früh die Haare ausgefallen waren und er nicht mit einem Haarkranz herumlaufen wollte.

So wie mein Vater.

»Quatsch«, sagte er laut, um den Gedanken zu verdrängen, dabei entsprach diese Tatsache der Wahrheit. Im Fotoalbum seiner Mutter hatte er einmal ein Foto von seinem Vater gesehen, er hatte einen Haarkranz getragen und seit diesem Tag erfasste ihn jedes Mal ein Ekel, wenn er an diese Frisur dachte.

Seine Mutter hasste seinen Vater, das war klar, aber was er ihm gegenüber empfand, interessierte niemanden. Nie hatte ihn seine Mutter danach gefragt, nie seine Freunde oder sonst jemand. Als wäre sein Vater Luft, nicht existent. Aber sein Vater war da, er besuchte ihn, früher öfter als heute. In seinen Albträumen. Und nicht selten hatte er sich gewünscht, ihm einmal persönlich zu begegnen, um ihm die Faust ins Gesicht zu schlagen oder sein Messer in die Rippen zu stechen. In all den Jahren war sein Vater kein einziges Mal auf den Gedanken gekommen zu fragen, was aus seinem Sohn geworden war.

Als er vor fünf Jahren ein Praktikum in der Verwaltung der Stadt gemacht hatte, war er auf die verrückte Idee gekommen, nach seinem Vater zu suchen, und tatsächlich hatte er eine Person mit den passenden Daten gefunden. Weiter hatte sein Mut allerdings nicht gereicht, seine Hände hatten gezittert und er war fast in Ohnmacht gefallen. Für ihn Beweis genug, dass er diesen Dämon mit dem Namen seines Vaters lieber für ewig in die tiefsten Abgründe seines Unterbewusstseins verbannen sollte.

Seitdem hatte er sich nicht mehr mit seinem Erzeuger beschäftigt und je älter er wurde, desto seltener erschien ihm sein Geist in seinen Träumen.

Wieder fuhr er mit der rechten Hand über seinen Kopf, die Stoppel waren natürlich noch da.

»Verdammt!«, fluchte er laut, stand vom Bett auf und

ging ins Bad. Er holte den Rasierer aus der Schublade und entfernte die Stoppel. Dann schaute er sich im Spiegel an.

»Das sieht doch schon viel besser aus.« Er nickte zufrieden. »Du siehst wirklich echt gut aus. Zu dumm, dass die Frauen das nicht erkennen. Heute müssen alle einen Sixpack haben, wie langweilig.«

Sein Magen knurrte, er musste etwas essen, also verließ er sein Zimmer und ging in die Küche.

»Mutter«, rief er, aber es kam keine Antwort. »Mutter! Ich habe Hunger«, rief er erneut. Keine Reaktion. »Verdammt, die schläft bestimmt noch.« Er ging zu ihrem Schlafzimmer, klopfte kurz an und öffnete die Tür.

Ihm wäre es niemals eingefallen, ohne anzuklopfen hineinzugehen, weil er wusste, wie launisch sie morgens sein konnte.

Durch die offene Tür hörte er sie jetzt schnarchen wie ein Sägewerk. Kurz überlegte er, ob er sie wecken sollte, damit sie ihm seine Eier mit Speck machte, entschied sich dann aber dagegen. Er schloss die Tür und kehrte in die Küche zurück.

Dort machte er sich selbst Eier mit Speck und stellte die heiße Pfanne auf den Tisch. Da er ohnehin den gesamten Inhalt verputzen würde, brauchte er keinen Teller. Der Speckgeruch regte seinen Appetit an.

Er holte eine Colaflasche aus dem Kühlschrank und begann zu essen. Sein Handy lag neben ihm auf dem Tisch.

Ohne seine Mutter war es geradezu beängstigend ruhig. Sie war zwar abgrundtief böse und hatte ihm schlimme Sachen angetan, aber diese Ruhe war noch viel beängstigender, zumal er zu den Menschen gehörte, die sich rasch in Dinge hineinsteigerten und zu viel Fantasie hatten.

Plötzlich erschrak er und fast wäre ihm der Holzlöffel aus der Hand gefallen.

»Wer bist du?«, fragte er. In der Ecke stand eine junge Frau, sie trug ein hässliches, löchriges, dreckiges Kleid, vermutlich ein Nachthemd. Ihre schwarzen Haare waren ungepflegt, sie sah aus, als wäre sie gerade aus dem Bett gestiegen. Ihr Gesicht war schmal, beinahe knochig, ihre Wangenknochen standen weit hervor, dazu hatte sie schwarze Augen, so ein Schwarz hatte er noch nie gesehen. Ihre Lippen waren mit Fäden zugenäht.

Sie schaute ihn nur an und wiegte dabei ganz langsam den Kopf.

»Wer bist du?«, wiederholte er seine Frage. Er ärgerte sich, dass er sein Messer nicht dabei hatte, es lag in seinem Zimmer auf dem Tisch. »Bist du real?«

Doch die junge Frau antwortete noch immer nicht, sie starrte ihn einfach an, wiegte ihren Kopf und fast war ihm, als würden ihre schwarzen Kohleaugen immer größer.

»Hau ab, ich habe ein Messer«, schrie er sie an. Ihre stoische Haltung machte ihm eine Heidenangst, seine Worte lösten ganz offensichtlich keine Reaktion bei ihr aus, sie starrte ihn noch immer an und machte dieselbe wiegende Bewegung.

Und dann flog sie auf ihn zu.

Er war starr vor Angst, er konnte sich nicht bewegen. Dann stand sie direkt vor ihm.

Sie öffnete langsam ihren Mund, dabei rissen die Fäden ihre Lippen auf, sie bluteten, aber es war schwarzes Blut. »Dich liebt niemand«, flüsterte sie.

Er schloss die Augen, er zitterte wie verrückt und war zu keiner Regung fähig. Als er die Augen öffnete, war die Frau weg.

Ängstlich drehte er sich um aus Sorge, sie könnte sich von hinten anschleichen, aber sie blieb verschwunden. Er atmete erleichtert aus, nahm die Colaflasche und leerte ihren kompletten Inhalt. Seine Hand zitterte, doch nachdem er die Flasche geleert hatte, hatte er sich wieder beruhigt. Er wischte sich den Schweiß von der Stirn.

Das Display seines Handys leuchtete auf. Er warf einen kurzen Blick darauf. Es war eine Terminerinnerung:

Dr. Rieke, Nervenarzt.

»Vielleicht war das ein Zeichen. Du magst sie zwar nicht, weil sie in deiner Psyche rumbohrt, aber sie hat auch Gutes gesagt. Ohne sie wäre einiges vielleicht noch viel schlimmer gekommen. Sie hätten dich eingewiesen«, murmelte er selbstkritisch.

Er ging ins Badezimmer, da er in seinem jetzigen Zustand unmöglich das Haus verlassen konnte. Er duschte, zog sich saubere Kleidung an und holte seinen Rucksack, seine Bauchtasche und ein paar andere Sachen. Zuletzt zog er seine Jacke und die Schuhe an. Bevor er das Haus verließ, ging er zum Schlafzimmer seiner Mutter. Statt anzuklopfen, trat er ganz nah an die Tür und horchte.

»Sie schläft noch immer«, dachte er laut und war insgeheim froh, dass sie nicht in der Küche gewesen war, als er dieser gruseligen Frau begegnet war. Bei seinem Glück hätte sie sie nicht gesehen und ihn für verrückt erklärt. Seine Mutter war unberechenbar und grundsätzlich gegen ihn.

Eine Stunde später stand er vor der Praxis. Er schaute auf das Display seines Handys, um zu schauen, ob er gut in der Zeit lag.

»Noch zwanzig Minuten.« Er konnte sich nicht erinnern, dass er einmal unpünktlich gewesen war, da konnte sich jede Schweizer Taschenuhr eine Scheibe von ihm abschneiden, ganz zu schweigen von anderen Menschen. Die meisten kamen immer zu spät. Er nicht, dabei war er nicht einmal verpflichtet, zu diesem Termin zu gehen, doch die gruselige Frau hatte ihn fast an den Rand eines Nervenzusammenbruchs gebracht. Also stand er jetzt hier.

»Geh rein«, ermahnte er sich.

Sein Mund wurde trocken, er versuchte seine Lippen mit der Zunge zu befeuchten, aber es gelang nicht. Er brauchte etwas zu trinken. Also holte er die Flasche Wasser aus seinem Rucksack und nahm einen kräftigen Schluck.

»Schön, Sie zu sehen. Ich hatte schon Sorge, dass Sie nicht kommen«, wurde er da angesprochen. Fast hätte er sich verschluckt. Er nahm die Flasche vom Mund und sah Dr. Rieke in die Augen.

»Warum? Ich stehe zu meinem Wort«, entgegnete er, doch insgeheim ärgerte er sich, weil er wusste, dass es jetzt kein Zurück mehr gab.

»Schön, kommen Sie doch bitte rein.«

Er folgte ihr in die Praxis, am Empfang reichte er der Assistentin seine Krankenkassenkarte und die Psychologin bat ihn, noch kurz im Wartezimmer Platz zu nehmen. Wie es schien, hatte ihr Arbeitstag gerade erst begonnen. Reichlich spät, es war jetzt kurz vor zwölf.

Oder sie hatte einen Außentermin, überlegte er.

Am Ende war es auch egal, was interessierten ihn die Sorgen und Nöte anderer, hier ging es nur um ihn.

Er nahm eine der vielen Zeitschriften, die auf dem Tisch lagen, und blätterte lustlos darin herum. Mit jeder Minute, die verstrich, wurde der Wunsch immer stärker, einfach hinauszulaufen, da seine Sorge wuchs, dass Dr. Rieke ihm Fragen stellen würde, die ihm unangenehm waren, weil die Antworten sie nichts angingen.

Doch dann wurde sein Name aufgerufen, er stand auf und ging ins Behandlungszimmer.

»Setzen Sie sich bitte«, begann die Psychologin.

»Sie haben echt Glück.«

»Warum?«, fragte sie. Ihre Stimme war ruhig, fast so, als würde sie meditieren oder beinahe einschlafen.

»Na ja, ehrlich gesagt, wäre ich wohl nicht gekommen, wenn ich nicht dieser gruseligen Frau begegnet wäre.«

»Einer gruseligen Frau?« Sie hob die Augenbrauen, dabei glaubte er zu sehen, wie für den Bruchteil einer Sekunde ein heller Strahl durch ihre Augen schoss.

»Ja, in der Küche. Sie hat mir eine Heidenangst eingejagt. Plötzlich stand sie vor mir, in ihrem dreckigen Kleid, und starrte mich aus diesen schwarzen Kohleaugen an. Richtig gruselig.«

»Was ist dann geschehen?«, wollte sie wissen. Mit dieser Frage überraschte sie ihn, er hatte angenommen, sie würde ihm sagen, dass es diese Frau gar nicht gäbe.

Also habe ich nicht halluziniert, dachte er erleichtert. *Ich bin nicht verrückt!*

»Nichts Bestimmtes. Sie ist auf mich zugeflogen, um mir Angst zu machen. Aber als ich die Augen geschlossen habe, ist das Miststück verschwunden.«

Dr. Rieke nickte, dann hielt sie ihren rechten Zeigefinger vor die Lippen, nickte wieder und fragte mit der gleichen ruhigen Stimme: »Hat diese Frau etwas gesagt?«

Er schob die Unterlippe nach vorne, verengte seine Augen und legte den Kopf etwas schräg, gleichzeitig verschränkte er die Arme.

»Sie hat nichts gesagt.« Dann lachte er kurz. »Wäre auch schwer möglich gewesen, ihre Lippen waren mit Fäden zugenäht.«

Dr. Rieke atmete ein, er konnte nicht einschätzen, ob sie ihm glaubte oder nicht.

»Möchten Sie reden?«

»Deswegen bin ich doch hier«, zeigte er sich leicht verärgert. Was glaubte sie denn, weshalb er hier war?

Ob sie auf mich steht?, überlegte er, schließlich fand er sich schon attraktiv und gefühlt war die Psychologin uralt, deshalb sicher inzwischen ganz trocken im Intimbereich, da war es nur folgerichtig, dass sie etwas Junges, Knackiges wie ihn nicht von der Bettkante schubsen würde.

Die Psychologin atmete durch die Nase aus und fuhr sich über die grauen schulterlangen Haare – ein Zeichen für ihn, dass sie ihn mochte. Er hatte einmal etwas über Körpersprache gelesen, daher konnte er diese Geste ganz gut einschätzen und fühlte sich darin bestätigt, dass sie ihn anziehend fand. Nur war sie so ganz und gar nicht sein Typ und nur für die Quote würde er nichts mit ihr anfangen, so ein Mensch war er nicht.

»Dann machen Sie es sich bitte auf der Couch gemütlich«, bat sie ihn und stand auf. Dr. Rieke war groß, er schätzte sie auf gut einen Meter achtzig, und für seinen Geschmack deutlich übergewichtig. Lauter Attribute, die er unattraktiv fand.

Er wollte sich gerade auf die Couch legen, da sagte sie: »Möchten Sie nicht Ihre Jacke ausziehen?« Sie nahm auf dem Sessel neben der Couch Platz.

»Ganz vergessen, dass ich eine anhabe«, lachte er. Den Rucksack hatte er schon vorher abgelegt, jetzt zog er die Jacke aus.

»Die Bauchtasche vielleicht auch.«

»Die stört mich aber nicht. Ich liege doch auf dem Rücken.«

»Sie werden entspannter sein, wenn Sie die Bauchtasche ablegen, vertrauen Sie mir.«

»Ich möchte sie aber anbehalten.« Warum sollte er jeder

ihrer Forderungen nachgeben? Immerhin bezahlte er sie für ihren Job, da musste sie sich schon ihm anpassen.

»Wie Sie mögen. Ich werde jetzt etwas Musik spielen lassen, die Ihnen helfen soll, sich zu entspannen.«

»Dann wollen wir, oder? Ich bin ja nicht zum ersten Mal hier.«

Sie lächelte, aber er sah ihr an, dass es nicht ernst gemeint war, es wirkte verkrampft. Sie startete die Musik, es war eine langsame und weiche Melodie, beinahe esoterisch, sie hätte gut zur Sitzung einer Sekte gepasst, dennoch musste er zugeben, dass sie half, etwas Ruhe zu finden.

»Schließen Sie die Augen und konzentrieren Sie sich auf die Musik«, bat sie mit ihrer weichen, leisen Stimme.

Er gehorchte. Kurz wurde ihm schwindelig, als er die Augen schloss, aber er versuchte sich nur auf die Musik zu konzentrieren und seine Ängste und Sorgen nicht an sich heranzulassen.

»Sie verschmelzen immer mehr mit der Musik ...«, hörte er Dr. Rieke flüstern und fast war es wirklich so, als würde er eine Einheit mit dieser Musik bilden. Er stellte sich vor, die Melodie wäre ein Fluss, in dem er badete, bis er allmählich wie warme Butter darin zerfloss, um eins mit ihm zu sein.

»Wie fühlen Sie sich gerade?«, fragte sie.

»Leicht, sehr leicht, als würde mich dieser Fluss tragen«, antwortete er und spürte, dass er immer müder wurde. Seine Sorgen, seine Ängste und all die bösen Gedanken, vor allem auch die Wut, fielen von seinen Schultern. Es war, als würde man ihm eine schwere Eisenrüstung abnehmen.

»Sie lassen sich immer weiter fallen ...«, hörte er die Psychologin sagen, aber in Gedanken war er längst mit diesem Fluss und der Landschaft drumherum verschmolzen. Der

Fluss war wolkig weich, er schwebte auf ihm und immer mehr wurden sie eins. Um den Fluss herum war es grün und er hörte die Vögel zwitschern. Schmetterlinge flogen über seinen Kopf, sie schienen glücklich zu sein. Alle waren glücklich.

Doch plötzlich wurde ihm kalt, er verstand nicht, warum. Dunkle Wolken zogen auf und verdrängten die Sonne, dann erstarb das Zwitschern der Vögel und die Schmetterlinge stürzten in den Fluss. Sie waren tot, es war fürchterlich.

Er bekam es mit der Angst zu tun, er wollte aus dem Wasser heraus, aber es ging nicht, zu sehr hatte er sich mit ihm verbunden. Der gefährliche Fluss wurde immer schneller, er war inzwischen tiefschwarz und bedrohlich.

Da stand sie plötzlich vor ihm. Diese gruselige Frau, wie aus dem Nichts war sie aufgetaucht und riss den Mund auf, die Fäden hinterließen dabei noch tiefere Verletzungen in ihren Lippen.

»Du kannst vor der Wahrheit nicht davonlaufen!«, rief sie.

Von Panik beherrscht, riss er die Augen auf in der Hoffnung, diesem Horror dadurch zu entfliehen, aber sie war noch immer da. Sie stand in der hinteren Ecke des Zimmers und starrte ihn an.

»Machen Sie sie weg«, rief er der Psychologin zu.

»Wen soll ich wegmachen?«, fragte sie, sie wirkte irritiert.

»Diese gruselige, hässliche Missgeburt hinter Ihnen.« Er zeigte mit der Hand auf die Frau.

Dr. Rieke drehte sich um, schaute in die Richtung, dann wandte sie sich wieder ihm zu. »Da ist niemand. Ich möchte, dass Sie sich auf meine Stimme konzentrieren, Sie haben gerade eine Wahnvorstellung. Versuchen Sie, langsam zu atmen und sich auf meine Stimme zu konzentrieren.«

»Ich weiß doch, was ich sehe. Machen Sie sie weg, töten Sie diese Missgeburt!«, wurde er laut.

»Bitte versuchen Sie, auf meine Stimme und auf die Musik zu hören. Versuchen Sie sich zu entspannen. Diese Frau ist das Ergebnis Ihrer Ängste und Ihrer nervlichen Belastung. Ein Verlust ist immer eine schwierige Angelegenheit ...«

»Töten Sie diese Hexe«, brüllte er, er konnte das dämliche Gelaber nicht mehr ertragen. Dann sprang er auf, öffnete die Bauchtasche, nahm sein Messer heraus und lief auf die entsetzliche Frau zu. »Nicht mit mir. Du wirst nicht über mich herrschen«, brüllte er und stieß mit dem Messer zu, aber sie sprang weg. Er sprang ihr hinterher und versuchte immer wieder, sie zu treffen, aber sie war schneller als er und sprang hinter seinen Rücken.

Plötzlich war sie weg. Er legte sich auf den Boden und atmete schnell, sein Herz raste, seine Kleidung war von Schweiß durchtränkt, aber das war egal, sie war endlich weg.

Nachdem er sich beruhigt hatte, nahm er seine Jacke und seinen Rucksack.

»Lassen Sie uns bitte über das gerade Erlebte sprechen«, bat Dr. Rieke. Dass sie ängstlich wirkte, nahm er nur am Rande wahr.

»Da gibt es nichts zu besprechen. Sie sehen mich nie wieder. Wer sagt mir denn, dass diese Hexe nicht zu Ihnen gehört?«

»Sie brauchen dringend psychologische Hilfe, ansonsten werden diese Wahnvorstellungen zunehmen. Niemand kann von Ihnen erwarten, dass Sie das, was Ihnen zugestoßen ist, so schnell verarbeiten können. Lassen Sie mich Ihnen bitte helfen.«

»Bestimmt nicht. Und rufen Sie mich nie wieder an«, schimpfte er. Wutentbrannt lief er aus der Praxis.

Sein Weg führte ihn direkt zur nächsten Bäckerei. Er brauchte dringend etwas Süßes. Zucker half ihm immer, sich zu beruhigen, also bestellte er sich einen Bienenstich und eine Cola. Dann nahm er an einem freien Tisch Platz, um den Kuchen zu essen, und tatsächlich wurde er mit jedem Bissen ruhiger und entspannter. Nachdem er aufgegessen hatte, holte er sein Handy heraus und probierte ein paar Klingeltöne, auch das half ihm deutlich, sich zu beruhigen.

»New York«, sagte er zu sich. Es könnte eine Lösung sein, diesem Horror zu entkommen. »In New York würde mir so was sicher nicht passieren. Dreckshexe. Dreckspsychologin. Wegen ihr ist diese hässliche Frau überhaupt erschienen. Es ist allein ihre Schuld. Von wegen, sie will mir helfen«, schimpfte er leise. »Manchmal bist du ziemlich doof. Ohne sie warst du doch gut dran, warum musstest ...« Er führte den Gedanken nicht zu Ende.

Da sah er, dass er eine Nachricht erhalten hatte. Sie war von Dr. Rieke. Statt sie zu lesen, löschte er sie und sperrte ihre Nummer. Er wollte nie wieder etwas mit ihr zu tun haben.

Er blieb noch eine Weile in der Bäckerei sitzen, dann nahm er sein Bluetooth-Headset, steckte es ins rechte Ohr und verließ die Bäckerei.

Auf dem Weg zum Bahnhof schaute er sich immer wieder um aus Sorge, dass dieses Monster ihn erschrecken könnte. Als er schließlich im Bus saß und nach Hause fuhr, hatte er die Frau fast vergessen, stattdessen hatte sich ein neuer Gedanke in ihm breitgemacht: der Wunsch, auszuziehen.

»Zu einem neuen Leben gehört auch eine neue Wohnung. Vielleicht ist es Zeit, sich abzunabeln. Mutter muss das verstehen.«

Er starrte auf seine Hände, dann schüttelte er den Kopf.

»Nein, Mutter versteht nichts, sie ist egoistisch. Trotzdem hat sie nicht das Recht, über mein Leben zu bestimmen. Sie hat mich jahrzehntelang gequält und mich wie ihr Eigentum, wie ein Tier behandelt. Ich schulde ihr nichts.«

So in Selbstgespräche vertieft, hätte er fast seine Haltestelle verpasst, konnte aber noch rechtzeitig aus dem Bus springen.

Kurz darauf betrat er das Haus, es wirkte geradezu gespenstisch. Normalerweise empfing seine Mutter ihn immer lautstark, indem sie ihm eine Gemeinheit an den Kopf warf, doch jetzt war es unheimlich ruhig. Entweder war sie im Garten oder sie schlief noch, sodass er beschloss, direkt in sein Zimmer zu gehen. Er würde auch morgen noch mit ihr über seinen Wunsch, auszuziehen, reden können.

Also spielte er erst einmal Fortnite, das war die beste Ablenkung. Ein paar Opfer niederzumetzeln, würde ihm helfen, die Welt wieder mit anderen Augen zu sehen. In diesem Moment wirkte sie jedenfalls schwarz, düster und gefährlich, sodass er noch nicht einmal das Bedürfnis hatte, als der Würger für Schlagzeilen zu sorgen.

Die Türklingel störte sein Spiel.

»Mutter, öffnest du die Tür?«, brüllte er, aber das erneute Klingeln sagte ihm, dass sie das nicht tun würde.

»Verdammt.« Also musste er an die Tür. Er hoffte, dass es etwas Wichtiges war. Ärgerlich warf er den Gamecontroller auf die Couch, dann öffnete er die Tür. Vor ihm stand eine junge Frau, nein, eher eine Jugendliche. Sie war klein und zierlich und hatte braune Haare, die ihr bis zu den Schultern reichten.

»Hallo, verzeihen Sie, dass ich störe. In unserer Schule sammeln wir für die Flutopfer von Mosambik.«

»Verstehe. In welche Klasse gehst du denn?« Ein wunderbares Kribbeln durchfuhr seinen Körper.

»Ich bin in der zwölften Klasse des Johanna-Geissmar-Gymnasiums.«

»Komm doch rein, meine Geldbörse liegt auf der Kommode«, sagte er und sie betrat tatsächlich den Flur. Zufrieden ließ er die Haustür hinter ihr ins Schloss fallen und musste unwillkürlich grinsen. Die Kleine konnte nicht wissen, wie perfekt sie war.

22

»Glaubst du, dass er der Täter ist?«, fragte Lorenz, als Tom und Nele den Besprechungsraum betraten.

»Mich würde das nicht wundern. Die Täterbeschreibung passt, und was sich auf dem Computer befand, spricht nicht gerade gegen diese Annahme«, antwortete Nele.

»Ich halte es für verfrüht, eine solche Aussage zu treffen«, entgegnete Tom. »Es gibt Indizien, die gegen ihn sprechen, aber sein Profil passt nicht so recht zum Täter. Er ist naiv und geistig zurückgeblieben.«

»Na ja, nur weil er dumm ist, heißt das nicht, dass er nicht ein eiskalter Killer sein kann«, beharrte Nele. Ab und an wurde sie das Gefühl nicht los, dass der Hamburger aus Prinzip gegen ihre Position Stellung bezog.

Ernst betrat den Raum, er schaute kurz in die Runde und grüßte alle, dann nahm er Platz.

»Ich werde es kurz machen, da ich gleich ein Gespräch mit dem Präsidenten habe. Aber es ist sicher sinnvoll, dass wir uns noch einmal alle abstimmen und unsere Informationen synchronisieren. Christian, kannst du uns bitte kurz auf den aktuellen Stand bringen?«

»Klar«, antwortete Christian. »Wir können inzwischen davon ausgehen, dass wir es bei allen drei Taten mit demselben Täter zu tun haben. Die DNA der Hautpartikel, die wir am ersten und zweiten Opfer finden konnten, haben eine hundertprozentige Übereinstimmung. Das Messer, das bei Opfer zwei und drei genutzt wurde, hat eine identische Klinge, daher ist es sehr unwahrscheinlich, dass wir es bei dem dritten Angriff mit einem anderen Täter oder einem Trittbrettfahrer zu tun haben, obwohl keine Würgemale gefunden wurden.«

»Können wir den Täterkreis anhand des Messers eingengen?«

»Leider nicht. Die Einstichstellen lassen darauf schließen, dass es sich um ein Taschenmesser handelt, dessen Klinge etwa zwei Zentimeter schmal und wahrscheinlich um die neun bis elf Zentimeter lang ist. Vermutlich ein Einhandtaschenmesser. Jedenfalls sind solche Taschenmesser ohne großen Aufwand frei im Handel erhältlich.«

»Und selbst wenn nicht, an verbotene Messer zu gelangen, ist doch heute ein Kinderspiel. Die werden auf jedem Flohmarkt unter der Hand verkauft«, kommentierte Nele.

»Hast du noch etwas?«, fragte Ernst. Auf Neles Kommentar ging er nicht weiter ein.

»Nichts, was ihr nicht schon in den Berichten gelesen habt und was uns dem Täter näher bringen könnte.«

»Danke. Was ist mit dir, Lorenz?«

»Wir sind den meisten der öffentlichen Hinweise bereits nachgegangen, leider war kein einziger stichhaltiger Tipp dabei. Es kommen aber täglich noch immer um die siebzig Hinweise rein, vor allem zu der Tat auf den Planken. Ich habe im Postfach circa zwanzig Videoaufzeichnungen von Handynutzern, die ich noch auswerten muss. Vielleicht hat jemand den Täter zufällig gefilmt. Es gibt aber Bewegung bei dem Handy des ersten Opfers Natalie Pick. Lutz Fischer, ein guter Freund und Kollege von der Kripo Köln schaut es sich gerade genauer an. Er hat eine Software entwickelt, mit der er gelöschte WhatsApp-Nachrichten und andere gelöschte Inhalte wiederherstellen kann. Wir haben nämlich eine Software auf dem Handy gefunden, die wohl heimlich darauf gespielt wurde und mit der man immer sehen konnte, wo Natalie sich aufhielt. Es könnte eine Sackgasse sein, vielleicht war es ein Virus oder Spam. Aber ich denke, es macht Sinn, wenn Lutz und wir uns das genauer anschauen.«

»Gut, bleib dran, wollen wir hoffen, dass ihr etwas findet«, entgegnete Ernst. »Was ist mit den sozialen Netzwerken? Gibt es irgendeine Verbindung zwischen den drei Opfern?«

»Nach derzeitigem Stand der Nachforschungen nicht. Die drei Frauen kannten sich nicht. Es muss sich um Zufallsopfer handeln. Die ersten beiden Taten lassen wie gesagt vermuten, dass der Täter vielleicht aus der Ecke kommt oder jemanden in der Nähe der beiden ersten Tatorte regelmäßig besucht.«

»Verdammt!«, platzte Nele heraus. »Franz Lind wohnt in der Ecke. Ich verstehe nicht, warum wir dem nicht endlich die Daumenschrauben anlegen.«

»Weil wir in einem Rechtsstaat leben und ohne richterlichen Beschluss nichts geht. Egal wie sehr das Lämmchen brüllt«, konnte sich Martin einen sarkastischen Kommentar nicht verkneifen. »Das geht vielleicht im Land des Sultans.«

»Was ist denn mit dir los? Hat dich deine Schnecke nicht rangelassen?«, biss Nele zurück. Sie hatte ohnehin das Gefühl, dass Martin schlecht gelaunt war, er machte die ganze Zeit einen genervten Eindruck.

»Bitte, wir wollen doch sachlich bleiben. Zurück zu dem Fall und höchste Konzentration. Wir haben zwei Leichen und eine schwer verletzte junge Frau, die den Anschlag zum Glück überleben wird. Eure Sticheleien könnt ihr euch für den Feierabend aufbewahren«, mahnte Ernst. Nele bewunderte ihn für seine Gelassenheit und wünschte sich, sie hätte auch etwas von seiner stoischen Ruhe. Dass ihr neuer Partner nicht Partei für sie ergriff, sah ihm ähnlich.

»Dann soll Martin solche dämlichen Sprüche sein lassen«, verteidigte sie sich.

»War doch nur Spaß«, schmunzelte der Kollege, der es augenscheinlich mochte, wenn sie gereizt war.

»Lorenz, hast du noch was für uns?«

»Leider nichts, was uns derzeit weiterhelfen könnte. Auch die Gespräche mit den Kommilitonen haben nichts ergeben. Ich bin gerade dabei, Informationen über Franz Lind zu sammeln. Die heißeste Spur könnten die Videos von den Gaffern sein, die ich noch auswerten muss.«

»Danke. Was ist mit dir, Martin? Hat das Gespräch mit Paul Biller etwas ergeben und was ist mit den Gesprächen mit den Anwohnern?«

»Auch ich muss dich enttäuschen. Aber es war zu erwarten, dass Biller sich nicht bereiterklärt, einen freiwilligen DNA-Test zu machen. Ehrlich gesagt, hätte ich das auch nicht getan. Macht ihn das deshalb verdächtig? Ich denke, er scheidet aus, allein wegen der Täterbeschreibung durch das dritte Opfer. Biller ist zu klein, um der Täter zu sein.«

»Wir wissen aber auch nicht, wie glaubwürdig die Aussage von Tanja Reinhardt ist. Sie ist gestürzt und glaubt, einen großen, kräftigen Mann gesehen zu haben. Der heftige Sturz kann ihrer Erinnerung durchaus einen Streich gespielt haben«, kommentierte Nele.

»Hältst du Biller also für den Täter?«

»Das habe ich nicht gesagt«, blieb sie vage.

»Was ist mit den Anwohnern?«, fragte Tom.

»Gleiches Ergebnis wie bei den vorherigen Gesprächen. Niemand hat den Täter gesehen, geschweige denn die Tat.«

»Gut ... nicht gut, aber so ist das manchmal. Hast du mit deinem Team denn sämtliche Anwohner angesprochen, die infrage kommen, etwas gesehen zu haben?«, fragte Ernst.

»Nein, es sind noch einige offen. Auch müssen wir einige Angestellte der Geschäfte, die in der Nähe des Tatortes in der Fußgängerzone liegen, befragen. Vielleicht hat von denen jemand etwas gesehen.«

»Das stimmt. Hat einer der Läden eine Videoüberwachung, die auch die Fußgängerzone filmt?«, fragte Ernst.

»Offiziell nicht, daher haben wir kein Videomaterial dazu erhalten. Das war es vorerst von mir.«

»Danke. Was ist mit euch?«, fragte Ernst, sein Blick wanderte zu Tom.

»Wirklich weitergekommen sind wir auch nicht. Ich halte übrigens die Aussage von Tanja Reinhardt für glaubwürdig, daher scheidet Paul Biller für mich als Täter vorerst aus. Es gibt zu viele Indizien, die darauf schließen lassen, dass wir es mit einem frustrierten Täter zu tun haben, der seine Opfer einzig und allein nach ihrem Aussehen aussucht. Es muss etwas bei ihm auslösen, dass er die Kontrolle verliert und bereit ist, zu töten. Gut möglich, dass er eine gestörte Persönlichkeit hat und mit dem Aussehen der Opfer ein tiefgreifendes Erlebnis verbindet. Er wird vermutlich von Hass geleitet. Vielleicht war seine Exfreundin klein und zierlich und hat ihn verlassen, was er nicht verkraftet hat«, antwortete Tom.

Warum er gerade jetzt eine ausführliche Charakterstudie zu dem Täter ablieferte, war Nele schleierhaft. Ernst hatte nur nach dem Stand der Ermittlungen gefragt, nicht mehr und nicht weniger. Vermutlich wollte er sich profilieren, als Neuer im Team war es ihm sicher peinlich, dass sie noch immer nichts Stichhaltiges hatten, und das konnte sich jemand wie Tom, der in Hamburg eine große Nummer gewesen war, nicht leisten. Dafür war er eben zu sehr ein Macho und von seinen Fähigkeiten überzeugt. In Nele brodelte es.

»Was darüber hinaus erstaunlich ist: Er prahlt mit seinen Taten nicht in den Onlinemedien.«

»Warum sollte er?«, fragte Nele.

»Nun, wenn wir davon ausgehen, dass er ein Außenseiter mit hoher Gewaltfantasie ist, ist es nicht unwahrscheinlich, dass er sich mit diesen Taten hervortun will, dass er sich Aufmerksamkeit wünscht«, erklärte er.

»Vielleicht reicht ihm ja die Aufmerksamkeit der Medien. Immerhin haben sie ihm den Spitznamen *der Würger* gegeben«, wandte Martin ein.

»Gut möglich. Oder aber er hat tatsächlich eine gespaltene Persönlichkeit und sieht keinen Grund, sich mit den Taten auseinanderzusetzen, weil er sich keiner Schuld bewusst ist. So oder so, er hat mit Sicherheit große psychische Probleme. Und das könnte ein weiterer Ansatzpunkt für uns sein.«

»Wie meinst du das?«, fragte Ernst, er wirkte plötzlich aufmerksamer. Unbewusst hatte er den Körper gestreckt und sich nach vorne gebeugt.

Nele fiel es schwer, zu verbergen, wie genervt sie war. Diesen Punkt hatte Tom mit ihr noch gar nicht besprochen. Es fühlte sich so an, als würde er ihr in den Rücken fallen, um die Lorbeeren einzukassieren. Aber das würde sie nicht auf sich sitzen lassen.

»Es wäre sehr gut möglich, dass er gerade in psychologischer Behandlung ist. Wir sollten unbedingt die Psychologen in Mannheim und im näheren Umfeld aufsuchen und fragen, ob jemand, der unserem Täterprofil entspricht, gerade in Behandlung ist.«

»Sie wissen aber schon, dass es so etwas wie ärztliche Schweigepflicht gibt?«, erwiderte Nele, diese Steilvorlage konnte sie nicht ungenutzt lassen.

»Ja und? Was haben wir denn zu verlieren? Wir jagen

einen Serientäter, der jeden Augenblick wieder zuschlagen könnte. Wenn wir nicht jede Option nutzen, wäre das höchst fahrlässig. Wollen Sie das verantworten? Außerdem entbindet die Ankündigung eines Mordes oder der Bericht darüber Psychologen von der Schweigepflicht.«

Nele schwieg. Seine Erwiderung ärgerte sie maßlos, weil er zu allem Überfluss auch noch recht hatte.

»Das ist eine sehr gute Idee. Ich werde einige Mitarbeiter und Kollegen von der Streife damit beauftragen. Lorenz, kannst du mir im Laufe des Tages die Adressen aller Praxen, die infrage kommen, zur Verfügung stellen?«

»Das sollte klappen«, nickte Lorenz.

»Sehr gut. Und jetzt erzähl mir bitte, was es mit diesem Franz Lind auf sich hat«, bat Ernst und warf Nele einen kurzen Blick zu.

»Wir haben auf seinem Rechner Bilder von Natalie Pick gefunden, ebenso von Hunderten anderen jungen Frauen. Er fotografiert sie heimlich.«

»Macht ihn das denn gleich zu einem berechnenden Mörder?«

»Möglich«, sagte Nele beinahe trotzig, ausschließen konnte sie es zu diesem Zeitpunkt jedenfalls nicht. »Er passt genau ins Täterprofil. Er ist groß, kräftig, ein Außenseiter und geistig labil. Darüber hinaus hat er ein sehr schwieriges Verhältnis zu seiner Mutter. Ein Mann, der viel Wut in sich trägt. Ich denke, das sind genug Anhaltspunkte, die es rechtfertigen würden, eine Hausdurchsuchung oder sogar eine Verhaftung zu veranlassen.«

»Er hat aber ein Alibi, wenn ich euren Bericht richtig gelesen habe.«

»Von seiner Mutter«, entgegnete sie.

»Trotzdem ist es ein Alibi. Dass er junge Frauen heimlich fotografiert, ist kein Kavaliersdelikt, dafür wird er juristisch belangt werden. Aber das allein reicht leider nicht, um damit zum Staatsanwalt zu gehen oder einen Richter um einen Beschluss zu bitten. Wir brauchen mehr.«

»Ich weiß, dennoch stimmt mit ihm etwas nicht«, presste Nele heraus. Es war einfach nur ärgerlich, dass sie gefühlt keinen Schritt vorankamen.

»Es ist okay, dass du dich ärgerst, am Ende sind wir auch nur Menschen. Behaltet den Tatverdächtigen im Auge. Wenn es neue Informationen gibt, die den Verdacht erhärten, dass er der Täter sein könnte, kommt bitte auf mich zu. Dann bewerten wir die Sachlage neu.«

Nele nickte nur. Ernst schaute auf seine Armbanduhr. »Gut, das war's dann. Weitere Besprechungen gebe ich kurzfristig bekannt.«

Er stand als Erster auf, nach ihm die anderen Kollegen.

»Kann ich Sie kurz sprechen?«, bat Nele den Hamburger.

»Wo drückt denn der Schuh?«, fragte er freundlich. Dass er nicht wusste, warum sie ihn sprechen wollte, konnte sie sich kaum vorstellen.

»Ich dachte, wir sind ein Team.«

»Das sind wir auch, warum?«

»Ich weiß ja nicht, wie das in Hamburg gehandhabt wird, aber hier in Mannheim weiht man seinen Kollegen ein.«

»Meinen Sie die Idee mit den Psychologen?«

»Hat es jetzt Klick gemacht?«

»Sie sollten sich nicht so anstellen, die Idee kam mir gerade erst in der Besprechung. Es liegt mir sicherlich fern, Ihnen Informationen vorzuenthalten.« Er wirkte ernst und sie war geneigt, ihm zu glauben.

»Verstehe. Ich wollte das nur klarstellen.«

»Gut, dann können wir uns ja wieder auf den Fall konzentrieren oder liegt Ihnen noch etwas anderes auf dem

Herzen?« Der beinahe spöttische und arrogante Ton war nicht zu überhören.

»Dafür werden wir bezahlt«, kommentierte sie seinen Seitenhieb. Den Gedanken, der ihr gerade durch den Kopf huschte, behielt sie jedoch für sich. Ein Streit wäre jetzt wirklich nicht ratsam. »Was schlagen Sie vor, was wir als Nächstes machen sollten?«

»Wir sollten noch einmal alle Hinweise überprüfen. Vielleicht haben wir etwas übersehen. Kommen Sie.«

Bevor Nele etwas erwidern konnte, war er schon aus dem Besprechungsraum gegangen, sodass ihr nichts anderes übrigblieb, als ihm zu folgen.

Im Büro hatten sie bereits auf einer Wand Zettel mit sämtlichen Hinweisen, Querverweisen und Überlegungen aufgeklebt.

»Ihr Handy klingelt«, sagte Nele.

Er nahm es heraus, schaute aufs Display und legte es auf den Tisch.

»Wollen Sie nicht rangehen?«

»Nein, das ist meine Tochter. Sie muss lernen, dass sie mich nicht jederzeit anrufen kann. Wenn es dringend ist, wird sie mir eine Nachricht schicken.«

»Okay.« Nele fand seinen Standpunkt etwas unterkühlt, da sie aber keine Kinder hatte und sich auch nicht vorstellen konnte, einmal welche zu haben, erlaubte sie sich keine weitere Meinung dazu.

»Ich glaube nicht, dass wir etwas übersehen haben«, sagte Nele, nachdem sie zwei Stunden lang jedes noch so kleine Detail, jeden Hinweis und jede Spur auf den Kopf gestellt hatten. »Der Täter ist ein Ersttäter, sonst hätte die Datenbank schon angeschlagen. Er ist einer dieser Freaks, bei denen plötzlich ein paar Synapsen falsch schalten.«

»Seine Taten sagen mir, dass er kein Profi ist und auch nicht überlegt und planend vorgeht. Solche Täter machen immer Fehler.«

»Wieso muss ich da gerade an Franz Lind denken?«, warf sie erneut in den Ring. »Wenn wir ihn zu einer freiwilligen DNA-Probe bewegen könnten, wäre uns sehr geholfen.«

»Das hat er abgelehnt. Freiwillig wird er uns nicht entgegenkommen und mit dem Alibi der Mutter haben wir auch keine Handhabe, einen richterlichen Beschluss zu erwirken.«

»Aber auf Lorenz warten oder darauf, dass sich vielleicht ein Psychologe meldet, und bis dahin Däumchen drehen kann doch auch nicht die Lösung sein«, ließ sie ihrem Frust freien Lauf.

»Bestimmt nicht«, antwortete Tom, aber Nele sah ihm an, dass auch er etwas ratlos war, dies aber offensichtlich nicht zugeben wollte.

Nun klingelte ihr Handy, auf dem Display erschien der Name von Kerstin. Es war das erste Mal, dass sie sich seit ihrem kleinen Streit am Telefon wieder meldete. Nele hatte sie schon fast vergessen, aber in diesem Moment spürte sie, dass sie sich freuen würde, Kerstin wiederzutreffen, dennoch nahm sie das Gespräch nicht an. Der Hamburger lächelte kurz, was sicherlich eine Anspielung auf seinen Anruf war, aber er sagte nichts.

»Sobald Lorenz die Liste mit den Psychologen hat, sollten wir einige von denen selbst aufsuchen. Ich würde sagen, dass wir die Praxen besuchen, die im Radius von fünf Kilometern zu den ersten beiden Tatorten liegen. Wenn der Täter in psychologischer Betreuung war, dann vermutlich bei einer in der Nähe seiner Wohnstätte.«

»Falls er denn in der Nähe dieser Tatorte wohnt und dort nicht nur Freunde besucht hat«, gab sie zu bedenken, dennoch fand sie den Vorschlag sinnvoll.

Sie hörten ein kurzes Klopfen, dann betrat Lorenz das Büro.

»Hast du schon die Liste?«, fragte Nele.

»Das Team ist noch dran, aber ich habe vielleicht etwas Besseres.«

»Und das wäre?«

»Das solltet ihr euch selbst anschauen.«

23

Das Leben spielte einem schon manchmal komische Streiche. Vor zwei Tagen, als er diese dämliche, hinterhältige Psychologin besucht hatte, deren Namen er nicht mal mehr aussprechen wollte, hatte er geglaubt, dass das Schicksal es ebenso schlecht mit ihm meinte wie die Menschen, dass ihn alle hassten.

Der Hass war seit jeher sein ewiger Begleiter, seine Mutter war von Hass erfüllt gewesen und das hatte sie an ihn weitergegeben. Obwohl er allen Grund hatte, auch seine Mutter zu hassen, und er dies bisweilen sogar tat, wusste er tief in seinem Herzen, dass das nur gespielt war. In Wahrheit liebte er sie! Nun, vielleicht war es nicht direkt Liebe, aber er hasste sie nicht. Wie auch? Sie war der einzige Mensch, den er hatte. Sein Vater hatte sich gegen ein Leben mit seinem Sohn entschieden und seine Mitmenschen hatten ihm immer wieder zu verstehen gegeben, dass er anders sei, ein Freak eben.

Dabei war er kein Freak, er war einfach zu schlau, sie hassten ihn deshalb und weil er nicht in ihr Bild des durchschnittlichen Menschen passte. Damit war für ihn all sein Handeln gerechtfertigt.

»Du hast immerhin noch Holger, er ist ein Guter«, sagte er zu sich, um die Liste der Menschen, gegen die er keinen Groll hegte, vollständig zu machen.

Holger macht aber auch Scherze auf deine Kosten. Er ist ein Heuchler.

Nein, er wollte nicht über Holger und seine Beweggründe nachdenken und sich die Laune verderben lassen. Schließlich hatte er allen Grund, glücklich zu sein, weil er endlich nicht mehr alleine war. Das hatte er nur einem Zufall zu verdanken und das ausgerechnet an dem Tag, der für ihn fast zur Hölle geworden war.

»Himmel und Hölle sind sich manchmal verdammt nah. Vielleicht sind sie Brüder«, überlegte er, während er sich im Bad rasierte. Er hatte einen sehr bescheidenen Bartwuchs, eine Rasur in der Woche reichte vollkommen aus.

Nachdem er sich fertig rasiert hatte, nahm er etwas Aftershave und zog sich an. Danach verließ er das Badezimmer. Er war ein wenig aufgeregt.

»Seit wann schmierst du dir Brote?«, blaffte seine Mutter ihn an, als sie die Küche betrat.

»Kannst du nicht ein Mal freundlich sein? Sei doch froh, dass ich dich damit nicht nerve. Du musst immer alles schlechtmachen. Aber heute lasse ich mir von dir meine gute Laune nicht vermiesen.«

»Wieso? Hast du endlich einen Job?«

»Nein, noch nicht. Aber ...« Er hielt inne und überlegte kurz, ob er seine Mutter in das kleine Geheimnis einweihen sollte, beschloss aber, es erst einmal für sich zu behalten. Noch war sie nicht so weit, dass er ihr seinen kleinen Gast offiziell vorstellen konnte, sie bockte zu sehr. Aber das würde er schon in den Griff kriegen, daran zweifelte er nicht.

»Was aber? Was für einen Mist hast du wieder verbockt?«

»Ich baue keinen Mist, du tust mir unrecht. Lass dich einfach überraschen. Soll ich dir auch ein Brot schmieren?«

Sie schaute ihn skeptisch an. »Hast du Fieber? Das stinkt doch gewaltig zum Himmel.« Sie zog die Nase hoch und musterte ihn kritisch.

Er beschloss sie zu ignorieren und schmierte weiterhin Brote. Dann nahm er eine Flasche Cola aus dem Kühlschrank, steckte die Stullen in eine Tüte und verließ die Küche. Seine Mutter schaute ihm nach.

Im Flur zog er seine Jacke an, damit seine Mutter glaubte, dass er das Haus verließe, schließlich sollte sie nichts von seinem Geheimnis wissen. Noch nicht.

Draußen ging er ein paar Meter die Straße entlang, um dann wieder kehrtzumachen und in den Garten zu gehen. Dort gab es einen Hintereingang, der in den Keller führte.

Seine Nervosität stieg und er bemerkte, dass seine Handflächen schwitzen. Er schloss eine Tür auf, betrat den Raum und betätigte den Lichtschalter. Kaum war das Licht an, hörte er ein Geräusch, das sich wie das Grunzen eines Schweins anhörte.

»Alles gut. Ich bin ja da«, sagte er und hoffte, dass seine Stimme tatsächlich beruhigend wirkte, doch das Grunzen wurde immer lauter.

Das Mädchen hatte sich in die letzte hintere Ecke gekauert und starrte ihn an. Dabei versuchte sie zu schreien, da er sie aber geknebelt hatte, kamen nur Grunzlaute heraus, die für ihn wie das Quäken von Schweinen klangen.

»Keine Angst, ich bin dein Freund. Ich habe dir etwas zu essen und zu trinken gebracht«, lächelte er und zeigte ihr die Colaflasche und die Tüte mit den Schnitten.

Statt sich zu beruhigen, schien sie aber immer aufgeregter zu werden, fast hatte er das Gefühl, sie versuchte durch die Wand zu verschwinden.

»Dummerchen, die Wand ist aus Beton, da kannst du nicht raus. Ich bin dein Freund! Je eher du das begreifst, desto schneller wirst du von meiner Freundschaft profitieren. Du musst wissen, dass ich spendabel bin, oder würde ein skrupelloser Entführer für dich Stullen schmieren?«

Jetzt stand er direkt vor ihr. So wie sie da zusammengekauert in der Ecke hockte, fühlte er sich geradezu übermächtig. Dieses Gefühl gefiel ihm, erinnerte ihn gleichzeitig jedoch an längst verdrängt geglaubte Ereignisse.

Nicht selten hatte er selbst zusammengekauert in der Ecke gesessen und die Hände schützend vors Gesicht gehalten, weil seine Mutter ihn mit dem Gürtel, dem Nudelholz oder einem anderen Gegenstand, den sie gerade in die Hände bekam, verprügelte.

»Bist du jetzt endlich still! Ich schlage dich nicht, ich bin nicht meine Mutter. Ich kenne das Gefühl, beruhig dich bitte«, versuchte er zu ihr durchzudringen, da er keine Gewalt anwenden wollte. Es sei denn, sie ließe ihm keine andere Wahl.

Das Mädchen schwieg und schaute ihn aus ihren immer größer werdenden Augen an. Ihre Stirn war von kleinen Schweißperlen bedeckt und das graue T-Shirt hatte Schweißränder.

»Wir hatten das Spiel doch gestern schon, wann kapierst du endlich, dass es besser ist, wenn du das tust, was ich dir sage?«

Sein Blick wanderte zu dem Eimer, den er ihr für ihre Notdurft hingestellt hatte. Noch konnte er ihr nicht so weit vertrauen, dass er sie in die Wohnung lassen konnte.

Ob ich sie einreiten muss?, überlegte er. Er fand den Gedanken etwas schräg, denn sexuell erregte sie ihn nicht. Im Moment jedenfalls. Sicher würde das noch kommen, davon war er überzeugt.

Als sie sich augenscheinlich etwas beruhigt hatte, sagte er: »Ich mach dir jetzt die Handfessel ab und nehme dir den Knebel aus dem Mund. Wenn du wild um dich schlägst und hysterisch wirst, zwingst du mich, dich zu schlagen, so wie gestern und vorgestern. Das möchte ich nicht, es liegt an dir. Wenn du verstanden hast, nicke bitte.«

Sie schaute ihn an, aber kein Nicken. Hatte er sich nicht deutlich genug ausgedrückt? War er ihr gegenüber vielleicht zu freundlich? Musste er eine andere Strategie anwenden?

Doch dann nickte sie, dass sie dabei weinte, registrierte er nur nebenbei. Er löste die Handfessel und befreite ihren Mund von dem Knebel.

»Das ist brav. Setz dich an den Tisch, dann können wir zusammen essen und plaudern.« Den Tisch, zwei Stühle und eine alte Matratze hatte er schon vor Tagen in den Raum geschafft, zu der Zeit, als er versucht hatte, ein Kind zu entführen. Der Kellerraum war recht groß, somit musste sich sein neuer Gast auch nicht wie in einem viel zu kleinen Käfig fühlen.

Das Mädchen stand langsam auf, sie gehorchte ihm. Ihr Blick war diesmal nicht auf ihn gerichtet, sondern auf den Boden.

Er nahm ihr gegenüber Platz. Dann legte er die Tüte mit den geschmierten Broten hin und stellte die Colaflasche auf den Tisch. Er nahm eine Stulle und reichte sie ihr, dann nahm er sich auch eine und biss hinein. »Keine Angst, du kannst das essen, ich vergifte dich nicht«, lachte er.

Sie überlegte kurz, aber ihr Hunger war wohl zu groß, immerhin hatte sie seit zwei Tagen nichts zu essen bekommen, nur etwas zu trinken. Er hatte das absichtlich so gemacht, da er annahm, sie dadurch gefügig machen zu können. Vor Jahren hatte er gelesen, dass man wilde Tiere durch Nahrungsentzug dressieren konnte, warum sollte das bei Menschen anders sein? Das Mädchen war auch nur ein scheues, wildes junges Menschentier.

Ihr erster Biss war zaghaft, doch dann stürzte sie sich

wie eine Verrückte auf das Brot, als wäre es die letzte Mahlzeit, bevor der Henker sie abholte. Sie öffnete die Colaflasche und nahm einen großen Schluck.

»Nicht so schnell«, ermahnte er sie und nahm ihr die Flasche weg, um sich selbst einen Schluck zu gönnen. »Siehst du, ich teile alles mit dir, weil ich dich mag, weil ich möchte, dass es dir gut geht.«

Dann reichte er ihr noch eine Stulle und gab ihr die Colaflasche zurück. Während er seine Stulle aß, schaute er ihr beim Essen zu. Sie war zierlich und hübsch, höchstens einen Meter sechzig groß. Ihre braunen Haare reichten ihr bis zu den Schultern.

Sie sah aus wie fünfzehn, aber aus ihrem Personalausweis wusste er, dass sie bereits siebzehn war. Sex mit einer Minderjährigen hatte er noch nie gehabt, das war eigentlich nicht so sein Ding. Aber soweit er wusste, war es ab sechzehn Jahren nicht strafbar, wenn beide in den Sex einwilligten.

Seine Gedanken waren bei dem kleinen Mädchen, das er bei Lidl hatte entführen wollen, wo ihm aber ihre Mutter einen Strich durch die Rechnung gemacht hatte. Jetzt war er froh darüber, da das Mädchen deutlich jünger gewesen war und er somit sehr lange hätte warten müssen, bis sie hätten intim werden können.

»Wann …«, begann sie, brach aber sofort wieder ab. Sie wirkte verunsichert, sie schaute ihn nicht an, sondern starrte nur auf ihr Brot.

»Was wann?«, hakte er nach, da er sich ein Gespräch erhoffte. Das wäre schon ein Riesenfortschritt in seinen Augen, die letzten zwei Tage hatte sie nur geschrien und ihm keine andere Wahl gelassen, als handgreiflich zu werden. Gut möglich, dass sie das endlich überwunden hatten.

»Wann … darf ich nach Hause?«, sprach sie dann endlich

ihren ersten richtigen Satz, ohne gleich in Hysterie auszubrechen.

»Das ist jetzt dein zu Hause, liebe Leonie«, antwortete er mit ruhiger Stimme, anscheinend begriff sie ihre Lage nicht. »Deine Eltern, oder sagen wir: deine Erzeuger haben dich abgeschrieben, dich losgelassen.«

»Das glaube ich nicht«, entgegnete sie und ihre Stimme bekam plötzlich Schärfe.

»Das wirst du aber müssen. Ich habe deinen Eltern vor zwei Tagen über dein Handy eine Nachricht geschrieben, dass du im Internet die Liebe deines Lebens gefunden hast und mit ihm auf Mallorca ein neues Leben anfangen möchtest.«

»Das werden meine Eltern niemals glauben.«

»Es tut mir sehr leid, dass ich dich enttäuschen muss, aber die Antwort deiner Mutter klang etwas anders«, entgegnete er und wedelte mit der Hand, als würde er ihre Mutter zitieren. »Sie antwortete, dass sie hoffen, bald auf Mallorca deinen Freund kennenlernen zu dürfen, und dass sie sich freut, wenn du glücklich bist. Du weißt ja, was Mütter halt so schreiben.«

»Das glaube ich Ihnen nicht, Sie lügen.«

»Welchen Grund sollte ich haben, zu lügen?«, fragte er und tat, als wäre es sein voller Ernst. Zwar hatte er der Mutter eine WhatsApp-Nachricht geschickt, aber danach hatte er die SIM-Karte aus dem Handy genommen und sie vernichtet. Das Handy war noch in seinem Zimmer. Er hatte alles auf Werkseinstellung zurückgesetzt und wollte es später über Ebay verkaufen.

»Lassen Sie mich bitte gehen. Ich bin erst siebzehn. Ich habe noch mein ganzes Leben vor mir und meine Familie wird bestimmt schon nach mir suchen.«

»Niemand wird nach dir suchen, weil du deiner Familie egal bist. Kapier das endlich.«

»Bitte lassen Sie mich gehen. Ich werde niemandem etwas sagen, versprochen.«

»Du hast es noch immer nicht verstanden, oder? Du gehörst jetzt hierher. Ich habe Großes mit dir vor. Es wird ein paar Regeln geben und wenn du dich daran hältst, wirst du dafür belohnt werden, anders als bei meiner Mutter. Sie hat auch immer Regeln aufgestellt, aber egal, ob ich mich daran gehalten habe oder nicht, am Ende war das Ergebnis dasselbe.« Er zog sein T-Shirt hoch.

Leonie erschrak.

»Siehst du das? Das ist der Abdruck eines Bügeleisens, damit hat mich meine Mutter belohnt.« Er keuchte und sein Atem ging immer schneller. »Ich zeige dir das, weil ich dir vertrauen möchte, weil ich möchte, dass wir beide Freunde werden und dass du mich nicht zu solch schlimmen Dingen verleitest, verstehst du das?«

Noch immer saß sie starr wie eine Säule da, aber dann nickte sie und ihre Augen wurden feucht.

»Du solltest dir endlich angewöhnen, nicht mehr zu weinen. Weißt du, was meine Mutter gemacht hat, wenn ich zu viel geweint habe?« Er schluckte, denn mit einem Mal überrollten ihn die Erinnerungen an seine Kindheit.

Als Kind hatte er viel geweint, bis seine Mutter seine Hand genommen und auf die heiße Herdplatte gelegt hatte. »Wenn du noch einmal wie eine Muschi weinst, verbrenne ich dir deine nutzlosen Finger«, hatte sie gebrüllt. Seitdem hatte er versucht, weniger zu weinen, was manchmal gar nicht so einfach war, wenn man solch heftigen Prügelattacken ausgesetzt war.

Und trotzdem wohne ich bei ihr und versuche sie zu lieben, dachte er bitter. Plötzlich überkam ihn eine derart heiße Wut, dass er seine Mutter am liebsten gepackt und in einen brennenden Kamin geworfen hätte.

Leonie weinte jetzt noch mehr, sie wischte sich die Tränen vom Gesicht, aber seltsamerweise schienen sie kein Ende zu finden.

»Ich habe gesagt, du sollst aufhören zu weinen«, brüllte er.

Was dann kam, konnte er einfach nicht kontrollieren, seine Faust war schneller als seine Gedanken, und ehe er sich's versah, traf er das linke Auge von Leonie.

Sie schrie und sprang erschrocken vom Stuhl auf. Er sprang ebenfalls auf und packte sie, dann nahm er sie in den Schwitzkasten, damit sie nicht auf dumme Gedanken käme.

»Beruhig dich, bitte. Ich will dir nicht wehtun«, sagte er beinahe flehend. Aber Leonie röchelte nur.

»Ich kriege keine Luft«, konnte sie dann sagen und endlich ließ er sie los, weil sein Zorn verrauchte.

Leonie fiel kraftlos zu Boden.

»Das ist allein deine Schuld, ich hoffe, du weißt das. Du darfst mich niemals wütend machen, hörst du? Niemals!« Sein Blick wanderte hektisch durch den Raum. Er scheute den Blickkontakt mit dem Mädchen.

»Hast du mich verstanden? Du musst mir eine Bestätigung geben, wenn ich etwas von dir fordere, ist das klar?«, fragte er. Sein Körper wippte, ein merkwürdiges Gefühl überkam ihn, er wusste nicht warum. Er war doch hier derjenige, der den Ton angab, aber warum fühlte er sich gerade, als wäre er das Opfer und Leonie der Täter?

Nein, nein, entspann dich. Du hast die Situation im Griff, ermahnte er sich, nicht den Verstand zu verlieren, denn plötzlich meldete sich ein Gedanke, den er aber für äußerst unwahrscheinlich hielt, trotzdem war er da: Was, wenn Leonie die gruselige Frau war, nur in einer anderen Gestalt?

Er spürte, wie seine Augen sich weiteten, seine Kehle wurde trocken und er bekam Atemnot, begleitet von heftigen Schmerzen in der Brustgegend – ein Herzinfarkt? Das konnte nicht sein, aber die Alternative war keinen deut besser. Was, wenn es das Werk dieser Hexe war, ein böser Zauber dieses gruseligen Mädchens? Vielleicht hatte sie sich in sein Haus eingeschlichen, um ihm zu töten!

»Bist du die Hexe?«, stellte er die alles entscheidende Frage, er musste es wissen. Er durfte sich den Feind nicht ins Haus holen.

Du Jammerlappen, du bist nichts ohne mich, hörte er plötzlich seine Mutter wie aus dem Off rufen, als wäre sie ein Geist. *Du bist schwach, du warst schon immer schwach, eine Schande für die Menschheit. Du bist weniger wert als der Dreck unter meinen Fingernägeln.*

»Ich bin stark, ich bin ein Mann«, rief er und versuchte, keine Angst zu zeigen, dabei war er längst nicht mehr Herr seiner Sinne und seines Handelns.

Dann sah er, wie Leonie plötzlich zu der grauenhaften Frauenerscheinung transformierte und er wusste, dass er jetzt schnell handeln musste. Er bückte sich und griff nach ihrem schlanken Hals. Sie versuchte sich zu wehren, aber er war stärker und dann drückte er zu.

24

Langsam zog sich die Schlinge zu. Im Gegensatz zu seiner Kollegin war Tom davon überzeugt, dass sie dem Täter schon sehr nahe waren, die letzten zwei Tage hatte es noch einmal einen kräftigen Schub nach vorne gegeben, dank Lorenz' herausragender Arbeit.

»Wie schaut es aus? Konnten Sie die Qualität erhöhen?«, fragte er. Nele und er standen im Büro der Kollegen von der Informationsbeschaffung.

»Nicht wirklich. Das Ausgangsmaterial ist einfach zu schlecht«, sagte Lorenz und zeigte auf den Bildschirm, wo man das Foto des potenziellen Täters sah. Zumindest seinen Rücken.

»Das sieht trotzdem schon viel besser aus. Man erkennt den Rucksack und die Jacke ganz gut. Jemand mit dieser Größe müsste doch auffallen. Wir sollten das Foto unbedingt zur Fahndung freigeben und öffentlich machen«, schlug Tom vor.

»Das sehe ich auch so. Gut gemacht, Lorenz.«

»Ich wünschte, ich könnte es noch höher auflösen, aber selbst die Spezialisten vom BKA konnten es nicht und das will was heißen, die haben doch das beste Equipment.«

»Kümmern Sie sich um die Veröffentlichung?«, fragte Tom.

»Klar, liegt auf dem Tisch von Ernst, ich hatte mir nämlich schon etwas in dieser Richtung gedacht.«

»Kann ich die Aufzeichnung bitte noch mal sehen, in der hochaufgelösten Qualität?«, bat Tom. Vor zwei Tagen hatte er die originale Aufzeichnung gesehen, die verbesserte kannte er noch nicht. Es schadete sicher nicht, wenn mehrere Augen eine Aufzeichnung sahen. Auch wenn Lorenz ein Experte auf seinem Fachgebiet war und er seine Kompetenz nicht anzweifelte, konnte man dennoch etwas übersehen, weil man Tag ein Tag aus mit denselben Dingen konfrontiert war. Tom nannte es das *Den-Wald-vor-lauter-Bäumen-nicht-sehen-Syndrom.*

»Klar. Ich spul zurück.« Lorenz schien seinen Wunsch nicht als Angriff auf seine Kompetenz zu empfinden, aber Nele sah er an, dass sie es wohl überflüssig fand. Ohnehin war sie ein launischer Mensch, daher konnte er bestimmte Gesten von ihr schlecht deuten.

»Ich habe die entscheidenden Szenen verlangsamt, damit man die Details besser erkennt«, sagte Lorenz und in der Tat lief der Film jetzt wie in Zeitlupe.

Tom trat noch näher an den Bildschirm heran. Man sah die junge Frau, wie sie sich mit anderen unterhielt, dann stand sie etwas abseits alleine. Immer wieder liefen Passanten an ihr vorbei. Der Fokus des Filmes lag aber auf zwei Jugendlichen, die aus Spaß von einem Freund gefilmt worden waren. Dass das Opfer auf dem Film zu sehen war, war ein glücklicher Zufall.

Dann erschien der Tatverdächtige auf dem Bildschirm. Die Qualität der Aufnahme war dank der Nachbearbeitung deutlich besser. Es war nicht zu übersehen, wie der kräftige, große Mann direkt auf die junge Frau zusteuerte.

Er hatte sich sein Opfer gezielt ausgesucht, seine Tat geschah nicht im Affekt. Der Täter hatte die Kapuze seiner Jacke über den Kopf gezogen, sodass man sein Gesicht nicht erkennen konnte. Er schien in Eile zu sein. Leider verdeckten andere Passanten die Sicht auf ihn und plötzlich war er verschwunden.

»Stopp«, sagte Tom.

Lorenz drückte auf die Maustaste und das Bild fror ein.

»Ist das ein Messer?«, fragte er und zeigte auf eine reflektierende Stelle im Bild.

»Das da?« Lorenz zoomte den hellen Punkt heran.

»Genau.«

»Das ist ein Messer«, bestätigte Nele. Auch sie war ganz nahe an den Bildschirm getreten. »Jetzt haben wir den Beweis, dass er der Täter ist.« Erleichterung schwang in ihrer Stimme mit. Auch wenn sie bereits vermutet hatten, dass der Unbekannte der Täter war – mit dem Messer im Bild gab es keinen Zweifel mehr.

Aber noch etwas anderes weckte Toms Interesse. »Können Sie das Messer vergrößern?«

»Ich versuche es«, antwortete Lorenz und tippte etwas in die Tastatur, gleichzeitig wanderte der Mauszeiger über den Bildschirm, das Ganze dauerte einige Minuten. »Noch etwas Geduld, es ist komplizierter, als es aussieht«, sagte er dann, als ahnte er, dass weder er noch Nele geduldige Menschen waren. Aber welcher Kriminalbeamte war schon geduldig, überlegte Tom.

Ernst, der hat immer die Ruhe weg, dachte er. Sein neuer Chef hatte sich in all den Jahren, die er ihn nicht gesehen hatte, kaum verändert. Schon damals war er die Ruhe selbst gewesen, dafür hatte er ihn immer bewundert.

Endlich erschien das Messer in voller Größe auf dem Bildschirm, es füllte fast ein Drittel des Monitors aus.

»Da spiegelt sich doch was im Messer«, sagte Nele. »Könnte es das Gesicht des Täters sein?«

»Schwer zu sagen, ich schau mal, ob ich mehr Schärfe in das Bild bekomme.« Wieder tippte Lorenz etwas in die Tastatur und der Mauszeiger bewegte sich hin und her.

»Das ist die höchste Auflösung, mehr geht nicht«, sagte Lorenz dann. Enttäuschung lag in seiner Stimme, aber dafür gab es keinen Grund, immerhin sah man jetzt, was sich auf der Klinge spiegelte.

»Das ist die Säule«, stellte Tom ernüchtert fest. »Schade, das Gesicht des Täters wäre auch zu schön gewesen. Immerhin wissen wir jetzt, dass er unser gesuchter Mann ist.«

Nele nickte, sie konnte ihre Enttäuschung deutlich schlechter verbergen als Tom.

»Können Sie uns das Foto von dem Täter ausdrucken?«, fragte Tom.

»Klar.« Lorenz führte einen Druckauftrag aus und reichte Nele das Foto.

»Wenn Sie noch was haben, melden Sie sich bitte sofort bei uns, okay? Wir werden jetzt die letzten beiden Psychologen aufsuchen«, sagte Tom.

»Wir sehen uns«, sagte Nele, dann verließen beide das Büro.

Es gab unzählige Psychologen in Mannheim. Tom und Nele hatten sich darauf geeinigt, zunächst die Praxen im Stadtteil Schönau zu besuchen. Die anderen wurden unter den Kollegen aufgeteilt. Einige hatten sie bereits gestern kontaktiert. Zwei Stück fehlten noch auf der Liste, mit ihnen hatten sie für heute einen Termin vereinbart.

»Möchten Sie Ihre Tochter nicht anrufen?«, sprach Nele ihn an. Sie fuhr und er schaute gedankenverloren auf den Verkehr. Auch an diesem Tag hatte sie ihn wieder bei der Arbeit angerufen und er hatte das Gespräch nicht angenommen.

»Das hat Zeit«, blieb er vage.

»Wegen mir müssen Sie keine Rücksicht nehmen.«

»Das hat nichts mit Ihnen zu tun. Sophie muss lernen, dass sie nicht wegen jeder Kleinigkeit anrufen darf.«

»Sie ist Ihre älteste Tochter, richtig?«

»Ja.«

»Vielleicht ist es etwas Dringendes?«

»Da kennen Sie meine Tochter aber schlecht. Nur weil sie in der Pubertät ist, heißt es nicht, dass sie mir auf der Nase herumtanzen kann«, entgegnete er. In den letzten Tagen war ihr Verhältnis immer schwieriger geworden und es gelang ihm nicht, zu ihr durchzudringen. Natürlich kannte er den Grund ihres Anrufes und genau deswegen ging er nicht ran.

Sein Handy vibrierte kurz, er nahm es aus der Jackentasche und las die Nachricht:

Du bist echt gemein!!!!!!!

Die Nachricht war von Sophie.

»Ihre Tochter?«, fragte Nele.

»Ja«, sagte er genervt und stieß die Luft zwischen den Zähnen hindurch. »Sie will einfach nicht verstehen, dass sie zu jung für das Konzert ist.«

»Was für ein Konzert?«

»Keine Ahnung, irgendeine Band in Hamburg. Ich kann sie nicht alleine nach Hamburg lassen, sie ist erst vierzehn.«

»Und wenn Sie sie begleiten?«

Tom warf ihr einen skeptischen Blick zu. »Sophie muss lernen, dass ein Nein ein Nein ist.«

»Wenn Sie es in diesem Ton sagen, wird sie es bestimmt nicht akzeptieren.«

»Was für ein Ton?«

»Na, so von oben herab, in diesem arroganten und überheblichen Ton.«

»Wollen Sie damit sagen, ich wäre arrogant?«

»Arrogant und ein spießiger Macho.«

»Das ist doch Quatsch. Nur weil ich keiner dieser weichgespülten, metrosexuellen Männer bin, die zu allem ja und Amen sagen, heißt es nicht, dass ich ein Macho bin. Meine Tochter ist erst vierzehn. Da gibt es Regeln und sie muss lernen, dass man nicht alles im Leben bekommt, nur weil man zickig oder launisch ist. Was glauben Sie, was mir meine Eltern gesagt hätten, wenn ich mit vierzehn mit so einem Wunsch zu ihnen gekommen wäre? Die hätten mir was gehustet.«

»Sie scheinen ein ganz langweiliges Ja-Sager-Kind gewesen zu sein. Nur zur Info: Die Zeit ist nicht stehen geblieben. Es gibt inzwischen das Wahlrecht für Frauen und Homosexuelle dürfen sogar heiraten.«

»Witzig«, blaffte Tom, diese Kommentare waren absolut unpassend. »Ich war kein Ja-Sager, aber ich wusste noch, was Respekt gegenüber den Eltern bedeutet. Na, wie sollen Sie das auch verstehen, Sie haben ja keine Kinder.«

»Wenn Sie es sagen, muss es ja stimmen«, ätzte Nele, dabei funkelten ihre Augen unheilvoll auf. »Aber im Gegensatz zu Ihnen bin ich eine Frau und ich war auch mal vierzehn. Da möchte man die Welt erforschen und ist neugierig und mutig.«

»Eher dumm«, fiel er ihr ins Wort. »Wer seiner vierzehnjährigen Tochter das erlaubt, handelt grob fahrlässig. Das sollten gerade Sie als Polizistin wissen.«

»Sie sind ein sturer Esel«, entfuhr es Nele – offensichtlich unüberlegt, denn sie wirkte ein wenig erschrocken über ihre Wortwahl.

»Unterschätzen Sie nie einen Esel, im Gegensatz zu Pferden ergreifen Esel nicht sofort die Flucht, sondern prüfen ihre Optionen.«

»Müssen Sie immer das letzte Wort haben?«

Diesmal ersparte er sich einen Kommentar, er fürchtete,

dass er ausfällig werden könnte und diesen Gefallen wollte er ihr nicht tun. Dass sie Partei für seine Tochter ergriff, wunderte ihn nicht. Er kannte sie zwar noch nicht lange, aber ihr Aussehen ließ auf so eine Einstellung schließen. Ihre kurzen Haare, die Tattoos und der etwas zu strenge Kleidungsstil für eine Frau signalisierten ihm, dass sie eine für seinen Geschmack zu emanzipierte Frau war, die sich womöglich sogar eher als Mann fühlte. Er hatte nichts dagegen, dass sie lesbisch war und das offen zeigte, dennoch war er ein Verfechter des klassischen Rollenbildes. Männer mit langen Haaren konnte er daher auch nicht ernst nehmen.

»Das mit dem Esel tut mir leid, ist mir nur rausgerutscht«, sagte Nele dann, als es unangenehm still im Wagen wurde.

»Ich bin nicht aus Zucker», bemerkte Tom und verfolgte, wie Nele in eine Straße abbog und kurz darauf parkte. Sie hatten ihr erstes Ziel erreicht.

»Kommen Sie doch bitte rein«, sagte die Psychologin und hielt den beiden Beamten die Tür zum Besprechungszimmer auf. »Was kann ich für Sie tun?«

»Wie wir bereits am Telefon mit Ihnen besprochen haben, geht es um einen Tatverdächtigen, der vielleicht bei Ihnen in Behandlung ist«, antwortete Nele. »Genauer gesagt um diesen Mann.« Sie zeigte ihr das Foto. Die Psychologin nahm es entgegen.

»Wirklich viel erkennt man da aber nicht«, sagte sie dann und gab das Foto zurück.

»Vielleicht sagt Ihnen die Jacke oder der Rucksack etwas. Der Tatverdächtige ist ziemlich groß, so jemand bleibt einem doch im Gedächtnis haften.«

»Nicht unbedingt. Sie glauben gar nicht, wie viele große Menschen von anderen überhaupt nicht wahrgenommen werden, weil sie graue Mäuse sind. Ich fürchte, Sie haben sich die Mühe umsonst gemacht.«

»Haben Sie Klienten, die in das Profil passen würden? So viele Männer zwischen dreißig und fünfzig, die um die ein Meter neunzig sind, dürften Sie doch nicht in Ihrer Kartei haben.« So schnell wollte Tom nicht lockerlassen, er hatte das Gefühl, dass die Psychologin gar kein Interesse daran hatte, ihnen zu helfen.

»Keiner von meinen Klienten wäre zu solch brutalen Taten fähig. Ich habe die Morde in der Presse verfolgt. Sie suchen einen geistesgestörten Psychopathen, der vermutlich mordet, um sich gut zu fühlen. Jemanden, der sich der Tragweite seiner Verbrechen gar nicht bewusst ist.«

»Und so jemanden haben Sie nicht in Ihrer Kartei?«

»Nein, das wüsste ich. Und selbst wenn, weiß ich gar nicht, ob ich Ihnen überhaupt Auskunft geben dürfte. Auch Psychologen unterliegen der Schweigepflicht.«

»Aber nicht, wenn es um Mord geht«, stellte Tom klar. Mit so einer billigen Ausrede konnte sie ihm nicht kommen.

»Es tut mir leid, aber ich bin der falsche Ansprechpartner. Ich kenne Ihren Täter nicht. Versuchen Sie Ihr Glück bei einem meiner Kollegen.«

Sie wandte sich ab und schaute konzentriert auf ihren Bildschirm, augenscheinlich hielt sie das Gespräch für beendet.

»Hier ist unsere Karte, falls Ihnen doch noch etwas einfallen sollte«, sagte Nele und reichte ihr ihre Karte. Die Psychologin legte sie schweigend auf den Tisch.

»Was für eine Schnepfe. Die wollte uns doch gar nicht helfen«, regte sich Nele im Auto auf.

»Möglich, aber ich glaube nicht, dass sie gelogen hat. Sie wirkte zu ruhig und konzentriert.«

»Das ist doch ihr Job.«

»Sich aufregen bringt jetzt auch nichts. Wir sollten den nächsten Psychologen aufsuchen, der dürfte ja nicht weit weg sein.«

»Laut Navi sind es keine fünf Minuten.«

»Gut, worauf warten Sie dann noch, Frau Kollegin?«

Nele lachte, dann startete sie den Motor und fuhr los. Keine zehn Minuten später saßen sie im Behandlungsraum des nächsten Psychologen.

»An dem Würger kommt man gerade kaum vorbei«, begann der Mann das Gespräch nach der obligatorischen Begrüßung. »Ich habe mir nach unserem Telefonat lange Gedanken gemacht, ob ich ihn vielleicht behandelt habe.«

»Und zu welchem Ergebnis sind Sie gekommen?«, unterbrach Nele den Mann etwas rüde, zumindest für Toms Empfinden.

»Sie wissen ja, dass auch Psychologen einer Schweigepflicht gemäß § 203 StGB unterliegen, die aber bei Mord aufgehoben wird, wenn davon auszugehen ist, dass der Klient weitere Morde plant.«

»Sie scheinen gut unterrichtet zu sein«, antwortete Tom. Er hatte das Gefühl, dass der Psychologe sich gerne bestätigt sah.

»Danke, es sollte selbstverständlich sein, dass ein Psychologe auch in Rechtsfragen bewandert ist, angesichts der vielen Klienten mit ernsten psychischen Problemen, die uns täglich aufsuchen.«

Nele reichte das Foto dem Psychologen.

»Das ist der potenzielle Täter. Wir wissen, dass das Gesicht darauf nicht zu erkennen ist, aber seine Statur ist ziemlich auffällig, so viele Klienten mit einer ähnlichen Statur dürften Sie sicherlich nicht in Ihrer Kartei haben. Vielleicht sagt Ihnen auch der Rucksack etwas.«

Der Mann schaute sich das Foto genau an, er schien zu überlegen.

»Sie werden überrascht sein. Wie ich vorhin bereits ansprach, habe ich mir nach unserem Telefonat und den Informationen, die ich aus den Medien ziehen konnte, so meine Gedanken gemacht und bin die potenziellen Klienten durchgegangen. Vor einiger Zeit war ein Mann bei mir in Behandlung, den ich als ambulant untherapierbar einstufte, weil er sich gegen jede Hilfe wehrte. Er hätte eigentlich einer stationären Behandlung bedurft. Soviel ich weiß, hat eine Kollegin sich um seine weitere Betreuung gekümmert. Dieser Mann trug jedenfalls denselben Rucksack.«

Tom horchte auf! Hatten sie endlich ihren Täter?

25

»Es gibt diese gruselige Frau nicht, sie ist nur eine Erfindung meiner Fantasie ... Es gibt diese gruselige Frau nicht, sie ist nur die Erfindung meiner Fantasie.« Immer wieder sagte er sich diese Worte vor.

Irgendwann verstummte er. Er lag vollständig bekleidet in seinem Bett und hatte die Decke übers Gesicht gezogen.

»Beruhig dich, du bist nicht verrückt! Hörst du! Du bist nicht verrückt! Lass sie nicht gewinnen, all die Hater, die dich für einen Freak halten, einen Sonderling. Du musst stark sein, für dich!«

Dann schloss er die Augen und versuchte seine Atmung zu steuern. Dr. Rieke hatte ihm einmal erzählt, dass man durch eine ruhige Atmung seine Nervosität in den Griff bekommen konnte.

Und tatsächlich half es, sein Herzschlag beruhigte sich und die Angst wurde weniger, dennoch wollte er nicht aus dem Bett steigen, noch nicht. Er wurde immer müder und bald schlief er ein. Als er aufwachte, war sein Mund trocken und er hatte Hunger.

Er überwand sich und stand auf. Sein T-Shirt war nass, er musste im Schlaf geschwitzt haben. Ein gutes Zeichen, denn wenn man im Schlaf schwitzte, hatte das immer mit der Abwehr eines Virus zu tun – in diesem Fall war es diese gruselige Frau.

»Ich habe den Kampf gewonnen«, stellte er fest und zog sich aus, um zu duschen. Danach zog er sich frische Kleidung an und ging in die Küche. Seine Mutter saß bereits am Tisch.

»Kannst du mir was zu essen machen? Ich habe Hunger.«

»Hilf dir selbst, du Idiot«, schimpfte seine Mutter.

»Immer musst du mich beleidigen und wie ein Stück Dreck behandeln. Warum?«, entgegnete er.

»Weil du es bist. Du bist eine Beleidigung für die Menschheit, eine Missgeburt, ich hätte dich wirklich nach der Geburt totschlagen sollen.«

»Lass das, ich meine es ernst. Ich bin kein Kind mehr, du kannst mir nicht mehr wehtun.«

»Das muss ich gar nicht, dafür sorgst du schon selbst, du Holzkopf.«

»Was meinst du damit?« Er war ratlos. Warum sollte er sich selbst wehtun? Welche Gemeinheit steckte denn nun wieder hinter diesen Worten?

Aber seine Mutter stand einfach auf und verließ die Küche, fast war ihm, als würde sie geradewegs durch ihn hindurch gehen.

»Ich brauche dich nicht. Ich kann auf mich alleine aufpassen. Ich habe dich nie gebraucht, weil du keine Mutter warst, du warst der Teufel. Hörst du! Der Teufel«, brüllte er ihr hinterher.

Doch von seiner Mutter kam keine Antwort. Auch das kannte er von ihr, diese Nichtbeachtung, die ihn so oft rasend gemacht hatte. Sie tat, als wäre er gar nicht anwesend, als wäre er Luft. Aber er war da, er war immer da gewesen. Nur hatte sie das nie zu würdigen gewusst.

»Ich bin das Ergebnis deines Hasses«, rief er, während er den Kühlschrank öffnete. Aber als er hineinschaute, war ihm der Appetit bereits vergangen. Das war kein gutes Zeichen. Ihm verging nie der Appetit.

»Ich muss etwas essen, sonst werde ich unausstehlich«, murmelte er und nahm eine Fertigpizza aus dem Tiefkühlfach. Er löste die Pizza aus der Verpackung und schob sie in den Backofen, dann setzte er sich an den Tisch und starrte auf das beleuchtete Fenster im Herd.

Irritierende Gedanken spukten ihm durch den Kopf. Was, wenn er seine Mutter im Backofen grillen würde?

»Wie lange es wohl dauern würde, bis die Hexe tot wäre? Ob sie laut schreien würde?«, überlegte er. »Diese gruselige Frau würde ich gleich mit hineinwerfen. Und wenn ich schon dabei bin, auch dieses Miststück von Psychologin und Jochen und Markus. Warum nicht Linda genauso? Ja, die auch. Sie hat sich wie die anderen lustig über mich gemacht. Und Holger, er ist nicht aufrichtig.« Die Liste von Menschen, die er gerne in den Ofen stecken würde, wurde immer länger. »Was für ein sinnloses Leben«, resümierte er enttäuscht.

All seine Träume aus der Kindheit hatten sich nicht erfüllt.

»Mama, wenn ich mal groß bin, werde ich ganz viel Geld verdienen«, hatte er damals zu seiner Mutter gesagt.

»Du?«, hatte seine Mutter gelacht. »Ein Stück Scheiße wird mehr Geld verdienen als du.«

»Doch, das werde ich«, hatte er beharrt. Wenn seine Mutter schlecht drauf war oder betrunken, hatte sie ihm eine gescheuert, manchmal auch ein paar mehr. »Je früher du begreifst, dass du immer ein Versager sein wirst, desto geringer wird die Enttäuschung sein«, hatte sie gekeift.

Irgendwann hatte er ihr nicht mehr von seinen Träumen erzählt.

Gegen die jetzt aufkommenden Tränen war er machtlos. Rasch ging er zur Spüle, um sie vom Gesicht zu waschen. Sein Blick wanderte erneut zum Backofen, die Pizza war fertig, also nahm er sie samt Blech heraus und machte den Ofen aus. Diesmal nahm er sich Teller und Besteck, nur ein Getränk vergaß er, wollte aber nicht noch einmal aufstehen.

Nachdem er fertig gegessen hatte, ließ er den Teller auf dem Tisch stehen und ging in sein Zimmer. Er brauchte etwas Ablenkung, sonst würde seine Niedergeschlagenheit nie verschwinden. Also spielte er Fortnite. Er metzelte die Feinde blindwütig nieder, aber irgendwie kam er nicht so recht in Fahrt, sodass er das Spiel beendete.

Vielleicht wird mir frische Luft guttun, überlegte er.

Also zog er sich an, nahm wie immer seinen Rucksack und seine Bauchtasche und verließ die Wohnung. Von seiner Mutter verabschiedete er sich nicht. Es wäre ihr wahrscheinlich ohnehin egal.

Da der Käfertaler Wald fast an das Grundstück anschloss, beschloss er, in dem Waldstück etwas frische Luft zu tanken. Er folgte der Straße, die parallel zum Waldrand verlief, dazwischen lagen Straßenbahnschienen. Bald hatte er die Bushaltestelle *Am Wald* erreicht, wo alles begann. Er blieb stehen und schaute sich um.

»Hier hat sich mein Leben verändert. Ich dachte ja, dass damit alles besser werden würde, aber warum fühlt es sich gerade nicht so an?«, überlegte er laut. Da niemand an der Bushaltestelle stand, musste er sich keine Sorgen machen, dass jemand es gehört hatte.

Die Gedanken an seine erste Tat trugen trotzdem kurzzeitig dazu bei, dass er sich etwas besser fühlte. Das Geschehen lief wieder vor seinem geistigen Auge ab – wie er die junge Frau gepackt und gewürgte hatte, weil er wollte, dass sie still war. Er hatte nie vorgehabt, sie zu töten.

»Ich habe einfach zu kräftige Hände«, rechtfertigte er sich und warf einen Blick auf seine großen, starken Hände. »Die Hände eines Antihelden. Ich bin der Würger. Und Helden sind nicht schlecht gelaunt.« Er versuchte die kleine Welle seiner positiven Stimmung zu nutzen in der Hoffnung, dass sich damit die Schwere in seinem Herzen auflöste.

Manchmal muss man seine Psyche eben austricksen. Er schmunzelte er. Fast war ihm, als würde es wirklich helfen.

»Hallo«, sprach ihn da eine Jugendliche an.

»Hallo«, antwortete er, als er sich gefangen hatte.

»Wissen Sie, ob der Bus schon da war?«

»Nein, noch nicht. Der hat doch immer Verspätung«, log er, dabei hatte er den Bus erst vor einigen Minuten wegfahren sehen, als er Richtung Haltestelle gegangen war. Da er die Fahrzeiten auswendig kannte, wusste er, dass der nächste Bus erst in zwölf oder dreizehn Minuten kommen würde. »Dein Glück, da musst du nicht warten.«

»Danke, da haben Sie recht. Der ist echt spät dran. Leider fährt nur diese Linie in die Stadt.«

»Frag mich mal, ich muss jeden Tag mit dem Bus zur Arbeit. Nichts ist ärgerlicher, als zu spät zur Arbeit zu kommen. Meine Chefin ist ein richtiger Drache«, lachte er.

Er konnte nicht einordnen, was da gerade mit ihm geschah, aber die Anwesenheit der jungen Frau lenkte ihn von seinen melancholischen Gedanken ab, eine frohe Grundstimmung schoss durch seine Adern und er fühlte sich immer besser.

Ich will sie, dachte er und wusste im selben Moment, dass er sie deshalb weiter in ein Gespräch verwickeln musste. Wie es schien, hatte sie keine Angst vor ihm und wirklich misstrauisch wirkte sie auch nicht.

War das ein Zeichen? Ein Zeichen, dass Helden wie er sich nicht hängen lassen durften, sondern mit positiver Einstellung durchs Leben gehen mussten, da es jede Menge für sie zu tun gab?

Seine Aufgabe schien das Töten von jungen Frauen zu sein, wobei sie ja nicht wirklich starben, es fand nur eine

Art Transfer von Energie statt, überlegte er. Die Lebensenergie der Frauen wurde auf ihn übertragen und diese Energie half ihm, noch stärker zu werden.

Diese Sichtweise hatte er sich in den vergangenen Tagen zurechtgelegt, es war die einzig mögliche Erklärung für das, was da mit ihm geschah. Irgendwann hatte er einmal eine Sendung gesehen, in der genau das thematisiert worden war: Alles auf der Erde, egal ob lebendig oder ein Gegenstand, war nichts anderes als Energie, nur in unterschiedlichen Aggregatzuständen. Und Energie verschwand nicht, sie änderte nur ihren Zustand.

»Musst du zur Arbeit?«, fragte er, da er das Gespräch nicht abbrechen lassen wollte. Möglichst unauffällig schaute er sich in alle Richtungen um aus Sorge, es könnte jemand in der Nähe sein, aber da war niemand. Er machte einen langsamen Schritt auf sie zu, aber noch war sie nicht so nah, dass er sie packen und würgen konnte.

»Nein, ich gehe noch zur Schule.«

»Oh, du siehst älter aus. Wie alt bist du denn?«

»Das sagen alle«, lächelte sie. »Ich bin siebzehn.«

Er nickte freundlich, es kostete ihn viel Überwindung, keinen gewagten Sprung zu machen, um sie zu packen. Die Versuchung war unwiderstehlich. Sie war perfekt und optisch erinnerte sie ihn an Leonie, seinen Gast, der sich nicht an seine Spielregeln hatte halten wollen.

Ob sie ein guter Ersatz wäre?, fragte er sich. Schließlich schien diese junge Frau keine Probleme mit seiner Gegenwart zu haben. Jedenfalls wirkte sie alles andere als ängstlich.

Vielleicht steht sie ja auf ältere Männer.

»Wow, hätte dich echt älter geschätzt. Man sieht, dass du sehr auf dich achtest. Du bist bestimmt auf Instagram.« Er lächelte. Hoffentlich war sie für Schmeicheleien empfänglich.

»Wer ist nicht auf Insta?«, entgegnete sie und fast glaubte er, dass sie ein wenig angeben wollte.

Gerade als er die Hände ausstrecken wollte, um nach ihr zu greifen, kam ein Mann auf sie zugelaufen. Sein Herz raste, auf keinen Fall durfte sie etwas bemerken. Der Jogger lief an ihnen vorbei, ohne sie zu beachten, doch leider hatte das Mädchen währenddessen zwei Schritte zurückgemacht, um ihr Handy herauszuholen und zu telefonieren.

Seine Anspannung stieg und er fürchtete, dass ihm diese einmalige Gelegenheit entgehen würde, wenn er nicht rasch etwas unternähme. Allerdings war er weiterhin unschlüssig, ob er sie nur erwürgen oder mit nach Hause nehmen sollte.

Aus den Augenwinkeln beobachtete er sie. Endlich steckte sie das Handy weg, aber sie blieb auf ihrer Position und einfach zu ihr gehen konnte er nicht, dann würde sie Verdacht schöpfen.

»Darf ich dich um einen Gefallen bitten?«, fragte er dann, ihm war eine Idee gekommen. Helden mussten manchmal mutige Entscheidungen treffen.

»Was für einen Gefallen?«, fragte sie freundlich. Ihrem Gesichtsausdruck nach zu urteilen, schöpfte sie keinen Verdacht. Wie es schien, hatte er es hier mit einer besonders naiven Spezies des weiblichen Geschlechts zu tun.

»Das Guthaben auf meinem Handy ist leider aufgebraucht und ich würde gerne kurz meine Freundin im Krankenhaus anrufen, damit sie weiß, dass ich mich verspäte. Aber nur, wenn es dir nichts ausmacht. Ich gebe dir auch fünf Euro dafür.« Umständlich nestelte er das Geld aus seiner Hosentasche.

Mit Speck fängt man Mäuse, dachte er zufrieden.

»Echt, du gibst mir fünf Euro dafür?«, fragte sie und ihre Augen weiteten sich. Sie machte zwei Schritte auf ihn zu.

»Klar, wenn du so nett zu mir bist, bin ich das auch zu dir. Ich verdiene reichlich Geld, aber meine Freundin macht sich immer schnell Sorgen, wenn ich nicht pünktlich bin. Dabei mache ich mir viel mehr Sorgen um sie. Schließlich ist sie ja im Krankenhaus.«

»Ich wünschte, mein Freund wäre so süß.«

»Wieso, trägt er dich nicht auf Händen?«

Sie lachte. »Der? Niemals, der ist voll das Arschloch, so ein Egoist.«

»Und warum bist du dann mit ihm zusammen?«

»Na ja, er ist halt der hübscheste Junge in der Klasse. Jede will ihn als Freund.«

Sie konnte nicht ahnen, wie sehr sie ihn mit diesen Worten erzürnte, denn damit bestätigte sie nur sein Vorurteil, dass Frauen mehr aufs Aussehen als auf den Charakter achteten.

Sie hat es verdient zu sterben, dachte er. Aber anstatt sie gleich an Ort und Stelle zu erwürgen, würde er sie mit nach Hause nehmen und dort schön lange quälen. Sie sollte spüren, was es hieß, sich mit einem wirklich bösen Antihelden einzulassen.

Der Würger 2.0!

»Und, darf ich telefonieren?«

»Klar doch, die fünf Euro kann ich gut gebrauchen.«

Er reichte ihr das Geld, schaute sich noch einmal kurz um, sah aber niemanden. Als sie ihm das Handy entgegenstreckte, griff er nach ihrer Hand, zog sie zu sich und drückte ihr den Mund zu, damit sie nicht schrie. Dann schlug er mit der rechten Faust immer wieder auf ihren Kopf ein, bis sie das Bewusstsein verlor.

Die Energie, die jetzt durch seinen Körper schoss, war die reinste Form des Glücks! Endlich hatte er wieder zu seiner wahren Bestimmung gefunden.

26

»Glauben Sie, dass er unser Täter ist?«, fragte Nele auf der Fahrt in den Stadtteil Gartenstadt, wo die besagte Psychologin ihre Praxis hatte.

»Die Aussage, dass sein Klient denselben Rucksack trug, reicht nicht. Er hat ja offensichtlich nie angedeutet, Mordfantasien zu haben, und der Psychologe hatte kein Foto von ihm. Das ist zu wenig, damit der Richter uns einen Haftbefehl ausstellt. Ernst wird da sicherlich auch nicht mitspielen.«

»Dann wollen wir hoffen, dass die Psychologin mehr über diesen Klienten weiß.«

»Und vor allem, dass sie genauso redselig ist wie ihr Kollege.«

»Nun, sie wird sicherlich keinen Mörder decken wollen.«

»Das will ich hoffen, aber ich habe da schon ganz andere Fälle erlebt, Ärzte und Psychologen, die standhaft auf ihrer Schweigepflicht beharrt haben.«

»Die kurze Entfernung zur Praxis würde aber für unsere Theorie sprechen.«

Tom lachte kurz, sagte aber nichts.

»Was ist so lustig an meinem Satz?«

»Nichts, vergessen Sie es.«

»Will ich aber nicht. Man lacht doch nicht ohne Grund.«

»Ich schon. Sie scheinen gerne nachzubohren.«

»Ich bin gerne informiert.«

»Das könnte mancher als störend empfinden. Nicht hinter jedem Lachen oder jeder Geste steckt auch etwas.«

»Das sah mir aber nicht gerade danach aus.«

»Glauben Sie, dass ich über Sie lache?«

»Manchmal bin ich mir da nicht so sicher.«

»Verstehe, und mit Ihrer schroffen Art wollen Sie sich nur schützen.«

»Ich bin nicht schroff, nur ehrlich.«

»Interpretationsfähig«, schmunzelte Tom.

»Sie lachen schon wieder.«

»Entspannen Sie sich, ich bin halt ein fröhlicher Mensch.«

Nele glaubte ihm kein Wort, behielt ihre Antwort aber für sich. Er schien sie nicht ernst zu nehmen und das schmeckte ihr nicht. Sie machte diesen Job inzwischen lang genug und hatte es nicht nötig, sich herablassend behandeln zu lassen. Wie sollte sie denn mit jemandem zusammenarbeiten, der sie nicht respektierte?

»Die nächste muss es sein«, sagte sie, um die Stille zu durchbrechen, da der Hamburger wieder einmal nur aus dem Fenster schaute und ihr damit indirekt zu verstehen gab, dass er sich auf keine weitere Diskussion einlassen wollte.

Sie bog in die Kasseler Straße ab und parkte den Wagen vor der Praxis.

»Guten Tag, wir sind von der Kriminalpolizei ...«, begann Nele die Begrüßung am Empfang. Die ältere Dame hinter dem Tresen wirkte plötzlich nervös. Augenscheinlich hatte sie selten Kontakt mit der Kriminalpolizei. »Wir müssen kurz mit Frau Dr. Rieke sprechen.« Beide Beamten zeigten ihre Dienstausweise.

»Kleinen Augenblick bitte, ein Klient ist noch bei ihr in Behandlung. Wenn Sie kurz im Wartezimmer Platz nehmen wollen, sage ich ihr Bescheid, sobald der Klient aus dem Zimmer ist.«

»Wie lange dauert das?«, wollte Tom wissen.

»Das kann ich Ihnen nicht sagen. Vielleicht noch fünfzehn Minuten? Meine Chefin ist da etwas unorthodox.« Die Dame rang sich ein gestelltes Lächeln ab.

Nele nickte und sie setzten sich ins Wartezimmer.

Dr. Rieke ließ sie fast zwanzig Minuten warten, doch dann begrüßte sie die beiden Beamten und bat sie in den Behandlungsraum. Auf Nele wirkte sie sehr sympathisch. Sie war groß und kräftig, aber ihr Gesicht strahlte solch eine Wärme und Freundlichkeit aus, dass man automatisch geneigt war, ihr zu vertrauen und ihr sein Herz auszuschütten.

»Verzeihen Sie, dass Sie warten mussten, aber ich hatte noch einen Klienten. Was führt die Kriminalpolizei denn zu mir?«

»Es geht um einen Ihrer Klienten. Herr Arno Strathmann hat uns an Sie verwiesen«, erklärte Nele. Ihr entging nicht, dass sich die Miene der Psychologin plötzlich verfinsterte.

»Das kann ja nichts Gutes bedeuten. Was genau wird meinem Klienten denn vorgeworfen?«

»Noch nichts, wir ermitteln nur und würden uns gerne mit ihm unterhalten.«

»Und wozu kommen Sie dann zu mir? So wie ich Kollege Strathmann einschätze, hat er Ihnen bestimmt bereits Namen und Anschrift genannt.«

Es war nicht zu überhören, dass sie von ihrem Kollegen nicht viel hielt, vermutlich weil er seinem Beruf keine Ehre machte.

»Das hat er, dennoch möchten wir auch Ihre Meinung zu dem Klienten hören. Herr Strathmann hat angegeben, dass Sie die weitere Behandlung des Klienten übernommen hätten«, schaltete sich Tom ein. Bisher hatte er sich recht passiv verhalten und Nele das Sprechen überlassen.

»Sie wissen, dass auch Psychologen der Schweigepflicht unterliegen? Um wen geht es denn?«

»Um Michael Kilian.«

Dr. Rieke schaute sie für einen Moment merkwürdig an, Nele konnte diesen Blick nicht richtig deuten. »Es wundert mich nicht, dass Herr Strathmann Ihnen gerade diesen Klienten genannt hat. Michael kam völlig verstört zu mir. Er hat Herrn Strathmann angezeigt.«

»Warum?«

»Das darf ich Ihnen nicht sagen.«

Nele spürte, dass die Atmosphäre langsam kippte. Die Freundlichkeit war aus dem Gesicht der Psychologin gewichen und fast wirkte es, als würde sie eine dicke Mauer vor sich aufbauen, die hieß: Schweigepflicht!

Nachdem ihr Kollege glücklicherweise sehr redselig gewesen war, hatten sie es jetzt mit einer besonders harten Nuss zu tun, aber so schnell würde Nele sich nicht abwimmeln lassen.

»Wir wissen, dass Michael Kilian wegen schwerer Depressionen bei Herrn Strathmann in Behandlung war. Er soll auch regelmäßig Gewaltfantasien gehabt haben. Er hatte eine stationäre Einweisung und Medikation empfohlen.«

»Genau das ist das Problem in Deutschland. Deutsche Ärzte und Psychologen sind viel zu schnell mit ihren Prognosen und Therapievorschlägen. Sie glauben, dass man mit Medikamenten alle Probleme lösen könnte. Dabei machen sie es sich zu einfach. Haben Sie schon mal eine Psychiatrie aufgesucht? Dann wissen Sie sicher, dass den allermeisten Patienten dort nicht geholfen wird, sondern dass sie mit Tabletten ruhiggestellt werden. Wie soll so eine erfolgversprechende Therapie möglich sein?«

»Hat Herr Kilian Ihnen gegenüber Gewaltfantasien geäußert oder erwähnt, dass er gerne eine Frau erwürgen würde?«, fragte Tom.

»Möchten Sie mir nicht endlich sagen, was ihm vorgeworfen wird?«

»Er steht im Verdacht, mehrere junge Frauen erwürgt, erstochen und angegriffen zu haben«, erklärte Tom. Er hatte sie mit seinem Blick fixiert und wirkte ernst und entschlossen.

Die Psychologin zuckte kurz zurück. Sicherlich hatte sie nicht mit so einer Antwort gerechnet, doch schnell fasste sie sich wieder.

»Ich halte es für ausgeschlossen, dass Michael der Täter ist. Er ist labil und viel mehr mit sich selbst beschäftigt, als dass er jemandem ernsthaft wehtun, geschweige denn jemanden töten könnte. Michael ist ein sehr introvertierter Mensch, er ist schüchtern, hat Angst vor Menschenmengen. Ich kann mir nicht vorstellen, wie er in der Lage sein sollte, eine Frau zu ermorden. Wenn ihn eine junge Frau auch nur ansprechen sollte, würde er vor Verlegenheit kein Wort herausbekommen oder das Weite suchen. Was für einen Floh Ihnen mein Kollege auch immer ins Ohr gesetzt hat, er tut Michael unrecht.«

Nele zögerte. Konnte es sein, dass Strathmann diesem Klienten nur eins auswischen wollte, weil er ihn angezeigt hatte? Der gesunde Menschenverstand verbot ihr, das zu glauben, schließlich hätte das bedeutet, dass er die Polizei vorsätzlich belog, was einen Straftatbestand erfüllen konnte.

»Ist das Ihr Klient?«, fragte Nele und reichte der Psychologin das Foto. »Er wurde von einer Handykamera aufgenommen, als er in der Mannheimer Fußgängerzone auf eine junge Frau eingestochen hat.«

»Und anhand dieses Fotos hat Herr Strathmann auf

Michael geschlossen?« Dr. Rieke verdrehte die Augen und gab ihr das Foto zurück. Sie hatte nur einen flüchtigen Blick darauf geworfen.

»Sie wissen, dass Sie sich strafbar machen, wenn Sie in Gesprächen mit Ihren Klienten erfahren, dass diese einen Mord planen?«, versuchte Nele den Druck zu erhöhen, die Sturheit der Psychologin nervte sie immer mehr.

»Ich bin über § 203 StGB sehr wohl im Bilde. Ich kann mir schwer vorstellen, dass der Mann auf dem Foto Michael Kilian sein soll.«

»Warum nicht?«

»Der Mann sieht groß und kräftig aus.«

»Herr Kilian soll auch groß und kräftig sein«, entgegnete Nele. Dass der Hamburger noch immer nichts sagte, nervte sie zusätzlich. Gerade jetzt müsste er ihr doch zur Seite springen, indem er ebenfalls den Druck erhöhte.

»Er ist groß, ja. Und als er noch bei Herrn Strathmann in Behandlung war, war er auch noch kräftig. Aber seitdem hat er fast fünfzig Kilo abgenommen. Michael ist sehr dünn geworden, daher ist es ausgeschlossen, dass er der Täter ist.«

Das saß! Dieses Argument konnte Nele weder wegdiskutieren noch ignorieren.

»Frau Dr. Rieke, ich respektiere Ihren beruflichen Ehrenkodex. Ihre Klienten können sich glücklich schätzen. Wir sind aber auf der Suche nach einem Serientäter, der die Tragweite seiner Taten vermutlich gar nicht begreift. Er geht sehr unorthodox und spontan vor. Zwei junge Frauen mussten bereits ihr Leben lassen, eine andere liegt schwer verletzt im Krankenhaus und weitere Morde werden folgen, wenn wir ihn nicht bald verhaften können.

Möchten und können Sie es wirklich verantworten und mit Ihrer Berufsethik vereinbaren, wenn Sie wissen, dass einer Ihrer Klienten ein gesuchter Serientäter ist und weitere junge Frauen umbringt, nur weil Sie sich an Ihre Verschwiegenheitspflicht klammern? Ich möchte Sie noch einmal bitten: Schauen Sie sich das Foto genau an. Vielleicht haben Sie einen Klienten, der diese Kleidung oder diesen Rucksack in den letzten Tagen oder Wochen trug«, appellierte Tom nun mit sehr eindringlichen Worten an sie. Ob er bei der sturen Frau damit etwas erreichte, konnte Nele nicht einschätzen, aber sie reichte ihr das Foto erneut über den Tisch.

Nachdem sie es zuvor nur kurz und oberflächlich angeschaut hatte, ließ sie sich diesmal Zeit.

»Ich kenne ihn«, sagte sie schließlich, sie wirkte sichtlich erschrocken. Ob ihr dieser Satz nur herausgerutscht war oder ob die Worte ihres Kollegen Eindruck geschunden hatten, konnte Nele nicht einschätzen.

»Wie heißt er?«, fragte Tom.

27

Hieß es nicht, man solle den Tag nie vor dem Abend loben? Wer immer sich diesen Spruch ausgedacht hatte, verdiente einen Orden.

Noch vor zwei Stunden hatte er geglaubt, dass das Leben sinnlos sei, dass seine Existenz sinnlos sei, und kurz hatte er sogar den Gedanken gehegt, dass die Welt ohne ihn besser dran wäre.

Was für ein Trugschluss. Die Welt brauchte ihn, den Antihelden, der die Menschheit von all den oberflächlichen Tussis befreite.

Seine letzte Beute hatte er bereits im Keller untergebracht. Ihre Hände waren gefesselt, ihr Mund war geknebelt und die Tür abgeschlossen. Ihre Tasche und ihre Jacke hatte er an sich genommen, die SIM-Karte hatte er aus dem Handy entfernt und vernichtet, das Handy würde er verkaufen, sobald er Zeit hätte, die Anzeige auf Ebay-Kleinanzeigen zu schalten. In der Geldbörse waren leider nur zehn Euro gewesen, sie hatte also nicht gelogen, als sie behauptet hatte, dass sie die fünf Euro gut gebrauchen könne.

Jetzt saß er in seinem Zimmer und grübelte über der Frage, ob er sie wirklich quälen oder ihr die Chance geben sollte, mit ihm zusammen hier im Haus zu leben. Platz gab es reichlich. »Und sie ist zutraulicher als Leonie«, dachte er laut.

»Selma Demir« stand auf dem Personalausweis. Auf dem Foto sah sie süß aus, überhaupt nicht wie eine eingebildete, arrogante junge Frau.

»Und doch bist du wie alle hübschen Frauen, die glauben,

dass ihnen die Welt gehört, und du bist anders als Leonie. Ob das an deiner Erziehung liegt?«, überlegte er. Immerhin glaubte er zu wissen, dass türkische Kinder und vor allem Frauen sehr patriarchalisch geprägt aufwuchsen und somit nicht viel zu melden hatten. Vielleicht war das mit ein Grund, warum sie ihm gegenüber so freundlich und zurückhaltend aufgetreten war.

»Es ist ihre Erziehung. Du bist ein älterer Mann. Sie muss dir gegenüber respektvoll sein und sie muss sich deinem Willen beugen, sonst kommt sie bestimmt in die islamische Hölle. Das könnte ein echter Glücksgriff sein.« Er lachte und schlug sich mit der Hand gegen die Stirn. »Du Doof. Du hättest dich von Anfang an auf eine muslimische Frau konzentrieren sollen, die sind doch alle von zu Hause aus devot und loyal wie Hündchen. Sie kommen mit Zucht und Ordnung viel besser klar, denen kannst du auch mal einen Klaps auf den Po oder einen Schlag ins Gesicht geben, ohne dass sie gleich rumzicken.«

Gerade als er zum Gamecontroller greifen wollte, um Fortnite zu spielen, klingelte es an der Tür. Er ignorierte den Ton, doch es klingelte erneut.

»Mama, machst du auf?«, brüllte er, doch seine Mutter reagierte nicht und es klingelte zum dritten Mal. »Verdammt. Nicht mal fünf Minuten Ruhe hat man«, grollte er, stand aber trotzdem auf und ging zur Haustür. Schließlich war es denkbar, dass es seine Bestellung war, die er vorgestern online getätigt hatte. Er hatte im Sexshop ein paar »Spielsachen« bestellt in der Hoffnung, sie mit Leonie ausprobieren zu können. Doch Leonie hatte sich leider für den Tod entschieden. Mit Selma hatte er nun jedoch eine würdige Nachfolgerin gefunden.

Als er die Tür öffnete, konnte er seine Enttäuschung nicht verbergen.

»Was willst du?«, fragte er sichtlich ernüchtert.

»Schön, dich zu sehen«, entgegnete Holger. »Was ist los? Warum so schlecht gelaunt?«

Bevor er etwas erwidern konnte, hatte Holger bereits den Flur betreten. Das passte ihm gar nicht, schließlich war sein heutiger Tag längst verplant.

»Was treibst du denn so?«

»Ich wollte ein paar Sachen machen.«

»Was für Sachen?«

»Wäsche waschen, eigentlich ...«

»Lass dich von mir nicht ablenken. Ich warte im Zimmer auf dich.«

Er knirschte mit den Zähnen. Dass Holger ihm ins Wort fiel und seine Strategie zunichtemachte, mit der er ihn hatte loswerden wollen, passte ihm gar nicht.

»Die Wäsche läuft ja nicht weg. Was verschlägt dich hierher?«, fragte er. Er wollte Holger nicht das Gefühl geben, dass er angefressen war, weil dieser dann noch weiter gebohrt hätte.

»Was ist los mit dir? Du wirkst etwas neben der Spur.«

»Nein, alles gut. Ich habe nur geschlafen.«

»In deiner Straßenkleidung?« Holger wirkte wenig überzeugt.

Dass er jedes seiner Worte in Zweifel zog, reizte ihn so sehr, dass seine Hand instinktiv in die Hosentasche fuhr, wo er sein Taschenmesser hatte.

Stich ihn ab, dachte er. Zu gerne hätte er es getan, nur fehlte ihm der Mut dazu.

»Möchtest du was trinken?«

»Cola wäre gut.«

»Kein Problem.« Er klopfte Holger auf die Schulter und lachte. »Willst du mir nicht endlich den Grund deines Besuches verraten?«

»Muss man einen Grund haben, um seinen Kumpel zu besuchen? Ich war gerade in der Nähe.«

»Lass mich raten, du hast eine Schnitte besucht«, unterbrach er ihn. Beide betraten die Küche und er nahm zwei Coladosen aus dem Kühlschrank, die hatte er vor einigen Tagen gekauft. Eine reichte er Holger.

»Danke. Du kennst mich halt«, schmunzelte Holger. »Aber diesmal ist es anders. Sie ist echt sehr nett und auf den Kopf ist sie auch nicht gefallen. Vielleicht könnte es mehr werden.«

»Das freut mich für dich«, nickte er und öffnete seine Coladose, um sich einen kräftigen Schluck zu gönnen.

»Mal schauen. Sie hat eine Freundin, die könnte was für dich sein.«

»Willst du mich verkuppeln?«

»Warum nicht. Du wirst mir noch dankbar sein. Sie ist seit zehn Jahren Single.«

»Bitte nicht, ich suche mir die Frauen schon selber aus.« Dass sie seit zehn Jahren Single war, konnte doch nur bedeuten, dass sie unausstehlich war. Welche hübsche und intelligente Frau wäre sonst so lange Single? Holger schien ihn verdammt unattraktiv zu finden, dass er ihm so etwas vorschlug. Am liebsten hätte er ihm gesteckt, dass er im Keller ein Juwel von Frau hatte, aber er konnte sich bremsen.

»Du weißt nicht, was du verpasst. Hast du für nächstes Wochenende schon was geplant?«, fragte Holger.

»Bis jetzt noch nicht, warum?«

»Ich hätte mal wieder Bock auf Kino.«

»Warum nicht.«

»Sehr gut, dann halte ich mir den Sonntag frei, okay?«

»Werde ich mir gleich notieren«, antwortete er, nahm sein Handy und machte sich eine Notiz. Es trat kurz Stille ein, deshalb fügte er hinzu: »Ach ja, ich habe mir deine

Worte übrigens zu Herzen genommen. Du hast recht, ich muss an mir arbeiten und Kritik annehmen. Ich denke, ich habe da bereits einige Fortschritte gemacht.«

»Sehr schön, das freut mich. Kritik ist notwendig im Leben, nur an sachlicher Kritik kann man wachsen. Aber man muss bereit sein, sie anzunehmen.«

»Genau daran arbeite ich«, antwortete er. Er wusste nicht, warum er das überhaupt angesprochen hatte, aber irgendwie hatte er das Gefühl, dass Holger so etwas hören wollte, und er wollte ihm das Gefühl geben, dass er seinen Rat befolgte. Ob er es am Ende wirklich tat, war unerheblich.

»Wie kommst du eigentlich so zurecht, das Ganze ist ja nicht leicht.«

»Ich mache das Beste daraus. Es klappt schon, das Leben muss weitergehen.«

»Gute Einstellung, vielleicht ist es auch besser so. Du hattest es ja noch nie leicht. Wenn du irgendwann darüber sprechen willst, kannst du jederzeit zu mir kommen. Ich habe mir schon damals so meine Gedanken gemacht, mich aber irgendwie nie getraut, dich darauf anzusprechen. Dass die Blutergüsse, Prellungen und Brüche nur Unfälle oder Pech waren, habe ich nie geglaubt.«

»Können wir das Thema wechseln?«, sagte er und seine Stimme bekam eine Schärfe, die er nicht mehr kontrollieren konnte. Das alles ging Holger nichts an.

»Wie du magst, wollen wir zocken?«

»Klar doch, eine Runde Fortnite geht immer«, antwortete er sichtlich entspannter.

Sie gingen in sein Zimmer und starteten das Spiel.

»Wie schaut es mit einem Job aus?«, fragte Holger, während er ein paar Gegner ausschaltete.

»Das Arbeitsamt kümmert sich darum«, erwiderte er. Er wollte gerade nicht sprechen, er wollte töten. Seine Blicke fixierten den Fernseher, den er als Bildschirm mit seinem Computer verbunden hatte. Auf dem großen Fernseher machte so ein Ballerspiel viel mehr Spaß.

»Da kannst du ewig warten. Ich habe noch nie gehört, dass die vom Arbeitsamt jemandem einen Job besorgt haben. Die verwalten sich doch bloß selbst.«

»Du musst mehr Vertrauen in unsere Behörden haben«, erklärte er großmütig, diese Steilvorlage musste er nutzen, schließlich war es sonst Holger, der immer auf ihm herumhackte. Seit Tagen wartete er darauf, ihm endlich einen reindrücken zu können.

»Ich muss nicht darauf warten, ich habe einen Job, es geht um dich und deine Naivität«, lachte Holger.

Er ahnte ja nicht, was das bei ihm auslöste. Wütend biss er sich auf die Zunge und schlachtete ein paar weitere Gegner ab.

Dann vibrierte Holgers Handy und er legte seinen Gamecontroller beiseite.

»Was ist los?«, wurde er laut. Holger konnte doch nicht einfach so das Spiel unterbrechen.

»Entspann dich, du bist ja richtig süchtig nach dem Spiel«, motzte Holger. »Jemand hat mir über Facebook geschrieben.«

Zornig pausierte er ebenfalls das Spiel. Diesem verbalen Vorwurf von Holger durfte er kein Futter geben, doch in ihm brodelte es.

»Und wer schreibt dir?«

»Ach, so eine Tussi, die nicht versteht, dass es nur ein One-Night-Stand war.«

»Du und die Frauen«, lachte er und hoffte, dass sie gleich weiterspielen würden. Aber Holger schien sich plötzlich nur noch für sein Handy zu interessieren.

»Was machst du?«

»Ich schau gerade, was es Neues auf Facebook gibt. Die Seite wird immer schlechter. Da wird nur Müll gepostet.«

»Das ist der Grund, warum ich Facebook oder Instagram gar nicht erst habe.«

»Hast auch nichts verpasst.«

»Die Welt verdummt durch Facebook und diese Fake News.«

»Das ist leider so, seriöse Nachrichten zu finden, ist heute schwer, ich würde sagen, fast unmöglich. Aber es ist halt leichter, schnell mal bei Facebook oder auf der Bild-Seite zu schauen, als sich mit ernst zu nehmenden Nachrichten auseinanderzusetzen«, bestätigte Holger. »Trotzdem ist nicht alles schlecht. Man muss die fundierten Berichterstattungen nur suchen, auch auf Facebook. Für die Polizei zum Beispiel ist es eine Supermöglichkeit, Kriminelle und Mörder zu suchen. Schließlich nutzen fast dreißig Millionen Menschen in Deutschland Facebook. Da kann eine Fahndung viel schneller zum Erfolg führen.«

»Die Mannheimer Polizei ist auf Facebook?«, fragte er sichtlich überrascht. »Ich dachte, die nutzen solche Fakemedien nicht.« Er machte Gänsefüßchen in die Luft.

»Aber hallo, die wären schön dumm, wenn sie es nicht täten. Auf welchem Portal hast du sonst dreißig Millionen potenzielle Informanten? Sie suchen ja auch den Würger über ihre Facebookseite.«

»Du kennst den Würger?«

»Was heißt kennen? Ehrlich gesagt, möchte ich den gar nicht kennen.«

»Warum nicht?«

»Ist nicht dein Ernst?« Holger schüttelte den Kopf. Seine Stimme hatte plötzlich einen spöttischen Tonfall angenommen. »Das ist doch voll der Freak.«

»Woher willst du das wissen, wenn du ihn nicht kennst?«

»Jetzt wird deine Argumentation aber lächerlich. Der Kerl hat mehrere junge Frauen ermordet. Glaubst du im Ernst, dass der normal im Kopf ist?«

»Wir kennen doch seine Motive gar nicht. Sicherlich hatte er seine Gründe. Niemand tötet einen anderen einfach so. Vielleicht haben die Frauen ihm ja geschadet oder ihn bedroht«, versuchte er Partei für den Würger zu ergreifen. Dass er selbst dieser Antiheld war, konnte er Holger unmöglich anvertrauen, auch wenn es eine leise Stimme in ihm gab, die ihn dazu drängte, es endlich jemandem zu erzählen. Und auch zu erklären, warum diese Frauen sterben mussten. Nichts geschah eben ohne Grund. Sicherlich würde Holger dann nicht mehr so schlecht über den Würger denken.

»Du machst dich gerade ziemlich lächerlich. Welchen Grund soll er haben, junge Frauen zu töten? Ich sage dir, wer dieser Würger ist. Ein feiger Nichtsnutz, ein Niemand mit ganz großen Komplexen. Ein Psycho halt.«

Entsetzt starrte er Holger an und schluckte. Seine Attacken trafen ihn hart, sie machten ihn rasend vor Wut. Seine rechte Hand ruhte bereits in seiner Hosentasche bei dem Messer und eine Stimme in ihm wurde immer lauter, dass er Holger endlich die Kehle durchschneiden sollte.

»Hier ist ein neues Fahndungsfoto von diesem Freak«, sagte Holger und zeigte ihm das Foto auf seinem Handy. Die Mannheimer Polizei hatte es auf ihrer Facebookseite gepostet.

Er erschrak, er hatte sich auf dem Foto sofort erkannt, auch wenn es von sehr schlechter Qualität war.

Auch Holger schaute sich das Foto noch einmal genauer an. »War klar, dass das so ein fettes ekliges Schwein ist. So ein typischer asozialer Versager.« Er schien seinen Blick gar nicht mehr von dem Bild lösen zu können.

»Dieser Rucksack kommt mir doch irgendwie bekannt vor«, hörte er ihn noch sagen, da überrollte ihn die Panik, er begann zu schwitzen. Es war kalter Angstschweiß. Rechts neben ihm saß Holger, er starrte noch immer auf sein Handy.

Jetzt.

Er griff nach seinem Messer, er musste ihn töten, sonst lief er Gefahr, dass alles aufflog.

Mit einem entschlossenen Griff holte er das Messer aus der Hosentasche.

28

Die Psychologin antwortete nicht sofort. Noch immer war ihr Blick auf das Foto gerichtet. Sie sah blass aus, fast als hätte sie einen Geist gesehen.

»Ich hätte es wissen müssen, die Anzeichen waren da«, flüsterte sie, es war offensichtlich, dass sie mit sich selbst sprach.

»Können Sie uns den Namen Ihres Klienten sagen?«, fragte Nele, da Dr. Rieke auf Toms Frage nicht reagiert hatte.

Sie atmete hörbar ein und aus, dann schaute sie Nele an. »Er heißt Conrad. Erst vor wenigen Tagen war er bei mir. Ich hätte die Symptome richtig deuten müssen. Bei ihm liegen mehrere psychische Erkrankungen vor, besonders ausgeprägt ist die komplexe posttraumatische Belastungsstörung.«

»Hat er Ihnen einen Mord gestanden?«, wollte Nele wissen. Die Frage lag auch Tom auf der Zunge, aber er wollte seiner Kollegin nicht ins Wort fallen.

»Nein, das nicht. Als er vor ein paar Tagen zu mir zum Termin kam, hatte ich die Hoffnung, dass wir die Therapie fortsetzen könnten, die wie bereits vor zwei Jahren begonnen hatten.«

»Weswegen war er bei Ihnen in Behandlung?«

»Sein damaliger Arbeitgeber hatte ihm zu einer Therapie geraten, da er Kollegen gegenüber ausfallend geworden war, seine Emotionen nicht im Griff hatte und unter Wahnvorstellungen litt, was typische Symptome von K-PTBS sind. Es war anfangs nicht einfach, zu ihm durchzudringen, aber mit der Zeit fasste er Vertrauen zu mir und begann sich zu öffnen. Es ist wichtig, bei Menschen mit stark ausgeprägten psychischen Krankheitsbildern keinen allzu großen Druck aufzubauen. Ich hatte schon eine Vorahnung, was die Ursache sein könnte.«

»Und was war die Ursache?«, fragte Nele. Tom seufzte innerlich, er hatte eigentlich nur den Namen des Klienten und seine Anschrift wissen wollen, sein psychisches Krankheitsbild interessierte ihn nicht. Dr. Rieke schien sehr sicher zu sein, dass dieser Conrad der Mann auf dem Foto war, was wollten sie mehr?

»Seine Mutter.«

»Seine Mutter?«

»Ja, sie hat ihre Wut auf den biologischen Vater an ihm ausgelassen, weil der sie während der Schwangerschaft verlassen hat. Vermutlich hat sie daraufhin auch ihre Lebensumstände dem Kind in die Schuhe geschoben. Sie hatte einen regelrechten Hass auf ihn und hat ihn über Jahrzehnte einer unmenschlichen Folter und psychischem Stress ausgesetzt. Sein ganz Körper ist gezeichnet von den Wutausbrüchen seiner Mutter.«

»Und warum hat er sie nicht angezeigt oder verlassen, als er alt genug war?«, fragte Nele.

»Wenn das so einfach wäre. Sie können sich glücklich schätzen, dass Sie so etwas sicher nie erlebt haben, aber diese Opfer geraten in eine tiefe psychische Abhängigkeit von ihren Peinigern. Vor allem, wenn es Familienmitglieder wie Väter oder Mütter sind, ist eine Abnabelung sehr schwierig.«

»Lebt er noch bei seiner Mutter?«, fragte Nele. Tom war drauf und dran, das Gespräch zu beenden. Es war Zeit, dass sie sich diesen Mann schnappten, er war ein Freak, eine Gefahr für seine Mitmenschen. Natürlich wusste er, dass viele Täter, gerade bei Sexualdelikten, früher selbst Opfer waren, das entschuldigte ihre Taten allerdings nicht.

»Er lebt noch in ihrem Haus, aber seine Mutter ist vor vier Monaten gestorben. Er hat das nie akzeptiert.«

»Wie meinen Sie das?«

»Er war noch bei mir in Behandlung, als seine Mutter verstarb, bereits zu dem Zeitpunkt stellte ich fest, dass er seine Mutter weiter in Selbstgesprächen personifizierte. Ich versuchte ihm zu helfen, sich von diesen Halluzinationen und Wahnvorstellungen zu lösen. Er sollte verstehen, wie wichtig es ist, zu akzeptieren, dass seine Mutter tot ist. Dass es eine Chance für einen Neuanfang sein konnte, schließlich ist die Person nun tot, die ihn über Jahrzehnte gequält hat.«

»Eigentlich hätte er glücklich sein müssen.«

»Eigentlich. Aber bei so einer Diagnose ist kein Verhalten rational erklärbar. Bei seinem letzten Besuch schrie er, er wurde handgreiflich und brüllte: *Ich habe doch nur meine Mutter!* Dann lief er aus der Praxis. Vor einigen Tagen habe ich ihn zufällig im Bus gesehen, ich sprach ihn an und er sagte zu, in meine Praxis zu kommen, was er auch tat. Aber noch während der Sitzung überkam ihn wieder ein Wutanfall, er sprang auf, nahm sein Messer und stach wild damit um sich. Ich hatte Angst, dass er mich treffen könnte. Zum Glück beruhigte er sich schnell. Ich wollte mit ihm darüber reden, da es eine sehr gefährliche Wendung in seinem Krankheitsbild ist, doch bevor ich überhaupt etwas sagen konnte, stürmte er aus der Praxis. Da ich Sorge hatte, dass er Menschen gefährden könnte, wenn er nicht eingewiesen wird, habe ich sofort nach seinem Verschwinden einen Antrag auf Zwangseinweisung gestellt.«

»Und Sie sind absolut sicher, dass die Person auf dem Foto Conrad ist?«, fragte Tom, er musste ganz sichergehen, denn ihre Aussage würde die nächsten Schritte rechtfertigen.

»Ja, diesen schwarzen Rucksack mit dem Indiana-Jones-Logo hatte er schon zu Beginn der Therapie dabei, auch die schwarze Jacke. Er ist groß und kräftig. Es müsste wirklich ein dummer Zufall sein, wenn das nicht Conrad ist.«

»Wo finden wir ihn und wie heißt er mit Nachnamen?«, fragte Tom. Er hatte genug gehört, all das reichte, um den Verdächtigen zu verhaften. Dieser Conrad war gefährlich, vermutlich war er ihr gesuchter Mörder. Jetzt mussten sie ihn nur noch fassen.

»Conrad Niemann, er wohnt in Schönau. Ich suche Ihnen die genaue Anschrift heraus.« Sie tippte etwas in ihren Computer und nannte den Beamten die Adresse. »Ich möchte Sie bitten, vorsichtig zu sein. Er ist verstört und krank. Er ist ein Opfer, vergessen Sie das bitte nicht. Es gibt keinen Grund, Gewalt anzuwenden. Wenn Sie wollen, begleite ich Sie.«

»Ganz bestimmt nicht. Sie bleiben hier, das ist Aufgabe der Polizei«, entgegnete Tom. Das fehlte ihm gerade noch, dass eine Psychologin sich in ihre Ermittlungen einmischte. »Ich möchte Ihnen auch davon abraten, den Verdächtigen anzurufen.«

»Seien Sie unbesorgt«, sagte Dr. Rieke. »Wenn Sie mit ihm reden, wird er keine Gegenwehr leisten, ich kenne ihn. Sie dürfen ihm nur keine Angst machen.«

»Danke«, antwortete Tom und reichte ihr die Hand zum Abschied. Nele tat es ihm gleich und folgte ihm nach draußen.

»Glauben Sie, das ist unser Mann?«

»Wir werden es bald wissen. Wenn man bedenkt, wie sich Dr. Rieke bei diesem Michael Kilian angestellt hat, spricht vieles dafür, dass Conrad Niemann unser Täter ist. Sie hat ihn auf dem Foto erkannt.«

»Wollen wir's hoffen, dann hat der Spuk endlich ein Ende. Er wohnt immerhin in Schönau, was unsere Annahme, dass der Mörder in der Nähe der Tatorte wohnt, bestätigt.«

»Genau«, nickte Tom und schaute auffordernd auf den Ganghebel.

»Keine Sorge, ich weiß, wie man den Wagen startet«, entgegnete Nele und ließ den Motor an. »Er kann einem schon leidtun.«

»Warum?«

»Na ja, wenn stimmt, was die Psychologin sagt, hat er nie eine richtige Kindheit oder ein normales Leben gehabt. Seine Mutter hat ihn jahrzehntelang gequält. Es muss für ihn die Hölle gewesen sein.«

»Und das gibt ihm das Recht, unschuldige Frauen zu töten?«

»Nein, das nicht. Natürlich nicht. Ich wollte ja nur ... Egal, vergessen Sie es. Sie haben doch eh ein Herz aus Stahl.«

»Wie kommen Sie darauf?«

»Weil so ein Schicksal keinen kalt lassen kann. Egal ob er ein Mörder ist oder nicht, am Ende zahlt er den Preis dafür doppelt. Einmal, weil seine Mutter ihn tyrannisiert hat, und jetzt, weil er als Bestie gejagt wird.«

»Seit wann sind Sie so sentimental? Diesen Eindruck haben Sie bisher nicht auf mich gemacht.«

»Tja, da sieht man, wie wenig Sie von mir wissen«, blieb sie vage, doch Tom wollte auf diese Bemerkung nicht eingehen. Seine Konzentration galt dem Vorhaben, den Täter möglichst lebendig festzunehmen. »Haben Sie schusssichere Westen im Kofferraum?«

»Ja, habe ich immer dabei. Sie haben Glück, die von Anja

ist auch noch da, sonst hätten Sie wohl im Auto warten müssen.«

»Ganz sicher«, entgegnete er kühl, er fand diesen Scherz überhaupt nicht angebracht.

»Sollen wir die Zentrale benachrichtigen?«

»Nein, ich denke, wir werden alleine mit ihm fertig. Dr. Rieke meinte ja, solange er uns nicht als Gefahr empfindet, wird er mit sich reden lassen. Das Beste wird sein, ihn zu überwältigen, sobald er die Tür geöffnet hat.«

»Okay«, antwortete Nele und bog auf die Zielstraße ein. An ihrem konzentrierten Gesichtsausdruck erkannte er, dass sie angespannt war. Hundert Meter vor der Anschrift parkte sie. Beide Beamten stiegen aus und zogen die schusssicheren Westen unter ihren Jacken an.

»Waffe entsichern«, forderte Tom.

»Danke, Herr Kollege. Aber nicht ich bin die Neue«, reagierte Nele frostig. Sie ging auf das Haus zu, Tom folgte ihr. Vor der Tür blieben sie stehen.

»Perfektes Haus für ein Verbrechen«, bemerkte sie, Tom nickte nur. Das Einfamilienhaus lag etwas nach hinten versetzt, in unmittelbarer Nähe war der Wald, er wirkte wie eine unüberwindbare Wand.

Tom betätigte die Klingel, doch niemand öffnete. Er klingelte erneut.

»Ausgeflogen«, stellte Nele fest.

»Eher nicht«, antwortete Tom und nickte in Richtung des Autos, das vor dem Haus am Straßenrand stand. »Sehr unwahrscheinlich, dass jemand hier parkt, wenn er nicht ins Haus will.«

Also drückte er ein drittes Mal auf die Klingel, doch immer noch keine Reaktion.

»Nicht, dass Dr. Rieke ihn doch gewarnt hat«, gab Nele zu bedenken.

»Das glaube ich nicht. Sie weiß, dass sie sich damit strafbar machen würde. Sie ist sehr genau in diesen Dingen.«

»Dann müssen wir uns wohl gewaltsam Zutritt verschaffen.«

»So sieht es aus.« Tom drückte gegen die Tür, aber sie war verschlossen, also nahm er sein Spezialwerkzeug aus der Jackentasche und öffnete sie, während Nele ihm mit der Waffe in der Hand Deckung gab. Da es sich um ein altes Schloss handelte, war das Öffnen ein Kinderspiel.

Vorsichtig schob Tom die Tür auf und betrat das Haus, die Waffe im Anschlag.

Langsam näherte er sich dem ersten Raum. Dass es im Haus so ruhig war, machte ihn etwas stutzig.

Sie durchsuchten ein Zimmer nach dem anderen, aber von Conrad Niemann fehlte jede Spur. Schließlich standen sie vor dem letzten Zimmer, dessen Tür geschlossen war. Toms Atem ging schneller und sein Herzschlag erhöhte sich. Ganz langsam öffnete er die Tür, darauf gefasst, Conrad dort zu treffen, der möglicherweise bewaffnet war.

Doch was sie in dem Zimmer entdeckten, verschlug ihnen den Atem.

»Scheiße«, rutschte es Nele heraus.

29

Es war ein Kampf auf Augenhöhe. So hatte er sich das in seiner Fantasie immer vorgestellt. Oft genug hatte er davon geträumt, Holger zu töten, nur hatte ihm bisher der Grund oder vielmehr der Mut dazu gefehlt. Holger war letztlich nicht anders als die anderen, die sich andauernd über ihn lustig gemacht hatten. Er hatte ständig Witze auf seine Kosten gemacht und ihn immer wieder daran erinnert, dass er nicht normal wäre, ein Freak, auch wenn er es verstand, es so zu formulieren, dass es so klang, als hätte er nur sein Wohl im Sinn.

Aber das war alles gelogen. Holger war niederträchtig!

Endlich hatte er es geschafft, seine Angst zu bekämpfen und dieses Problem aus der Welt zu schaffen. Er hatte sein Messer aus der Tasche gezogen und damit auf Holger eingestochen. Das Messer hatte seinen Hals getroffen. Holger war zur Seite gesprungen, aber er hatte keine Sekunde gezögert und sich auf ihn gestürzt, um ihn zu Fall zu bringen. Immer wieder hatte er auf den Mistkerl, diesen selbstverliebten Idioten, eingestochen. Holger hatte sich gewehrt, mit Händen und Füßen, dabei hatte er einmal seinen Intimbereich getroffen und er war vor Schmerz zu Boden gegangen. Zum Glück hatte er das Messer nicht fallen lassen, sodass er den Schmerz verdrängte und weiter auf Holger einstach.

Dennoch, Holger war stark, ein würdiger Gegner. Fast hätte er ihm das Messer aus der Hand geschlagen, dabei hatte Holger allerdings seine Deckung öffnen müssen und er hatte ihm das Messer mitten ins Herz gerammt. Erst da hatte Holger den Widerstand aufgegeben und er konnte ungestört wieder und wieder auf ihn einstechen.

»Willst du mir immer noch vorschreiben, wie ich mein Leben zu leben habe?«, hatte er den toten Freund angebrüllt. »Ich bin der Würger. Rede nie wieder so schlecht über ihn.«

Irgendwann hatte er von ihm abgelassen, nur langsam hatte er sich beruhigt, und als er wieder bei Sinnen war, war er ein wenig überrascht.

»Habe ich das etwa getan?«, fragte er sich, während er auf die Leiche herabschaute. »Er hat es wohl verdient.« Ein Lächeln huschte über seine Lippen.

Dann überlegte er, was er mit der Leiche anstellen sollte. In seinem Zimmer konnte sie schlecht liegenbleiben, seine Mutter würde sie womöglich entdecken und das musste er um jeden Preis verhindern.

»Ich könnte dich im Wald entsorgen oder im Garten verbuddeln.« Er hob Holger auf und versuchte, ihn über die Schulter zu legen. »Verdammt, der Zwerg ist schwerer, als er aussieht.« Ein Schmerz jagte durch seinen Rücken, also ließ er ihn wieder fallen. »Ich muss ihn zersägen oder zerhacken.« Zum Glück hatte er im Stall ein Beil, das sich sehr gut dafür eignen würde.

Er hielt inne. »Würde der Würger seine Opfer wirklich zerhacken?«, überlegte er. Er fand die Vorstellung plötzlich eklig. Zwar hatte er schon oft Filme gesehen, in denen Menschen zersägt und zerkleinert wurden, vor Jahren hatte auch ein Video im Internet kursiert, das angeblich zeigte, wie ein echter Mensch klein gehackt wurde, aber wirklich erregend hatte er das nie gefunden.

»Vielleicht gibt es eine andere Lösung. Was, wenn ich ihn in Säure auflöse?« Aber wie sollte er an die Säure gelangen und wie viel würde er brauchen? Er musste unbedingt mehr darüber erfahren, also nahm er seinen Laptop und googelte:

Mensch in Säure auflösen.

Google lieferte ihm 117.000 Ergebnisse. Er war immer wieder erstaunt, was Google alles wusste. Neugierig klickte er auf den ersten und die nachfolgenden Links.

Jetzt wusste er, dass ein achtzig Kilogramm schwerer Mensch aus vierzig Kilo Wasser, vierundzwanzig Kilo Fett, zwölf Kilo Proteinen und vier Kilo Knochen bestand, und das Beste daran war: Laut dem Experten in dem Bericht, den er über den ersten Link aufgerufen hatte, war das alles löslich. Man benötigte dafür Natronlauge, aber auch einen Brenner und noch mehr Zeug.

Je mehr er darüber las, desto mehr verlor er das Interesse. Das Ganze schien komplizierter zu sein als angenommen.

»Mist. Ich trage ihn am besten erst mal in den Keller«, beschloss er daher. Aber statt ihn wieder zu schultern, griff er einfach seine Handgelenke und zog ihn durch das Haus. Das ging wesentlich leichter und er lief nicht Gefahr, dass er sich den Rücken verrenkte, er litt seit Jahren unter Rückenproblemen.

Nachdem er die Küche erreicht hatte, öffnete er die Tür zum Keller und schubste die Leiche die Treppe herunter. Es gab ein lautes Geräusch. Er musste unwillkürlich kichern.

»Na, wo ist jetzt deine große Klappe? Du hast mich unterschätzt, treuer Freund. Das hier liegt allein in deiner Verantwortung.« Er knipste den Lichtschalter an.

Als Kind hatte er diese Treppe immer gehasst, er hatte hier einmal ein schlimmes Erlebnis gehabt. Dass er noch lebte, war pures Glück. »Vielleicht wollte auch jemand, dass ich am Leben bleibe, damit ich der Würger werde«, überlegte er.

Er war neun Jahre alt gewesen und seine Mutter hatte wieder einen ihrer Wutanfälle gehabt. Es war ein Sonntag und sonntags war sie immer betrunken, bis zum Umfallen betrunken, denn an diesem Tag ging sie regelmäßig in die Kneipe, wo sie sich bis zur Besinnungslosigkeit betrank.

Als sie an dem besagten Sonntag wiedergekommen war, hatte sie ihn angeschrien: »Ich habe dir gesagt, du sollst mich nicht anschauen. Du Ausgeburt der Hölle.« Er war nur in der Küche gewesen, weil er sich etwas zu trinken hatte holen wollen. Und dann hatte sie ohne Vorwarnung auf ihn eingeschlagen, er hatte seine Hand vors Gesicht gehalten und versucht, durch die Kellertür zu entkommen. Doch als er sie öffnete und die Stufen herunterlaufen wollte, packte ihn seine Mutter und brüllte: »Hoffentlich brichst du dir das Genick.« Dann schubste sie ihn und er rollte die Stufen herunter, unten prallte er mit dem Rücken auf. Wäre er auf den Kopf gefallen, wäre er sicherlich gestorben. So hatte er sich wenigstens nur ein paar Rippen geprellt.

»Jammer nicht, du lebst doch noch«, hatte seine Mutter ihm nachgerufen, als sie sein Weinen hörte.

Jetzt stand er oben an der Treppe und schaute zu Holger herunter, sein Blick war voller Hass und Verachtung. Es fühlte sich gut an. Ob seine Mutter damals das gleiche Gefühl gehabt hatte?

»Sie hat es tun müssen, dieses Gefühl ist viel stärker als das Muttergefühl, das vielleicht in ihr steckte«, sagte er zu sich und lief die Treppe hinunter.

Dort packte er wieder die Handgelenke von Holger und schleifte ihn weiter, bis er vor einer Tür stehen blieb. Er schloss die Tür auf und betrat den Raum. Das Licht brannte noch, durch ein kleines schmales Fenster fiel zusätzlich etwas Licht.

Er ließ die Tür hinter sich ins Schloss fallen. Wo war Selma?

»Das kann doch nicht sein«, sagte er, schließlich war die Tür abgeschlossen und dass sie durch das schmale Fenster geflohen war, wollte er nicht glauben.

Oder ist sie ein Schlangenmensch?, nahm ein schrecklicher Gedanke Besitz von ihm, doch bevor er ihn zu Ende denken konnte, spürte er einen Schlag gegen den Rücken.

Er schrie auf vor Schmerz und ging in die Knie. Dann sah er Selma, sie hatte sich hinter der Tür versteckt und war auf ihn gesprungen, doch er konnte einen Schritt zur Seite machen. »Bist du bescheuert?«, brüllte er sie an und versuchte sie zu packen, aber sie duckte sich und eilte zur Tür.

Dass sie weglief, musste er um jeden Preis verhindern. Er machte einen schnellen Schritt und erreichte vor ihr die Tür.

»So dankst du mir also, dass ich dir vertraut habe. Ich habe dir die Beine absichtlich nicht gefesselt, weil ich dachte, dass das mit uns beiden etwas Besonderes werden könnte.«

Selma gab seltsame Laute durch den Knebel von sich.

»Beruhig dich endlich. Was ist los mit euch Frauen? Warum müsst ihr immer so hysterisch sein? Ich dachte, ihr Türkinnen seid devot und dazu erzogen, dem Mann zu dienen.« Er schnaufte laut, der Tritt gegen den Rücken war wie ein Wirkungstreffer gewesen, schließlich war das seit dem Sturz in den Keller seine Schwachstelle.

Im selben Moment lief Selma auf ihn zu und trat ihm in den Intimbereich. So schnell konnte er nicht reagieren, er ging mit einem Aufschrei zu Boden.

Verdammt, ist das Karate Kid?, dachte er zornig und

versuchte, wieder auf die Beine zu kommen. Da er in der Tür auf die Knie gegangen war, konnte sie nicht an ihm vorbeilaufen, auch wenn sie mit weiteren Schlägen und Tritten versuchte, sich den Weg freizukämpfen. Seine Körpergröße und sein Gewicht standen ihrem Vorhaben im Weg.

»Es reicht, du Miststück«, brüllte er und stand auf. Dann zückte er sein Messer. »Du hast es nicht anders gewollt.«

Selma zuckte zusammen und machte ein paar Schritte rückwärts.

»Jetzt bist du nicht mehr so mutig, oder?«, rief er und wedelte mit dem Messer vor ihrem Gesicht. »Nenn mir einen Grund, warum ich dich nicht abschlachten sollte. Auf jeden Fall musst du bestraft werden, damit du begreifst, wer hier die Spielregeln aufstellt. Ich bin dein Meister, dein Gott, kapier das endlich. Du hast mich gerade sehr wütend gemacht, eigentlich müsste ich dich töten.«

Er schnaufte wie ein Nashorn und fast glaubte er, dass Dampf aus seinen Nasenlöchern schösse.

Da ging Selma auf die Knie, sie senkte den Kopf. Weinte sie?

»Wie ein Hund«, bemerkte er verächtlich und machte einen Schritt auf sie zu, allerdings rechnete er noch immer damit, dass ihr gleich wieder eine Gemeinheit einfallen würde. »Warum musst du mich wütend machen? Ich will gar nicht wütend sein«, sagte er, er stand jetzt über ihr. Es war ein geiles Gefühl, sie in dieser Haltung zu sehen und zu wissen, dass er ihr Henker, ihr Richter und Herrscher war. Adrenalin schoss durch seine Adern, er fühlte sich wichtig, allgewaltig.

»Soll der Würger zuschlagen«, überlegte er laut, »oder soll ich Milde walten lassen? Einmal zeigen, wie barmherzig ich bin?«

Er packte ihren Kopf und hob ihn etwas hoch, sodass ihr Hals sichtbar wurde, dann nahm er das Messer. »Ein kleiner feiner Schnitt und du bist Geschichte.« Er starrte auf die zarte Haut. Da hatte er eine viel bessere Idee. Er griff in die rechte Tasche seines Hoodies, in der die mit Luft gefüllte Spritze lag, er würde nur noch die durchsichtige Schutzkappe abziehen müssen.

»Das Schicksal wird entscheiden, ob du leben sollst oder nicht.« Seine Augen wurden schmal, sein Kopf begann zu nicken und eine wunderbare Freude erfüllte ihn. Endlich würde er testen können, ob man mit einer luftgefüllten Spritze einen Menschen töten könnte.

30

Überall war Blut. Es war nicht zu übersehen, dass hier vor Kurzem ein Kampf stattgefunden hatte.

»Die Blutspur geht weiter«, sagte Nele. Die Anspannung war kaum noch auszuhalten, denn das viele Blut konnte nur eines bedeuten: Conrad war komplett außer Kontrolle und sie mussten noch vorsichtiger sein als ohnehin schon.

Tom nickte stumm und ging vor. Das Zimmer hatte zwei Türen, sie folgten der Blutspur durch die andere Tür und erreichten die Küche.

»Im Keller«, flüsterte Tom und zeigte auf die offene Tür, die zum Keller führte. Diesmal war sie es, die stumm nickte. Sie gingen die Treppe herunter und erreichten den Keller. Unten das gleiche Bild. Eine Blutspur wies ihnen den Weg.

Dann sahen sie die Leiche, sie lag im Gang. Tom zeigte auf die Tür dahinter, sie hatten offensichtlich denselben Gedanken. Es war gut möglich, dass Conrad ihr Klingeln gehört und sich nun in einem Kellerraum verschanzt hatte. Was allerdings die Leiche hier machte, konnte sich Nele nicht erklären.

Ihr Herz raste und sie sah, wie Tom ganz langsam die Türklinke nach unten drückte, um zu testen, ob sie offen war. Er hätte sich auch laut bemerkbar machen und Conrad zur Aufgabe zwingen können, aber so war es sicher besser. Ganz offensichtlich war Conrad im Blutrausch und womöglich gar nicht in der Lage, auf irgendein Gespräch einzugehen. Daher mussten sie den Überraschungseffekt nutzen. Sie hoffte, dass er nicht bewaffnet war, denn sobald Tom die Tür geöffnet hätte, würde er für einen Moment keine Deckung haben, auch wenn Nele natürlich versuchte, das auszugleichen.

Dann war die Tür offen, Tom machte mit vorgehaltener Waffe einen Schritt in den Raum und blieb unvermittelt stehen.

»Wo ist er?«, entfuhr es ihr. Was sie im nächsten Augenblick sah, ließ sie erstarren. Eine junge Frau lag in der Ecke. Sie schien tot zu sein. Tom eilte zu ihr und fühlte ihren Puls.

»Verdammt«, platzte er heraus. »Wir müssen das Schwein schnappen.« Seine Stimme zitterte vor Wut.

Nele ging es keinen deut besser. Die junge Frau, die fast wie ein Kind aussah, tot auf dem Kellerboden zu sehen, konnte einen nicht kaltlassen. Dass Conrad nicht ihr gesuchter Mörder war, war für sie inzwischen ausgeschlossen.

»Der Hinterausgang«, sagte Tom, als sie wieder draußen waren. Er eilte zu dem Ausgang, Nele hinterher. Hinter dem Haus war ein großer Garten, an dessen Ende eine Gartenlaube aus Holz mit einer breiten Fensterfront stand.

Vorsichtig näherten sie sich der Laube. Natürlich war es möglich, dass Conrad wieder ins Haus gegangen oder davongelaufen war, aber sie konnten sich nicht aufteilen. Nur gemeinsam würden sie den wahnsinnigen Würger stellen können, auf sich allein gestellt, riskierten sie, selbst ihr Leben zu verlieren.

Sie erreichten einen Baum, der knapp zehn Meter von der Gartenlaube entfernt stand. Hier suchten sie Deckung.

»Ich habe ihn gesehen«, flüsterte Tom. »Er ist in der Laube.«

Nele trat kurz hinter dem Baum hervor und jetzt konnte sie ihn auch sehen.

»Verdammt, wieso verlassen Sie die Deckung? Ich habe

Ihnen doch gesagt, dass er in der Laube ist«, motzte Tom. Seine Anspannung war fast greifbar.

»Was jetzt?«, fragte Nele.

»Sie bleiben hier und geben mir Deckung, ich werde zu ihm gehen. Sie schießen erst, wenn ich ein Zeichen gebe.«

»Was für ein Zeichen?« Nele fand den Plan gar nicht gut und viel zu wenig durchdacht. Conrad verschanzte sich allem Anschein nach in der Laube und sobald Tom aus der Deckung treten würde, wäre er ein leichtes Ziel. Schließlich wussten sie noch immer nicht, ob er bewaffnet war oder nicht.

»Wenn ich den Daumen hebe, schießen Sie.«

»Sicher, dass das ein guter Plan ist?«

»Ja, wir müssen das jetzt durchziehen.«

Nele blieb nichts anderes übrig, als zu nicken. Dann löste Tom sich aus der Deckung und eilte auf die Laube zu. Nele zielte mit der entsicherten Waffe in die gleiche Richtung, bereit, sofort zu schießen, wenn Conrad eine Dummheit beginge.

Doch im nächsten Moment zuckte Nele zusammen. Conrad war hinter dem Fenster der Gartenlaube erschienen, aber er war nicht allein. Eine junge Frau stand vor ihm und er hielt ihr ein Messer an den Hals.

31

Wie wunderbar! Conrad konnte sein Glück kaum fassen. Endlich würde er erfahren, was geschah, wenn man einer Frau eine Spritze mit Luft darin in den Hals jagte. Gerade als er Selma die Nadel an den Hals setzte, hörte er die Türklingel. Erst ein Mal, dann noch mal und noch mal.

Hastig verließ er den Raum, schloss ab und eilte in einen anderen Kellerraum, von dem aus er sehen konnte, wer vor der Haustür stand. Es waren ein Mann und eine Frau, er hatte die beiden noch nie gesehen. Aber was noch schlimmer war, beide hatten eine Waffe. Da war etwas faul. Diese beiden Menschen waren gefährlich und wollten ihm wehtun, so viel war sicher. Er lief zurück zu Selma und achtete diesmal beim Öffnen der Tür darauf, dass sie ihm nicht wieder auflauerte.

Als er die Tür vorsichtig aufschob, kniete sie aber noch immer an derselben Stelle. Hoffentlich ein Zeichen, dass er endlich ihren Willen gebrochen hatte.

»Komm«, rief er und packte sie, dann drängte er sie nach draußen durch den Garten und in die Laube. Dort versteckte er sich mit ihr in der Hoffnung, dass die gemeinen Menschen verschwinden würden, wenn sie ihn im Haus nicht fanden.

»Mutter!« Plötzlich überkam ihn Sorge. Seine Mutter war noch im Haus, vermutlich schlief sie, weil sie sich nicht gut fühlte. »Wehe, ihr tut meiner Mutter etwas an!« Er ballte die Hand zur Faust. Doch was konnte er tun? Er musste seine Mutter aus der Gefahrenzone holen. Unsicher schaute er sich in der Laube um.

»Nein, sie hat dich seit jeher gehasst! Sie wollte dich töten. Warum willst du sie retten?« Er schüttelte verächtlich den Kopf.

Die Antwort war ihm jedoch sogleich klar. »Weil sie meine Mutter ist. Wen habe ich denn, wenn sie nicht mehr ist?«

Du Opfer, meldete sich die kritische Stimme in seinem Inneren, sie verunsicherte ihn. Wie immer. Dass Selma eingeschüchtert am Boden saß, nahm er kaum wahr, zu sehr war er mit sich selbst beschäftigt. Doch plötzlich bemerkte er beim Blick nach draußen etwas anderes. Der Mann und die Frau waren im Garten. In seinem Garten! Sie versteckten sich hinter einem Baum.

»Das ist doch diese eklige Lesbe, die ich im Präsidium gesehen habe«, entfuhr es ihm. Er erinnerte sich sehr gut an ihre kurzen schwarzen Haare, die komische blaue Jeansjacke und die dicke Lederhose, die sie trug. Dazu diese eigenartigen Stiefel.

Der Mann neben ihr war groß und muskulös. Mit der Lesbe würde er fertigwerden, das traute er sich zu, aber diesen Mann durfte er nicht unterschätzen. Er hasste ihn schon jetzt, vor allem weil er so ein eingebildeter Schönling war. Wie hätte dieser Lackaffe verstehen können, warum er das tun musste, was er tat?

»Ob ich mit der Lesbe reden sollte, damit sie verschwinden?«, überlegte er, aber als der Mann aus der Deckung trat und auf ihn zusteuerte, wusste er, dass das nicht funktionieren würde. Also musste er zu drastischeren Mitteln greifen.

Er packte Selma, zog sie hoch, hielt sie vor sich, nahm sein Messer und drückte die Klinge an ihren Hals, bereit, sie nach Walhalla zu schicken, wenn dieser selbstgefällige Mann eine Dummheit beginge.

»Keinen Schritt weiter«, brüllte er. Das Fenster der Gartenlaube war dünn, sodass er sicher war, dass man ihn hörte.

»Lassen Sie uns reden«, antwortete der Schönling, aber Conrad vertraute ihm nicht. Mit schönen Menschen hatte er zeitlebens schlechte Erfahrungen gemacht.

»Da gibt es nichts zu reden. Verlassen Sie mein Grundstück.«

»Das werden wir tun, aber bitte lassen Sie die Frau gehen«, drängte der Mann und machte einen Schritt auf die Gartenlaube zu.

»Wo ist meine Mutter? Ich will meine Mutter sehen«, rief Conrad nervös. Dass der Mann näher kam, passte ihm gar nicht. Seine ganze Art, seine Dominanz jagten ihm Angst ein.

Tom indessen war froh, dass Conrad ihm mit diesen Worten eine Steilvorlage serviert hatte. Dr. Rieke hatte ihnen gerade erst erklärt, dass Conrad an einer K-PTBS leide und zu Halluzinationen neige – dieses Spiel würde er mitspielen.

»Wir haben Ihre Mutter. Sie möchte, dass Sie die Frau gehen lassen«, rief Tom und machte noch zwei Schritte auf die Laube zu. Die Waffe hielt er weiter auf Conrad gerichtet, bereit, zu schießen, falls es notwendig wäre. Das dünne Glas der breiten Fenster würde die Kugel nicht abhalten können.

»Das glaube ich nicht. Ich will meine Mutter sehen.«

»Das wird nichts. Wir haben Ihre Mutter in Gewahrsam, lassen Sie die Frau gehen, dann …«

»Nein, nein!«, brüllte Conrad. Er schien außer sich vor Wut und fuchtelte mit der Hand durch die Luft, als wollte er sie verscheuchen.

»Geben Sie auf. Es gibt keinen anderen Ausweg. Wenn

Sie nicht wollen, dass Ihrer Mutter etwas zustößt, lassen Sie die Frau gehen«, erhöhte Tom den Druck. Er war sich bewusst, dass er ein großes Risiko damit einging, schließlich konnte er nicht beurteilen, wie lange die Wahrnehmungsstörung dauern würde und ob Conrad nicht plötzlich einfiele, dass seine Mutter längst tot war. Verhandlungen mit psychisch gestörten Tätern waren immer eine Herausforderung.

Da sah er, wie Conrad plötzlich lachte. Irritiert hielt er inne. Inzwischen trennten ihn nur noch fünf Meter von der Laube. Mit einem gezielten Schuss würde er Conrad töten können, aber er riskierte dabei, dass die Geisel sich ebenfalls verletzte oder starb, denn das Messer schwebte noch immer unheilvoll an ihrer Kehle.

»Hallo, Mutter, geht es dir gut?«, rief Conrad. »Haben dir der böse Mann und die Lesbe wehgetan?«

Tom drehte sich instinktiv um und ärgerte sich im selben Moment über seine Reaktion. Natürlich war da niemand, die Mutter war seit Monaten tot.

»Lassen Sie die Frau gehen, Sie zwingen mich sonst, zu schießen«, sagte Tom. Es blieb unklar, ob er überhaupt zu dem Täter durchdrang. Er zielte jetzt genau auf ihn.

Doch Conrad lachte nur. »Mutter geht's gut, das ist das Wichtigste. Sie ist nicht mehr die Jüngste und ich weiß, dass sie nicht immer nett zu mir war, aber am Ende ist sie meine Mutter. Wir haben doch nur uns.«

Und dann ging alles ganz schnell. Tom sah, wie sich die Geisel wegduckte, Conrad auf den Fuß trat und weglief. Tom zögerte keine Sekunde und schoss, das Glas zerbarst in tausend Stücke und Tom sprintete los. Mit einem schnellen Hechtsprung fegte er in die Laube und schnappte sich Conrad. Er hatte nicht auf ihn gezielt, sondern nur die Fensterscheibe zum Bersten bringen wollen.

Als Conrad unter ihm lag, versetzte er ihm ein paar schnelle Fausthiebe.

»Nicht schlagen, bitte nicht schlagen«, rief Conrad. Seine Stimme hatte plötzlich etwas Kindliches, Verletzliches. Es war geradezu gruselig. Ein fast einen Meter neunzig großer, kräftiger Mann sprach wie ein Kind und winselte vor Angst. »Mama, bitte nicht schlagen. Ich verspreche, dass ich artig sein werde. Ich werde artig sein, aber bitte schlag mich nicht mehr.«

Du Abschaum, du hast es verdient, zu sterben, glaubte Tom eine Stimme zu hören. Der Druck und das Eingehen auf Conrads Wahnvorstellungen spielten ihm offensichtlich einen Streich.

Er griff nach den Handschellen.

»Sie sind verhaftet«, sagte er, als er dem Mörder die Handschellen anlegte. Aus dem Augenwinkel sah er, dass auch Nele die Laube betreten hatte und sich um die Geisel kümmerte.

Du warst mein ganzes Leben lang eine einzige Enttäuschung, meinte Tom erneut die raue, unbarmherzige Stimme einer Frau zu hören. Er atmete einmal tief durch und schaute nach draußen in den Garten.

32

In den vergangenen Tagen hatten sie genug belastendes Material gesammelt, damit Conrad Niemann für sehr lange Zeit, womöglich sogar für immer, im Gefängnis oder in der geschlossenen Psychiatrie schmoren würde, davon war Tom jedenfalls überzeugt.

Dennoch waren noch einige Fragen offen, auf die sie Antworten suchten. Aus diesem Grund waren Nele und er an diesem Tag in der Justizvollzugsanstalt Mannheim, wo Conrad in U-Haft saß.

»Sie können zu ihm. Bisher war er nicht gerade redselig, vielleicht haben Sie ja mehr Glück«, sagte der Wärter, der vor dem Verhörraum wartete.

Beide Beamten betraten den Raum. Conrad saß am Tisch und wippte mit dem Oberkörper vor und zurück. Er schien fröhlich zu sein, aber bei einem Menschen wie ihm konnte dieser heitere Gesichtsausdruck alles Mögliche bedeuten.

»Guten Tag«, machte sich Tom bemerkbar. Nele schwieg.

»Hallo, Master Avenger. Was verschlägt Sie hierher?«, fragte Conrad.

Sein Blick klebte an Tom, Nele beachtete er gar nicht. Tom fand das etwas befremdlich. Hoffentlich machte Conrad nicht unvermittelt dicht, denn der Wärter hatte behauptet, dass er nicht viel spreche. Menschen mit derart tiefgehenden psychischen Problemen waren unberechenbar.

Tom und Nele nahmen ihm gegenüber Platz.

»Wir möchten uns kurz mit Ihnen unterhalten.«

»Muss diese Kampflesbe hier sitzen?«, motzte Conrad,

er schaute Nele noch immer nicht an. »Ich mag es nicht, dass sie hier ist. Sie hat etwas Hinterhältiges an sich.«

Tom wollte eben etwas erwidern, aber Nele legte ihre Hand auf seinen Unterarm.

»Ist schon gut. Wir sehen uns draußen«, sagte sie und verließ den Raum. Er glaubte zu verstehen, warum sie das tat. Sicher war sie nicht beleidigt, sie fürchtete bestimmt nur wie er, dass Conrad in ihrer Gegenwart nichts mehr sagen würde, und dieses Risiko wollte sie nicht eingehen.

Sehr professionelle Einstellung, lobte Tom sie in Gedanken.

»Schon besser. Endlich kann ich atmen«, sagte Conrad und hob die Brust, um tief ein- und auszuatmen. »Ganz ehrlich, ich weiß nicht, wie Sie mit einer Kampflesbe zusammenarbeiten können. Das ist doch nicht normal. Gott hat Mann und Frau erschaffen und keine Lesben oder Schwuchteln. Sonst würden doch auch Männer Kinder kriegen können. Noch schlimmer finde ich allerdings diesen ganzen neumodischen Mist, dieses dritte Geschlecht. Wer lässt sich bloß so einen Schwachsinn einfallen? Als ob wir nicht genug andere Probleme hätten.« Conrad schüttelte den Kopf.

»Herr Niemann, es gibt noch ein paar Fragen, die ich Ihnen stellen muss. Ihre ehrlichen Antworten würden Staatsanwalt und Richter bei ihrem Urteil milde stimmen.«

»Verstehe, wir verhandeln«, schmunzelte Conrad. »Ich bin ein guter Verlierer, war ich schon immer. Sie haben den Würger zur Strecke gebracht, das verdient meinen Respekt. Vermutlich gehören Sie zu der Avengers-Clique, bei der Ausstrahlung und dem Aussehen –« Conrad hielt inne. Tom beobachtete, wie sich der Unterkiefer seines Gegenübers nach vorne schob. Es sah jetzt beinahe so aus, als hätte er keinen Oberkiefer mehr und obwohl er nichts sagte, bewegten sich seine Lippen. »Ich hoffe, dass ich ein ehrwürdiger Gegner war.«

Er schien eine Bestätigung zu erwarten, aber die würde Tom ihm nicht geben. Das hier war kein Superheldencomputerspiel, sondern das echte Leben und dieser Wahnsinnige hatte vier Menschen getötet und eine junge Frau schwer verletzt. Nur die Geisel Selma Demir schien mit dem Schrecken davongekommen zu sein, von ein paar Hämatomen abgesehen. Das allerdings auch nur, weil sie Conrad rechtzeitig hatten festnehmen können. Er wollte sich gar nicht vorstellen, welches Schicksal ihr geblüht hätte.

»Sie wissen, dass Sie vier Menschen getötet haben ...«

»Moment«, unterbrach Conrad ihn scharf und hob den Zeigefinger. »Ich habe niemanden getötet, der es nicht verdient hat. Holger hat mich ständig gemobbt und sich auf meine Kosten lustig gemacht, dabei aber immer behauptet, er wäre mein bester Freund. Das war alles gelogen. Es war Notwehr. Wir hatten einen ehrlichen Kampf auf Augenhöhe. Er war dem Würger einfach nicht gewachsen! Immerhin ist er mutig gefallen und hat seiner Familie keine Schande bereitet.«

Tom schüttelte instinktiv den Kopf. Was Conrad da von sich gab, war geradezu absurd, aber er schien von seinen Worten absolut überzeugt, was das Ganze noch schräger wirken ließ.

»Warum war es in Ihren Augen Notwehr?« Tom legte ein Diktiergerät auf den Tisch, da er wusste, dass es in dem Raum keine Sprachaufzeichnung gab. Außerdem war Nele nicht bei ihm, daher musste er die Aussage mitschneiden. »Ich werde unser Gespräch aufzeichnen«, sagte er und hoffte, dass Conrad deswegen kein Fass aufmachen würde.

»Na, ich musste mich verteidigen, weil er den Würger bedroht hat. Er wäre fast hinter das Geheimnis gekommen, wer der Würger ist. Was glauben Sie, wie Batman oder Superman oder der Joker reagieren würden, wenn jemand hinter ihre Identität käme? Ich hatte keine Wahl. Er oder ich.«

»Und die Frauen?« Zum Glück war Conrad nicht auf den Hinweis mit dem Diktiergerät eingegangen.

»Die Abiturientin wollte ich zu meiner Haussklavin und Geliebten machen, aber sie hatte einen zu schwachen Willen. Mit der Moslembraut hätte das geklappt, aber da kamen ja leider Sie dazwischen. Wobei – bei ihren Kampfskills könnte sie auch eine ISIS-Terroristin sein. Eigentlich hätten Sie mir dankbar sein sollen, dass ich sie aus dem Verkehr ziehen wollte.

Die anderen sind für eine größere Sache gestorben. Sie waren dazu bestimmt, durch meine Hände zu sterben. In Walhalla geht es ihnen besser als hier auf Erden. Sie sind vom rechten Pfad abgekommen und ich habe dieses Ungleichgewicht korrigiert. Außerdem haben sie mir geholfen, dass ich mich besser fühle.«

»Die Frauen mussten also sterben, damit Sie sich besser fühlen?« Tom konnte nicht glauben, was er da hörte. Eine schier unbezähmbare Wut stieg in ihm auf, die danach schrie, diesem Freak die Faust ins Gesicht zu schlagen.

»Ja, wieso erstaunt Sie das? Ist das Leben nicht dadurch gekennzeichnet, dass wir Dinge tun, um uns besser zu fühlen? Der Mensch ist ein Egoist. Oder was meinen Sie, warum ich andauernd gemobbt und schikaniert wurde? Weil mir die Menschen einen Gefallen tun wollten oder weil sie sich dadurch besser fühlten, dass es jemanden gab, dem es noch dreckiger ging als ihnen? Es ist leicht, auszuteilen, sehr leicht. Aber einstecken ist schwer. Ich habe diese Einsteckerqualitäten. Eigentlich hätte ich Boxer werden müssen. Jetzt war eben ich mal an der Reihe, auszuteilen.«

»Und deswegen haben Sie sich kleine, zierliche Frauen ausgesucht? Ich glaube, in Wahrheit sind Sie ein Feigling, deshalb haben Sie sich an körperlich schwächeren Frauen ausgelassen«, platzte Tom heraus.

Conrad lachte und klatschte in die Hände. »Staub und Schatten«, sagte er dann völlig zusammenhanglos. »Am Ende werden wir alle zu Staub zerfallen. Aber Sie tun mir unrecht. Der Grund ist ein ganz anderer, nicht der, den Sie gerade im Kopf haben. Das alles hat rein gar nichts mit meiner Mutter zu tun, die klein und zierlich war, als ich noch ein Junge war. Jetzt ist sie fett und klein, ach ja, und alt«, lachte er. »Es war einfach nur folgerichtig. Wegen dieser Fotze an der Bushaltestelle, sie war der Anfang meiner kurzen, aber geilen Karriere als Würger.«

»Was war mit ihr?« Auf Natalie Pick hatte Tom ohnehin noch zu sprechen kommen wollen, es war mit ein Hauptgrund für das Treffen in der JVA.

»Na, sie hat dieses Verlangen in mir ausgelöst.« Conrad schaute ihn irritiert an, als könnte er nicht verstehen, dass Tom das nicht wusste.

Tom schwieg, er nahm an, dass es in dieser Situation das Klügste wäre.

»Hätte sie mich nicht so abwertend und von oben herab behandelt, hätte ich sie nicht erwürgen müssen. Dann hätte ich niemanden erwürgt. Ich bin schon ziemlich wütend auf sie, aber gleichzeitig auch nicht. Ohne sie hätte ich nie dieses wundervolle Gefühl erlebt, was es heißt, ein Jemand zu sein. Der Würger hat Geschichte geschrieben, jetzt kann kommen, was will.«

»Warum haben Sie sich an Natalie Pick vergangen?«, fragte Tom.

»Wer ist das?« Conrad drückte sich gegen die Stuhllehne, ein Zeichen, dass er erschrocken und nervös war, offensichtlich missfiel ihm, dass Tom ihren Namen genannt hatte.

»Sie war Ihr erstes Opfer, abends an der Bushaltestelle.« Tom nannte ihren Namen nicht erneut, er durfte Conrad nicht verlieren, noch gab es ein paar Fragen, die er stellen musste.

»Wieso vergangen? Ich habe sie erwürgt. Was meinen Sie mit *an ihr vergangen*?«

»Sie haben sie im Wald vergewaltigt.«

Conrad riss die Augen auf, dann schüttelte er den Kopf. »Der Würger ist kein Vergewaltiger. Niemals war das der Würger!«

Tom glaubte ihm. Seine DNA-Probe stimmte nicht mit der DNA der Spermaprobe überein, die man im Genitalbereich von Natalie gefunden hatte. Er hatte das nur bestätigt sehen wollen.

»Und warum haben Sie sie dann im Wald ermordet und nackt ausgezogen?«

Conrad schüttelte immer heftiger den Kopf. »Das war ich nicht. So was macht der Würger nicht. Ich habe sie nur erwürgt und bin dann nach Hause gegangen. Dieses Gefühl, das mich in dem Moment erfüllt hat, war so stark, dass ich an gar nichts anderes mehr denken konnte.«

Auch das glaubte er ihm, weil es zum Täterprofil passte. Der Würger hatte alle seine Opfer am Tatort liegen lassen. Da man Blut an der Bushaltestelle gefunden und Conrad zugegeben hatte, sie dort erwürgt zu haben, ergab es tatsächlich wenig Sinn, dass er sie in den Wald gebracht hatte, um sie auszuziehen und zu verstecken. Das bedeutete allerdings auch, dass Natalie die Würgeattacke vermutlich überlebt hatte und später auf ihren wahren Mörder getroffen war.

Nur, wer hatte Natalie ermordet, wenn nicht Conrad Niemann?

Franz Lind, huschte ihm ein Name durch den Kopf.

»Sie müssen mir einen Gefallen tun«, riss Conrad ihn aus seinen Gedanken. »So von Superheld zu Superheld.«

»Was wollen Sie?«

»Eigentlich sind es sogar zwei. Der Fraß hier ist, na ja, nicht das, was ich gewöhnt bin. Glauben Sie, dass Sie ein paar Donuts für mich hier reinschmuggeln könnten?«

»Und Ihr zweiter Wunsch?«

»Können Sie meiner Mutter bitte sagen, wo genau Sie mich versteckt halten? Sie möchte mich bestimmt besuchen.«

Tom hatte genug gehört, er stoppte das Diktiergerät, stand auf und verließ den Raum. Draußen warteten der Wärter und Nele.

»Und?«, fragte Nele.

»Ich habe alles, was wir brauchen. Unsere Vermutung hat sich bestätigt. Er hat Natalie nicht in den Wald gebracht, sie muss nach seinem Angriff an der Bushaltestelle noch gelebt haben, also noch nachdem er von ihr abgelassen hatte und nach Hause gegangen war«, erklärte Tom. Nach der DNA-Analyse hatten Nele und er einen Moment lang sogar große Zweifel gehabt, dass Conrad überhaupt Natalies Mörder war.

»Also haben wir es mit einem zweiten Mörder zu tun, wie wir vermutet haben?«, fragte Nele und bestätigte damit Toms Gedanken. »Das kann doch nur Franz Lind gewesen sein. Warum sonst sollte er ausgerechnet Fotos von ihr auf seinem Rechner haben?«

»Gut möglich.«

»Braucht ihr den Tatverdächtigen noch?«, fragte der Wärter, der die ganze Zeit neben ihnen gestanden hatte.

»Nein, danke. Wir sind hier fertig.«

Der Wärter nickte und betrat den Raum, die beiden Beamten verließen die JVA und eilten zu ihrem Wagen. Auf der Fahrt beschlossen sie, Ernst gemeinsam davon zu überzeugen, dass sie Franz Lind verhaften mussten. Die Indizien sprachen gegen ihn und eine DNA-Probe würde das ganz schnell bestätigen können.

»Ich frage mich nur, warum Lind sich indirekt selbst belastet hat, als er uns gestanden hat, sie gesehen zu haben«, sagte Tom nachdenklich, als sie das Präsidium erreichten.

»Weil er ein Schwachkopf ist«, war Neles knappe Antwort.

»Zu euch wollte ich gerade«, sagte Lorenz. Er hatte sie auf dem Flur erwischt, als sie auf dem Weg zu Ernst waren.

»Wieso, hast du was?«, fragte Nele.

»Vielleicht. Kommt doch bitte mit in mein Büro.«

»Du machst es aber spannend«, sagte Nele.

»Lutz und mir ist es gelungen, die gelöschten Nachrichten auf Natalies Handy zu rekonstruieren. Es war nicht einfach, aber ich glaube, dass es sich gelohnt hat.«

»Super. Was stand denn drin?«

Sie erreichten sein Büro und traten ein. Lorenz setzte sich an den Computer und tippte etwas in die Tastatur, der Bildschirm wurde hell.

»Mit dieser Software kann man Handyinhalte, die gelöscht wurden, sichtbar machen. Ich muss schon sagen, Lutz ist ein richtig genialer Programmierer, da wird mancher Hacker neidisch.«

»Genug geprahlt. Was habt ihr herausgefunden?«

»Lest selbst.«

Tom und Nele lasen die Nachrichten. Es war kaum zu glauben, was da stand, aber diese Nachrichten änderten alles und Tom glaubte nun zu wissen, wer Natalie Pick ermordet hatte.

33

»Was wollen Sie denn schon wieder?«, motzte Paul Biller. Er sah müde aus und seine Augen waren rot unterlaufen. Ob das einer durchzechten Nacht geschuldet war – immerhin roch er stark nach Alkohol – oder ob er geweint hatte, konnte Nele nicht beurteilen.

»Es geht um Ihre Freundin Natalie.«

»Sie ist tot. Warum müssen Sie mich immer wieder mit ihr nerven? Ihre Fragen werden sie mir nicht zurückgeben. Sie ist tot«, schluchzte er. Jetzt war klar, dass er geweint hatte. Er sah elend aus, dennoch hatte Nele kein Mitleid mit ihm.

»Möchten Sie uns etwas erzählen?«, fragte sie, da sie das Gefühl nicht loswurde, dass Paul genau wusste, warum sie ihn aufsuchten. Vermutlich hatte er sich betrunken, weil er die Last der Schuld nicht mehr ertrug, das kam nicht selten vor, wenn ein Verbrechen im Freundes- oder Bekanntenkreis passierte.

Paul schaute sie entgeistert an. »Was sollte ich Ihnen erzählen wollen? Was wollen Sie damit andeuten?« Sein Tonfall wurde plötzlich bissig. Er zog die Nase hoch.

»Herr Biller«, begann Tom, »unserer IT-Fachabteilung ist es gelungen, gelöschte WhatsApp-Nachrichten auf dem Handy von Natalie zu rekonstruieren.«

»Und was habe ich damit zu tun?«, unterbrach er Tom scharf. Seine Augen wanderten zwischen Tom und Nele hin und her. Es wirkte wie das letzte kurze Aufbäumen vor dem Zusammenbruch, aber Nele glaubte, dass seine Augen ihn verrieten.

»Sie haben uns erzählt, dass Sie ab dem Zeitpunkt, zu dem Natalie Ihre Wohnung verlassen hat, keinen Kontakt mehr zu ihr hatten, auch nicht über das Handy«, antwortete Nele. »Die Auswertung ihres Handys und ihrer Nachrichten hat aber ergeben, dass Sie ihr sehr wohl eine Nachricht geschrieben und sie sogar angerufen haben. Wie erklären Sie sich das?«

Paul antwortete nicht sofort, er schluckte und schaute an die Decke.

»Möchten Sie uns erzählen, was vorgefallen ist?«, fragte Nele. Sie wusste nicht, wie lange sie noch so freundlich bleiben würde. Die Nachrichten auf Natalies Handy waren eindeutig. So eindeutig, dass Ernst einen richterlichen Beschluss erwirkt hatte und ein Haftbefehl ausgestellt worden war.

Paul antwortete nicht, er wirkte wie versteinert.

»Herr Biller, wir haben die Nachrichten, die Sie Natalie gegen 21:30 Uhr geschrieben haben, gelesen. Sie haben sie aufs übelste beschimpft und bedroht, weil sie mit Ihnen Schluss gemacht hat. Sie hatte Sie verlassen, deswegen ist sie an dem besagten Abend zu Ihnen gekommen, um Ihnen das mitzuteilen«, erklärte Nele. So langsam musste Paul doch endlich mit der Wahrheit herausrücken.

Sie wollte ihn allerdings nicht sofort verhaften, da sie Sorge hatte, dass Paul in der U-Haft nichts mehr sagen würde. In diesem Augenblick war er betrunken und emotional aufgewühlt, die perfekten Voraussetzungen für ein Geständnis.

»Wie konnte sie mich verlassen? Ich habe sie geliebt, wir wollten heiraten! Und das alles wegen so einer Flasche«, antwortete er endlich. Nele schwieg, sie wollte ihm Zeit lassen für ein umfassendes Geständnis. Tom schien ähnlich zu denken, da auch er sich zurückhielt.

»Ich hatte es schon viel früher geahnt. Diese dumme Idee, ein Jahr durch die Welt zu reisen – das war nicht Natalie, diesen Floh hat ihr dieser Trottel ins Ohr gesetzt. Vor drei Wochen habe ich sie darauf angesprochen, aber sie hat alles abgestritten, mir vorgeworfen, ich sei zu eifersüchtig.« Er gab einen verächtlichen Laut von sich. »Aber ich bin doch nicht blöd. Also habe ich eine kleine Software auf ihrem Handy installiert und ab da gesehen, wo sie sich aufhielt. Bei diesem Florian. Der Idiot wohnt nicht mal weit von hier. Daraufhin wollte ich ihn davon überzeugen, die Finger von meiner Freundin zu lassen. So leicht wollte ich Natalie nicht hergeben. Wir gehörten zusammen.« Paul unterbrach sich und atmete tief ein, dann schaute er wieder an die Decke, vermutlich, um seine Tränen zurückzuhalten.

Die beiden Beamten verhielten sich noch immer still, Paul lieferte ihnen gerade ein tadelloses Geständnis ab, diesen Redefluss durften sie auf keinen Fall unterbrechen.

»Aber dann stand sie plötzlich kurz nach 21 Uhr vor meiner Tür, mit Tränen in den Augen, weil sie mit mir sprechen müsse. Mit Tränen in den Augen!«, wiederholte er, als könnte er das selbst nicht glauben. »Wieso muss man weinen, wenn man jemandem das Herz brechen will? Sie hatte sich doch längst für diesen Verlierer entschieden. Warum hat sie dann geweint? Das ist doch heuchlerisch. Wir haben uns gestritten und dann hat sie die Wohnung verlassen. In meiner Wut habe ich ein paar böse Nachrichten geschickt. Ich war blind vor Zorn, ich konnte nichts dagegen tun.«

Wieder hielt er inne, diesmal wischte er sich die Tränen vom Gesicht. »Dann habe ich sie angerufen«, fuhr er fort, »weil sie nicht geantwortet hat. Sie ging ran und sagte, sie habe große Angst, weil irgendein Spinner an der Bushaltestelle sei und sie bedrohe. Ich habe sofort meine Schuhe und meine Jacke gepackt und bin zur Haltestelle gerannt.«

Sein Atem ging immer schneller, Neles Anspannung stieg ebenfalls, weil jetzt die entscheidende Stelle kam. Sie hoffte, dass Paul auch diese letzten Schritte tun würde, um sein Gewissen zu erleichtern. Schließlich machte er überhaupt nicht den Eindruck, als wäre er ein eiskalter Killer. Die meisten Morde im Bekanntenkreis geschahen in der Regel im Affekt, solche Mörder konnte man nicht mit kaltblütigen Serienkillern vergleichen, und auch nicht mit psychisch kranken Serientätern wie Conrad Niemann.

»Als ich an der Bushaltestelle ankam, war der Freak nicht mehr da. Natalie lag auf dem Boden. Ich schaute nach ihr und sie kam glücklicherweise wieder zu sich, war aber sehr schwach. Der Mann hatte sie gewürgt und dann einfach fallen lassen. Sie hatte eine Platzwunde am Kopf. *Alles wird gut, mein Schatz*, habe ich gesagt und sie aufgehoben.« Paul schluckte und befeuchtete die Lippen. Sein Blick wirkte abwesend, als würde er das Gesagte in Gedanken gerade erneut durchleben.

Warum hat er nicht den Notarzt gerufen?, überlegte Nele. *Vielleicht war er zu nervös oder hat die Situation falsch eingeschätzt.*

»Ich habe sie nach Hause getragen, damit sie sich in unserem Bett ausruhen kann. Sie hat immer wieder gehustet und ich habe ihr gesagt, dass ich den Notarzt rufe, aber sie hat gesagt: *Nein, Florian soll herkommen. Er soll mich fahren.* Da war ich wie von Sinnen. Wie konnte sie diesen Namen in den Mund nehmen, in ihrem Zustand? Ich hatte ihr doch das Leben gerettet. Wie kann man so ein undankbares Miststück sein!« Er zog die Nase hoch, die Tränen rollten nun unaufhaltsam über seine Wangen und er starrte ins Nichts, als scheute er sich, die nächsten Worte auszusprechen. Er stand reglos da und Nele fürchtete schon, dass er dichtmachen würde, weil er jetzt erst begriff, wie schlimm das war, was er getan hatte.

»Was ist dann geschehen?«, holte Tom ihn aus seiner Lethargie.

»Sie kennen doch die Antwort. Ich konnte es nicht kontrollieren, diese unendliche Wut, diesen Hass und diese Enttäuschung. Ich habe mir in der Küche Einweghandschuhe angezogen und sie dann erwürgt. Ich musste nicht mal fest zudrücken, sie war eh schon viel zu schwach. Als sie sich nicht mehr bewegte und atmete, fühlte ich eine große Erleichterung. Ich hätte es nicht ertragen, sie in den Armen dieses Schwachkopfes zu sehen. Und ich war mir sicher, dass es niemals herauskommen würde, da ein Fremder sie schon fast zu Tode gewürgt hatte. Danach habe ich sie in den Wald gebracht, ausgezogen und versteckt, damit man glauben würde, dass ein Fremder sie ermordet hat. Die Nachrichten und die Anrufliste hatte ich gelöscht, damit kein Verdacht auf mich fällt.«

Das perfekte Alibi, dachte Nele. *Fast!*

»Wir müssen Sie jetzt verhaften«, sagte Tom, zog die Handschellen aus der Jackentasche und legte sie Paul Biller an, er wehrte sich nicht.

»Ich habe sie geliebt«, sagte er leise, dann senkte er den Kopf und sagte nichts mehr.

34

Endlich war der Spuk vorbei. Der Würger würde keinen Menschen mehr töten, denn Tom hoffte, dass er nie wieder auf freien Fuß käme.

»Ich habe das Gefühl, dass du und Nele ein sehr gutes Team geworden seid. Ich sehe sehr viel Potenzial in dieser Konstellation«, sagte Ernst. Er hatte Tom wieder zu einem Treffen auf der Terrasse des Cafés am Wasserturm eingeladen.

Tom lachte.

»Irre ich mich etwa?«

»Nein, nein«, blieb Tom vage. »Nele hat ihre Qualitäten. Ich halte sie auch für eine sehr gute Polizistin und an ihrer Loyalität und ihrem Engagement zweifle ich nicht.«

»Aber?«

»Sie ist sehr launisch und zickig. Manchmal wünschte ich mir, sie würde erst über ihre Worte nachdenken, bevor sie sie ausspricht.«

Nun war es Ernst, der lachte. »Stimmt, sie ist nicht so rational wie du. Aber du solltest das eigentlich wertschätzen. Bei ihr weißt du immer, woran du bist. Sie spielt dir nichts vor. Du hättest sie kennenlernen sollen, als sie bei mir angefangen hat, da war sie noch viel rauer, aber ich habe sofort diesen Rohdiamanten in ihr erkannt, sie hat nur den nötigen Schliff gebraucht. Ich wünsche mir sehr, dass ihr beide funktioniert. Du bist der Einzige in meinem Team, dem ich zutraue, mit ihr klarzukommen.«

»Danke, das weiß ich zu schätzen. Von meiner Seite aus sehe ich keine Probleme. Aber du kennst mich gut genug, um zu wissen, dass ich nicht jeden ihrer Sätze unkommentiert lassen kann. Noch halte ich mich zurück.«

»Genau deswegen bist du der richtige Partner für sie. Einen Ja-Sager würde sie schnell auseinandernehmen.«

Tom nickte. Dass Ernst viel von Nele hielt, war nicht zu überhören, vermutlich fühlte er sich auch in gewisser Weise für sie verantwortlich.

»Gibt es noch etwas, was ich über sie wissen sollte?«

»Nein, ich denke nicht. Aber sie hatte es in ihrem Leben nicht leicht. Dass sie die Kurve bekommen hat und eine sehr gute Kriminalpolizistin geworden ist, war nicht selbstverständlich.«

Schwierige Kindheit, vermutete Tom, da er aber spürte, dass Ernst nicht näher darauf eingehen wollte, bohrte er auch nicht weiter nach.

»Gut, dass ihr Paul Biller vor Ort zu einem Geständnis bewegen konntet. Seit er in U-Haft ist, sagt er kein Wort mehr.«

»Das hatte ich befürchtet. Er hat sie erwürgt, aber nicht vergewaltigt. Die DNA-Probe hat ergeben, dass das Sperma nicht von ihm war. Ein Gespräch mit Florian Hoffer hat ergeben, dass Natalie, bevor sie bei Biller war, mit ihm geschlafen hat. Die Rechtsmedizin hat sich in der Zeit geirrt.«

»Das kann passieren. Solche Zeitangaben darf man nie auf die Goldwaage legen. Die Ergebnisse können schnell um eine Stunde mehr oder weniger abweichen. Am Ende ist das auch uninteressant. Wichtig ist, dass die beiden Täter zur Verantwortung gezogen werden und wir keine weiteren Morde durch ihre Hand befürchten müssen.«

»Stimmt, aber wie es scheint, wird der Anwalt von Conrad Niemann auf Unzurechnungsfähigkeit aufgrund starker psychischer Probleme plädieren. Dr. Rieke hatte bei ihm ja schon K-PTBS und Wahnvorstellungen diagnostiziert und eine Einweisung beantragt. Wenn ihm dazu noch eine Persönlichkeitsstörung attestiert wird, wandert er in die Psychiatrie, mit Rundumversorgung.«

»Das mag sein, aber das muss erst noch per Gerichtsbeschluss festgestellt werden. Wie auch immer, das liegt nicht mehr in unserem Verantwortungsbereich. Nun haben wir aber genug über Verbrecher geredet. Wie geht es den Kindern, haben sie sich schon etwas eingewöhnt?«

»Bei den Zwillingen mache ich mir keine Sorgen, nur Sophie ist eine etwas härtere Nuss. Sie spielt gerade ihre Pubertät gegen mich aus.«

»Dann musst du lernen, ihr etwas entgegenzukommen. Ich kann sie gut verstehen, sie hat sicherlich viele Freunde zurücklassen müssen. Und wie ich dich kenne, bist du ihr gegenüber vermutlich etwas zu streng.«

Tom nickte. »Wahrscheinlich hast du recht.«

»Macht doch einen gemeinsamen Ausflug. Nimm dir eine Woche frei.«

»Eine Woche? Das halte ich für keine gute Idee. Ich bin der Neue im Team, da will ich mir solche Freiheiten nicht herausnehmen.«

»Und ich bin der Chef. Ich habe vorhin Nele angerufen und ihr eine Woche Sonderurlaub für den Abschluss des Falles gegeben und dir gebe ich ihn auch. Keine Widerrede. Mach etwas Schönes mit deinen Kindern.«

»Ich weiß nicht, ich ...«

»Das ist mir herzlich egal. Ich will dich die nächste Woche nicht im Präsidium sehen«, schmunzelte Ernst und warf einen Blick auf die Uhr. »Ich muss leider los. Else wartet auf mich.« Er rief die Bedienung, um zu zahlen, und bestand darauf, die Rechnung zu übernehmen.

Nachdem sie sich verabschiedet hatten, beschloss Tom, noch etwas in der Parkanlage spazieren zu gehen.

Seine Gedanken waren bei seinen Töchtern und vor allem bei Sophie. Ihr Verhalten bereitete ihm Sorgen, aber vermutlich hatte Ernst recht, er war einfach zu streng und unnachgiebig, das hatte auch Daniela oft gemeint. Sie konnte viel besser auf die Kinder eingehen und er war ihr dafür sehr dankbar gewesen. Natürlich liebte er seine Töchter, sie waren das Beste, was ihm von Daniela geblieben war, und er würde niemals zulassen, dass ihnen etwas geschah. Das war auch der Grund, warum er Sophie mit ihren vierzehn Jahren nicht alleine nach Hamburg reisen lassen wollte.

»Wir fahren alle nach Hamburg«, beschloss er dann. Das Konzert fand in der kommenden Woche statt und da er frei hatte, passte das sehr gut. Da beschlich ihn ein anderer Gedanke. *Was, wenn Ernst das wusste?* Konnte es sein, dass Nele seinem Chef erzählt hatte, dass Sophie und er Streit gehabt hatten wegen des Konzertes in Hamburg?

Nein, so feinfühlig war Nele sicher nicht. Am Ende war das auch egal, sein Entschluss stand fest und er hoffte, dass sich Sophie darüber freuen würde.

»Du fehlst mir unendlich«, flüsterte er, nachdem er auf einer Bank Platz genommen hatte. Seine Gedanken verfinsterten sich. Obwohl er Polizist war und Tag ein, Tag aus mit Mördern und ihren Verbrechen zu tun hatte, fiel es ihm unendlich schwer, zu akzeptieren, dass seine Frau, seine große Liebe und beste Freundin, nie mehr an seiner Seite sein würde, weil sie ihm durch ein Gewaltverbrechen brutal entrissen worden war.

Aber er wusste, dass er diese Gefühle niemals zeigen durfte, er musste für seine Kinder stark sein. Seine Töchter durften in aller Öffentlichkeit um ihre Mutter trauern, er selbst erlaubte sich das aber nicht. Er würde nur im Stillen um sie weinen, wenn kein Mensch es sah.

»Ich finde den Mörder«, sagte er leise und spürte, wie sich wieder die verzweifelte Wut in ihm zusammenballte. Niemand außer ihm wusste, dass es noch einen anderen Grund gab, warum er nach Mannheim gezogen war.

Er vermutete den Mörder seiner Frau in dieser Gegend und er würde alles daran setzen, ihn zu finden. Und wenn er ihn gefunden hätte, würde er ihn töten. Daran gab es keinen Zweifel.

35

Conrad hatte sich in der Zwischenzeit an die neue Umgebung gewöhnt. Das Gespräch mit seinem Anwalt, den der Staat ihm zur Seite gestellt hatte, war gut gelaufen und er hatte ihm große Hoffnungen gemacht, dass er bald ein schöneres Leben haben würde. Der Anwalt machte zwar ab und an einen etwas verwirrten und verlorenen Eindruck, weil er mehr mit seinem Aussehen als mit dem Fall beschäftigt zu sein schien, aber alles in allem war er mit ihm zufrieden, man hätte ihm auch einen schlechteren zur Seite stellen können.

»Wobei mir ein Anwalt wie Daniel Kaffee oder einer von einer Elite-Universität deutlich lieber gewesen wäre, aber dafür ist der Staat ja zu geizig. Ich frage mich, wofür ich überhaupt Steuern zahle. War schon geil, wie Daniel Kaffee diesen eitlen Colonel Jessup in *Eine Frage der Ehre* in die Enge getrieben hat.«

»Seit wann zahlen denn Arbeitslose Steuern?«, hörte er seine Mutter motzen. Sie stand neben ihm am Bett in der Zelle.

»Was ist denn mit der Zeit, in der ich gearbeitet habe? Habe ich da etwa keine Steuern gezahlt? Wann hast du denn jemals Steuern gezahlt?«

Seine Mutter hob die Augenbrauen. »Ich habe es kommen sehen.«

»Was?«

»Dass du mal hinter schwedischen Gardinen enden wirst.«

»Es hätte mich schlechter treffen können.«

»Wie das? Du bist ein Mörder.«

»Stell dir vor, ich würde in Saudi Arabien leben, da würden sie mich öffentlich hängen, weißt du, wie übel das ist? Hier bekomme ich drei Mahlzeiten am Tag und muss nix dafür machen. Das ist doch gar nicht so schlecht.«

»Du bist ein Trottel. Du wirst diese kleine Zelle niemals mehr verlassen.«

»Das siehst du völlig falsch, mein Anwalt hat mir das erklärt, und wie es ausschaut, wird unser Plan aufgehen.« Conrad hob die Augenbrauen und grinste breit.

»Was für ein Plan?« Seine Mutter wirkte skeptisch, sie hielt ihre Arme vor der Brust verschränkt.

»Dass ich bald die U-Haft verlassen kann und in die Forensische Psychiatrie komme. Da hätte ich dann auch einen Fernseher und noch besseres Essen, sicherlich auch einmal die Woche einen Donut. Und im Gegensatz zu dir kochen die mir gerne was, ohne dauernd zu meckern oder mich zu beleidigen. Und wenn der Prozess gut läuft, komme ich irgendwann in so eine richtig coole Anlage, das nennt sich wohl Maßregelvollzug, da gibt es ein Schwimmbad und ein Gym. Ich werde nie schwedische Gardinen sehen«, schmunzelte Conrad.

Er war sehr zuversichtlich, obwohl er zugeben musste, dass er seinem Anwalt irgendwann gar nicht mehr richtig zugehört hatte und womöglich einige Dinge durcheinanderbrachte, aber das musste seine Mutter ja nicht wissen. Wichtig war für ihn nur, dass er nicht ins Gefängnis kam, zu den ganz harten Jungs, das machte ihm große Angst. Er hatte genug Dokus über diese Schwerverbrecher in amerikanischen Gefängnissen gesehen, und der Gedanke, dass er im Knast zwangsläufig der Geliebte irgend so eines ekligen Kerls sein würde, war für ihn kaum auszuhalten.

»Du und ins Gym? Wann hast du denn je deinen fetten Arsch in ein Gym oder ein Schwimmbad bewegt?«

»Das war doch nur, weil das Geld kostet, aber bald bekomme ich das alles kostenlos. Wieso kannst du dich nicht einfach für mich freuen?«

»Und was musst du dafür tun? Die werden dir doch nicht aus reiner Nächstenliebe einen Urlaub finanzieren?«

»Ich muss nur den Schwachsinnigen spielen«, grinste Conrad und richtete sich auf. Er fand den Plan seines Anwaltes geradezu genial. Sie würden den Staat austricksen, damit er einen Aufenthalt in einem Vier-Sterne-Hotel bekäme – auf Kosten der Steuerzahler. Die Karriere als der Würger hatte sich reichlich ausgezahlt.

»Den musst du gar nicht spielen, der bist du schon.«

»Warum sagst du das? Ich bin nicht verrückt. Ich bin intelligent, sehr intelligent. Das ist ja der Grund, warum ich so bin, wie ich bin.«

»Wenn du meinst.« Seine Mutter presste Luft durch die Lippen und schüttelte den Kopf. »Warum hast du die Frauen getötet? Du hättest weiter bei mir sein können, du Dummkopf.«

»Ich war halt zu feige, dich zu töten.«

ENDE

Anmerkungen des Autors

Ich hoffe, der Thriller mit dem neuen Ermittlerteam aus Mannheim konnte Ihnen einige spannende Stunden bereiten und vom Alltag ablenken.

Diesmal hatten wir es mit einem besonders interessanten Täter zu tun. Conrad Niemann ist anders als meine bisherigen Mörder, er ist sich der Brutalität seines Handelns kaum bewusst. Sein Leben findet in einer Blase statt, abgeschottet von der Realität, da er nur so die Erniedrigungen und Wutanfälle seiner Mutter überstehen konnte. Schon früh hat er sich zum Schutz in diesen Kokon zurückgezogen, unbewusst, ohne es zu merken.

Manche Leserinnen und Leser werden sich vermutlich fragen, warum jemand wie Conrad nicht zur Polizei geht oder die Mutter mit der eigenen Volljährigkeit verlässt. Doch das ist leider nicht so einfach, wie man glauben mag. Gerade Kinder, die Gewalt ausgesetzt sind, tun sich sehr schwer damit, diese Tatsache öffentlich zu machen oder gar ihre Eltern anzuzeigen. Zum einen, weil oft die Scham zu groß ist, zum anderen, weil es bereits eine starke psychische Abhängigkeit gibt.

Es mag uns unverständlich erscheinen, doch leider sind das die Fakten. Die menschliche Psyche ist ein starker Teil des Menschen, gleichzeitig aber auch sehr fragil. Sie kann den Menschen dazu bringen, Dinge zu tun, die mit dem normalen Verstand nicht zu erklären sind.

Conrad sagt an einer Stelle einen Satz, in dem viel Wahrheit steckt und der sein Tun erklären kann: »Ich habe doch niemanden außer meiner Mutter.« Er hasst seine

Mutter, aber ebenso sehr ist er seelisch abhängig von ihr, er braucht sie in gewisser Weise. Dass er die jungen Frauen tötet, liegt nicht nur an seinen Gewaltfantasien, die durch Videospiele wie Fortnite gefördert und intensiviert werden, sondern auch an dem tiefen Bedürfnis, sich an seiner Mutter zu rächen.

Wie jeder meiner Romane lebt auch dieser Thriller vor allem von der Spannung, und für die Spannung muss ein Autor zuweilen bereit sein, Dinge zu erfinden. So gibt es weder die Haltestelle *Am Wald* noch gibt es einen Lieferdienst von McDonald's, der nach Schönau liefert. Natürlich entspringen auch alle Namen und Handlungen meiner Fantasie.

Die Mannheimer unter Ihnen werden sicherlich die ewige Diskussion kennen, ob es nun Monnem oder Mannem heißt. Ich habe mich für Monnem entschieden.

Auch möchte ich noch auf die beiden Ermittler zu sprechen kommen, da es so ein konträres Duo in meinen Büchern bisher nicht gab. Ich hatte großen Spaß, mich mit diesen so unterschiedlichen Charakteren zu beschäftigen, sie aufeinandertreffen und sich aneinander reiben zu lassen und ich hoffe, dass die beiden Ihre Neugierde geweckt haben, da es noch jede Menge über sie zu erzählen gibt. Einige Andeutungen habe ich im Buch bereits gemacht.

Es bleibt also spannend!

Und zum Schluss noch eine Bitte: Sollte Ihnen das Buch gefallen haben, würde ich mich sehr über eine kurze positive Bewertung im Internet freuen.

Gerne können Sie auch direkt mit mir in Kontakt treten, alle Informationen dazu finden Sie auf Facebook:

https://www.facebook.com/salim.gueler

oder auf meiner Homepage:

www.salim-gueler.de

Herzlichen Dank für Ihre Unterstützung!

Ihr

Salim Güler

Der Autor

Salim Güler, aufgewachsen in Norddeutschland, studierte in Köln Wirtschaftswissenschaften und promovierte an der TU-Chemnitz.

Schon als Schüler begann er mit dem Schreiben von selbsterfundenen Geschichten und diese Leidenschaft ließ ihn bis heute nicht los.

In seinen Romanen finden sich immer wieder gesellschaftlich aktuelle Themen, die er geschickt in eine fiktive und hochspannende Geschichte einzubetten versteht.

Seine Bücher landen regelmäßig in den Bestsellerlisten der Amazon und Bild Verkaufs-Charts.

Güler ist sehr am Austausch mit seinen Leserinnen und Lesern interessiert und freut sich daher über jeden Kontakt.

Elke Bergsma

Lodernde Wut

Der Mord an einem Familienvater gibt David Büttner und Sebastian Hasenkrug Rätsel auf, scheint es für ihn doch keinerlei Motiv zu geben. Zur Bestürzung der beiden Kommissare führen alle Spuren zum besten Freund des Ermordeten, bei dem es sich ausgerechnet um den Ehemann der Gerichtsmedizinerin Dr. Anja Wilkens handelt. Doch hat Rolf Wilkens diese Tat wirklich begangen oder sollen die Ermittler ganz bewusst auf eine falsche Fährte gelockt werden?

Taschenbuch 280 Seiten, € 11,90 [D, A]
ISBN 978-3-96357-110-7

Elke Bergsma

Flutrubin

Dramatische Szenen spielen sich ab, als in der Nacht zum 25. Dezember 1717 tosende Wassermassen über die Deiche der Nordseeküste treten. In den Marschgebieten Ostfrieslands verlieren hunderte Menschen ihr Leben. Auch verschlingt die Flut das Eigentum zahlloser Küstenbewohner, darunter das zum Familienschmuck des Marschbauern Aiko Ukena gehörende Rubinarmband. Es bleibt für drei Jahrhunderte verschollen.

Taschenbuch 320 Seiten, € 11,90 [D]
ISBN 978-3-96357-107-7

Martin Barkawitz

Mordkuhle

Die junge Polizistin Lea Kramer arbeitet noch nicht lange in dem abgelegenen Provinzkaff Mönchsfelden, als sie mit einem bizarren Gewaltverbrechen konfrontiert wird. Eine nackte Tote liegt an einem Platz, den die Einheimischen nur »Mordkuhle« nennen. Dort soll es angeblich spuken. Doch Lea glaubt nicht an Geister. Sie ermittelt mit vollem Einsatz, um den Killer aus Fleisch und Blut zu stellen.

Taschenbuch 280 Seiten, € 11,00 [D]
ISBN 978-3-96357-095-7